COLLECTION FOLIO

Michel Déon
de l'Académie française

Nouvelles complètes

Gallimard

Michel Déon est né à Paris en 1919. Après avoir longtemps séjourné en Grèce, il vit en Irlande. Il a reçu le prix Interallié en 1970 pour *Les poneys sauvages* et le Grand Prix du roman de l'Académie française en 1973 pour *Un taxi mauve*. Il a publié, entre autres, *Le jeune homme vert*, *Les vingt ans du jeune homme vert*, *Un déjeuner de soleil*, «*Je vous écris d'Italie…*», *La montée du soir*, *Je ne veux jamais l'oublier*, *Un souvenir*, *La cour des grands*, *Lettres de château*, des recueils de nouvelles, fait jouer deux pièces de théâtre, *Ma vie n'est plus un roman* et *Ariane ou l'oubli*, rassemblé quelques souvenirs dans *Pages grecques*, *Pages françaises*, *Je me suis beaucoup promené…*, *Cavalier, passe ton chemin !*. Il est membre de l'Académie française depuis 1978.

AVANT-PROPOS

On sait rarement pourquoi une image, une situation, parfois une simple phrase vous traversent l'esprit, occupent impérieusement la place et restent là, plantées en travers de ce qu'on a décidé d'écrire. Les nouvelles réunies dans cette édition Folio * ont été des récréations venues interrompre des travaux que je trouvais plus ambitieux et qui ne l'étaient pas forcément. Souvent, je les appelais « mes danseuses » bien que j'aie plutôt été leur danseur. Elles tombaient dans ma vie comme des billets gagnants d'une loterie céleste et il suffisait d'à peine quelques soins pour qu'elles répondissent à leur règle rapide de la fin au dernier mot. Dans mon esprit, les nouvelles sont des images, une situation, une chute. En vérité, elles peuvent même ne rien raconter du tout et, souvent, les meilleures confient au lecteur le soin de les pro-

* Ces nouvelles furent initialement publiées en 1967 dans *Un parfum de jasmin* et en 1992 dans *Le prix de l'amour*. Seules « La longue nuit » et « Hélène de Sparte » ne sont pas reprises dans le présent recueil.

longer au-delà du mot fin. Bien ancré dans une des maisons de ma vie, je les ai vues passer des frontières plus aisément que les romans et revenir assez timidement à leur langue d'origine pour être recueillies et rassemblées par un éditeur, parquées dans un seul volume où j'espère qu'elles font la paix entre elles malgré des origines si diverses et, parfois, de grandes différences d'âge.

MICHEL DÉON
de l'Académie française

Une affiche bleue et blanche

De soir en soir, nous le voyions se décomposer. Son visage, assez beau dans sa brutalité, se creusait de rides profondes et noires. Certes, une figure humaine se dessinait encore, avec des yeux, un front bas, une bouche mais ces éléments — on l'aurait juré — allaient bientôt se séparer, éclater comme les morceaux d'un puzzle, à moins que l'un d'eux dévorât les autres, et, dans ce cas, ce seraient les yeux noirs, fiévreux, enfoncés sous les orbites qui absorberaient le reste du visage. Je n'avais jamais remarqué pareille et aussi rapide dislocation d'un être sous l'empire d'une femme. Les femmes préfèrent mettre des années à ruiner un homme et encore ne s'attaquent-elles pas à ce genre assez fruste sous la peau épaisse duquel on devine un jouisseur sans problème, le type du bellâtre qui triomphe sur les plages, dans les casinos et les boîtes de nuit.

Telle était, du moins, l'image qu'il nous avait offerte de lui-même en débarquant quinze jours auparavant du bateau, dans ses vêtements un peu trop élégants, sentant un peu trop le bon faiseur. Je me souviens que, le premier soir à la taverne, il avait étalé sur la nappe de toile cirée, avec un rien d'ostentation, ces objets qui font toujours penser à des cadeaux féminins : fume-cigarette en écaille, étui à cigarettes et briquet en or, et que sa montre-bracelet également en or venait de chez un grand bijoutier de la rue de la Paix.

La femme, avec plus de naturel que lui, avait troqué le tailleur de tweed pour un jean délavé et un chandail à col roulé. Belle ? On n'aurait pas pu le dire exactement. Elle était grande et large d'épaules, éclatante de force et de santé, la bouche assez amère, le nez fin et les yeux clairs, aussi clairs que ceux de l'homme étaient sombres, mais vifs et brillants alors que son compagnon promenait autour de lui-même un regard lourd, comme désabusé, fatigué avant l'âge de contempler des choses ou des êtres dont il avait depuis longtemps fait le tour, attitude qui pouvait être aussi sincère qu'affectée.

Et que venaient-ils faire dans cette île, car c'était l'hiver ? Le bateau ne débarquait plus de touristes, rien que des colis, des chèvres, des paysannes à la joue gonflée sous le foulard noir parce qu'elles étaient allées se faire arracher une dent au Pirée, ou épuisées, verdâtres de mal de mer, serrant contre elles un enfant maigriot et têtu chez qui ces charlatans de médecins du Pirée diagnostiquaient des maladies absurdes et toujours coûteuses. Oui, que venaient-ils faire ? Le village balayé par le vent froid du Nord, le port mal abrité où ne se balançaient plus que des caïques de pêche attendant une accalmie pour sortir, la boutique de frivolités fermée, les tables et les chaises empilées devant les vitrines des tavernes où l'on se rassemblait maintenant à l'intérieur autour du poêle porté au rouge, tout cela ne rappelait que de loin, de très loin, la grande affiche bleue et blanche — la mer et le village chaulé — du Syndicat d'initiative. Dans son cadre de bois, contre le mur de la gendarmerie, l'affiche avait souffert d'une tornade et de la pluie. Elle n'attirait plus autant le regard, mais, en arrivant, le couple l'avait néanmoins aperçue et s'était dirigé vers elle comme vers un repère connu, et peut-être avaient-ils, l'un et l'autre, parcouru des milliers de kilomètres pour découvrir notre île parce que dans un quelconque bureau de voyage cette photographie en couleurs d'un paradis encore sauvage les avait fascinés. Il n'y a de paradis que saisonnier, et, vraiment, pendant l'hiver, des journées lugubres s'abattaient sur nous et si l'on avait le malheur d'être désœuvré, sans un métier à tisser, sans une chaise à sculpter, sans un livre à écrire, la mélancolie creusait lentement en vous un chemin de taupe, effritait le moral le plus solide. Il est vrai aussi que l'on pouvait encore résister si l'on était doté d'une nature placide et contemplative, ce qui paraissait le cas de la plupart des insulaires — une nature remontant à plusieurs siècles — mais nos étrangers n'avaient pas appris à rester des heures le front collé à une vitre, en roulant et déroulant autour du doigt un chapelet d'ambre ou, plus fréquemment, de plastique.

Ils avaient élu domicile chez Mme Pitsikoki qui loue des chambres sur le port, et dînaient le soir à la taverne de Frangias, la seule qui restât ouverte, la seule aussi où des ouvriers — de jeunes garçons entre seize et vingt ans —, des bergers descendus de la montagne pour vendre leurs fromages, quelques pêcheurs, se rassemblaient pour boire et chipoter dans des assiettes de frites, de poissons grillés ou de salades de choux pendant qu'un phonographe à piles bramait des chansons grecques, toujours les mêmes, rauques hurlements d'amour repris en chœur par des voix fausses, coupés de temps à autre par une mélodie plus douce et plus poignante, quelque poème de Seferis mis en musique par Theodorakis. Dans le village mort dès huit heures du soir, barricadé pour ne plus entendre la plainte du vent, cette taverne restait le seul endroit où se réfugiait un peu de vie, une certaine chaleur. Le samedi soir, après la paye, on y dansait avec application d'abord, puis une certaine fureur excitée par le vin résiné tiré à pleines carafes des grands tonneaux peints en bleu. Il ne fallait naturellement pas espérer y rencontrer une femme, sauf une étrangère. Mais si nous étions, depuis longtemps, un couple assimilé auquel on ne prêtait plus qu'une attention amicale, il n'en était pas de même pour cette belle jument américaine, resplendissante de force et de santé. Je ne crois pas qu'elle s'en rendît compte les premiers jours tant elle était occupée par son compagnon qui l'écoutait sans la regarder, ne manifestant que par de légers haut-le-corps ses réactions, pour retomber ensuite dans une singulière apathie. C'est alors que je compris qu'elle le détruisait avec des mots, des mots sans doute si terribles qu'elle pouvait seulement les prononcer à voix basse. Comme elle parlait avec lenteur, en ayant presque l'air de détacher les syllabes, j'imaginai même qu'elle cherchait les termes les plus exacts, les plus vicieux pour le fouiller et le blesser au seul endroit qu'il avait sensible. Il possédait donc, malgré les apparences, un point sensible et, peut-être, un intérêt quelconque. Mais le couple décourageait une approche normale et même ce simple coup de tête que des étrangers échangent dans une île on ne sait pourquoi car, en principe, ils ne viennent pas pour se retrouver mais pour se fuir.

Auraient-ils, l'un et l'autre, compris ce que l'on disait d'elle qu'ils n'auraient pas pu le tolérer. Ces hommes mûrs accablés chez eux d'épouses hypocondriaques, ces bergers solitaires dans la montagne (mal satisfaits par une brebis parée de rubans roses ou bleus), ces jeunes garçons costauds et pleins de vie que ne pouvait satisfaire à elle seule la lourde mais légère épicière de l'agora, tous se déchaînaient en paroles dès le deuxième verre de vin et donnaient libre cours à leur libido. C'était pénible et gras. Plus d'une fois nous partîmes de bonne heure pour ne pas avoir l'air de nous faire les complices de ces orgies verbales et je pensais combien nous étions tous, toujours, ignorants de l'image qu'autrui se fait de nous et donc incapables de nous connaître nous-mêmes avec un tant soit peu d'objectivité. Objectivité toute relative d'ailleurs, car ce que ces Grecs pensaient de l'étrangère était entièrement subjectif, conditionné par leurs complexes de frustration, mais le personnage de cette femme, invinciblement, finissait par ressembler à la somme de ces désirs épais, par être entouré d'une aura de volupté qui devenait plus vraie que sa vérité improbable. Dès la première semaine je succombai à mon tour, victime de ce délire obscène qui passait au-dessus de nos têtes, et je commençai à la voir comme une Walkyrie érotique, une dévorante capable d'embraser les appétits les plus timides et de les satisfaire. Il lui manquait des bottes et un fouet, peut-être une casquette à visière de cuir et une croix en or entre les seins, pour ajouter au vice, si terriblement ennuyeux, le piment du blasphème.

Si je n'avais pas été occupé à écrire un livre qui m'absorbait presque tout entier, j'aurais volontiers laissé mon imagination galoper autour de ces deux êtres déracinés, absurdes en hiver dans un endroit pareil où manquait tout ce superflu qui devait être leur passion. Comment, pourquoi s'en étaient-ils séparés ? Mme Pitsikoki, qui ne louait des chambres — on la disait riche — que pour avoir sous la main une source de commérages, se désespérait qu'ils ne lui fournissent pas de potins solides qu'elle aurait pu amplifier, enjoliver comme elle en avait le talent. Deux ou trois fois, elle leur avait amené son cousin, un vieux confiseur, qui, après trente ans aux États-Unis, lui servait d'interprète. Mais non, ils n'éprouvaient aucun besoin d'un traducteur, on s'exprime très bien par signes et, mieux encore, ils s'avouaient satisfaits de leur chambre, des conditions acceptées aussitôt sans discussion. La nuit, des murs épais protégeaient leur sommeil et s'ils se livraient à des ébats étranges, nul ne pouvait le savoir. L'après-midi quand ils ne se promenaient pas, ils parlaient, semble-t-il, interminablement et Mme Pitsikoki, en entrant dans leur chambre avec un chapelet d'excuses bien préparées, les trouvait presque toujours dans la même position : l'homme allongé sur le lit, à peu près inerte, les yeux clos, ne les rouvrant même pas à l'irruption de la logeuse, la femme assise dans le grand fauteuil de reps verdâtre, face à la fenêtre d'où l'on aperçoit le port et ses caïques, et au-delà de la jetée, la mer et une suite d'îlots rocheux gris piquetés de ronciers. Elle n'arrêtait pas de parler et tournait la tête pour foudroyer du regard l'indiscrète commère qui se retirait, et, sur le palier, se signait.

Au début, ils avaient goûté avec répugnance le vin résiné, mais la taverne n'offrant rien d'autre, ils durent s'en contenter et semblèrent s'y habituer au point qu'au bout d'une dizaine de jours, Yorgos, le serveur, remplissait leur carafe chaque fois qu'elle était vide, sans même demander leur avis. L'étrange goût de la résine qui a macéré dans le tonneau masque la teneur en alcool du vin, et si l'on n'y prend pas garde, on est surpris, croyant boire une piquette d'après les vendanges, alors qu'on s'enivre doucement, que l'étau se resserre sur les tempes. Le résiné de cette année-là était particulièrement fort. Il avait très peu plu en septembre et le raisin était acide quand nous l'avions cueilli dans la vigne en terrasse de l'oncle Mitso. Je l'avais foulé aux pieds avec les fils et les neveux dans la grange pendant que les femmes recueillaient, en dessous de la cuve, le liquide trouble et un peu rosé et je n'oubliais pas les vapeurs délétères accumulées sous la charpente, ce parfum de pourriture qui saoulait très vite tandis que nous trépignions sur place au son d'un bouzouki. Pendant quelques soirs, les étrangers ne parurent pas s'apercevoir de la nocivité du vin de cette année-là et quittèrent la taverne en chancelant. Ils gagnaient difficilement la porte et devaient se prendre par le bras pour ne pas trébucher. L'espace de quelques instants, ils reformaient l'image d'un couple, d'un très beau couple où chacun prenait un soin attendrissant de l'autre. Elle se taisait alors, mais relevait la tête dans un geste de défi, belle lionne qui n'acceptait pas la plus petite humiliation. Et lui aussi, malgré sa faiblesse passagère, semblait dans son élément, comme si, depuis sa jeunesse, il avait appris à tenir tête à l'alcool qui n'abat que les mauviettes. Il était vraiment singulier que, saouls, ces deux-là retrouvassent un orgueil nouveau, c'est-à-dire une attitude à l'égard de tous ceux qu'ils ignoraient ou affectaient d'ignorer. On ne sauve les apparences que pour les curieux et les indiscrets, pour ceux qu'on aime ou qu'on méprise. Nous existions donc à leurs yeux, ce dont on aurait pu douter jusqu'au moment où, surpris par le résiné, ils avaient fait front. Une fois, nous partîmes peu après eux et nous les retrouvâmes dans la ruelle, enlacés mais tanguant comme deux marins en bordée et si peu sûrs d'eux qu'ils durent, un moment, s'appuyer au mur comme pour laisser passer la vague qui allait les renverser. À notre pas ils sursautèrent et reprirent leur chemin, nous laissant toutefois les dépasser.

Les réveils pénibles du lendemain, avec la bouche desséchée, l'écœurement de tout, durent leur apprendre que le résiné au goût de bibine était plus traître que les whiskies et les cocktails auxquels ils étaient accoutumés. Ils auraient pu s'enfoncer dans cet abrutissement, glisser en douceur vers l'hébétude et ils n'auraient pas été les premiers étrangers vaincus par l'inaction dans une des îles de l'Égée, mais un sursaut nous étonna : ils refusèrent le résiné et commandèrent de la bière, comme s'ils avaient eu besoin de toute leur lucidité, l'un pour déchirer, l'autre pour se laisser déchirer. Malheureusement, la bière fit vite défaut car, pendant dix jours de janvier, le bateau ne put accoster. La *voria*, le vent du Nord, soufflait, tordant les arbres, emportant les tuiles, les cheminées. Une nuit la jetée se fendit et la mer entra à gros bouillons dans le port, fracassant quelques caïques. Toute une matinée sous les embruns, trempés, aveuglés, les hommes durent tirer à terre les bateaux rescapés. En soufflant, le vent nettoyait le ciel et sous un soleil éclatant, brûlant même dès qu'on était à l'abri, l'île retrouva une seconde beauté terriblement émouvante. Les vagues rejetaient sur les plages des arbres pétrifiés dans le sel, des épaves aux attitudes désespérées. De la chapelle du prophète Élie, sur le plus haut sommet, on découvrait la mer Égée d'une blancheur neigeuse avec des rides bleues et les autres îles de l'archipel si proches dans l'air transparent qu'on les croyait à portée de la main.

Sans courrier, sans autre lien avec le continent que la radio serinant les sempiternelles chansons accompagnées de bouzoukia, il fallait vivre sur soi. Je ne m'en plaignais pas, nous étions venus là pour ça et la fureur du vent ajoutait à notre plaisir. Mais eux ? Ils reprirent du vin résiné le soir et nous les vîmes de nouveau tituber en sortant. Il ne fallut pas plus de trois ou quatre jours pour que cette ivresse involontaire — ou, tout au moins, acceptée sans préméditation — changeât un moment entre eux les rapports de force. Elle sembla perdre le fil de sa psalmodie, leva la tête, regarda autour d'elle et, sans doute, aperçut la première fois l'intérieur de la taverne, le plafond aux grosses poutres, les vieilles affiches d'Huntley and Palmers, de Pernod, de Coca-Cola (une fille baisant un cheval sur le museau), la rangée de bouteilles multicolores alignées sur une étagère au papier ciré crasseux, les tables branlantes et, autour des tables, vautrés, mangeant la bouche ouverte, curant leurs dents en se cachant d'une main en conque, leurs pouces écrasant le pain dans la sauce huileuse des ragoûts, les Grecs de notre île, yeux allumés, braillant en chœur une chanson d'amour. Il fallait les connaître — et nous les connaissions — pour savoir qu'ils n'étaient pas tout entiers là. Si on ne le savait pas, le choc pouvait être rude. La femme vit cela et quelque chose sembla chanceler en elle qui passait de l'affiche bleue et blanche de l'Office du Tourisme à cette taverne enfumée remplie de braillards la déshabillant du regard et crachant par terre dans la sciure. Je l'ai déjà dit : c'était une forte femme, bâtie en athlète, les épaules larges, les hanches étroites, que l'on imaginait facilement sur un stade, grande gazelle lancée à l'assaut du record du monde du 100 mètres. Rien ne devait lui faire peur, et si costauds que fussent ces garçons habitués à coltiner des sacs de ciment, des barriques de vin, des arbres entiers, elle était certaine d'en étendre un ou deux avant de succomber sous le nombre. Elle n'avait pas peur d'eux, elle les dominait de la taille et de l'intelligence (sans mal) et je me demande si le regard long, méthodique qu'elle appuya sur chacun d'eux à cet instant-là, n'était pas déjà une sorte de provocation.

Surpris par le silence de sa femme, l'homme releva la tête et lui aussi, sans doute, passa de l'affiche bleue et blanche de l'Office du Tourisme à la découverte brutale de l'endroit où ils avaient échoué, murés jusque-là dans leur querelle sans fin. Il sortit de son hébétude pour retrouver une expression de dégoût qui se mua vite en colère quand il s'aperçut qu'un des pêcheurs, Pandelis, souriait à la jeune femme et qu'elle répondait par le même sourire. Se tournant vers elle, il dit alors quelques mots, et si je ne les compris pas, j'entendis le son de sa voix, basse avec des intonations presque chantantes. Elle haussa les épaules et comme Pandelis levait son verre elle leva le sien et but d'un trait en riant. D'autres imitèrent Pandelis et elle leva plusieurs fois son verre toujours en riant. L'expression de son visage avait totalement changé au point que, n'étaient sa taille, ses cheveux, je ne l'aurais soudain plus reconnue. Elle était heureuse et on la sentait de ces femmes pour qui le rire est la grande occupation de la vie, que n'importe quel clown est certain de coucher dans son lit grâce à ses pitreries. Si pitoyables que fussent par certains côtés ses admirateurs, ils étaient des Grecs, c'est-à-dire des êtres qu'un verre de vin, une chanson, des amis poussent à une gaieté bruyante et désordonnée mais terriblement fraternelle. Oui, on s'aime follement en Grèce quand on a bu, on aime tous les peuples du monde (sauf les Turcs), c'est la ronde, la grande ronde autour de la terre que chantait la ballade du pauvre Paul Fort. Mais l'homme ne le comprenait pas, ou peut-être tous ces jours passés à écouter la même voix lancinante qui le détruisait lentement avaient-ils créé une obsession telle qu'il s'égarait quand il en sortait. Il aimait son cauchemar (du moins ainsi l'imaginai-je en romancier qui doit tout recréer d'après quelques indices et les données du hasard) parce que dans ce cauchemar elle était présente, accrochée à lui, occupée uniquement de lui. Quand elle échangea un sourire avec Pandelis, puis avec les autres, le visage de son homme prit une expression tragique. Elle lui retirait sa dernière raison d'être, il était seul et se réveillait dans un monde qu'il avait tout lieu de croire hostile et grimaçant. Alors, comme pour bien nous montrer qu'il était déjà un homme fini, perdu, un homme qui ne craignait plus rien, il tira un couteau à cran d'arrêt de sa poche et le planta dans la table. La lame vibra, le manche oscilla puis s'immobilisa, et le couteau fut là au milieu des verres, des assiettes et du pain comme un objet menaçant et stupide. J'en eus froid dans le dos, mais les Grecs n'y voyaient sans doute pas le même symbole que moi, ils voyaient un couteau à cran d'arrêt, arme interdite, objet de leur désir. Si la femme ne s'était pas levée, je crois que Pandelis ou Yorgos ou n'importe lequel serait venu examiner le couteau, en essayer le mécanisme, passer le fil de la lame sur les cals de la paume et demander le prix. Mais elle se leva et ils comprirent que quelque chose n'allait pas. Prenant son sac de toile, son paquet de cigarettes et son briquet, elle quitta la table sans un mot. Nous fûmes alors surpris de la voir venir vers nous comme vers une retraite préméditée, prendre une chaise, s'attabler et boire le verre de vin que je lui remplis. Elle sourit et nous demanda si nous savions l'anglais. Je dis que oui et elle parla du vent qui commençait à éprouver les nerfs les plus solides. Durait-il longtemps ? Oui, parfois deux, trois semaines, presque sans interruption. Elle soupira, regarda autour d'elle, évitant son compagnon qui, les coudes sur la table, la tête dans les mains, ne bougeait plus.

À mon signe Yorgos remit un disque sur le phono et cligna de l'œil vers Pandelis qui comprit et gagna l'espace libre où l'on dansait. Maigre, la poitrine creuse, monté sur des jambes étonnamment longues et minces pour un Grec, il était notre meilleur danseur et aussi le plus capricieux. On pouvait le prier toute une soirée sans qu'il bougeât de sa chaise et puis soudain l'envie le prenait au moment où tout le monde renonçait à le convaincre, et il dansait lentement, nouant et dénouant ses jambes dans un cercle imaginaire, souple comme une anguille, bras écartés, mains pendantes pour claquer des doigts. Le rythme s'accélérait de façon imperceptible et n'atteignait son crescendo qu'avec les derniers pas exécutés à la vitesse d'une danse russe. Mais je le décrirai mal comme on décrit mal tout jaillissement spontané, toute improvisation qui se moque des règles. Il faudrait dire simplement : Pandelis dansait et quand il n'était ni à jeun, ni ivre mort, nous ne pouvions que le regarder, fascinés par son langage. Il n'écoutait pas la musique, mais quelque autre voix que la musique suggérait en lui-même et dont ses pas, ses gestes — pas son visage immobile concentré, paupières baissées — traduisaient le long envoûtement. La femme le contemplait, grave, à demi penchée. Elle pouvait croire qu'il dansait pour elle, et ce n'était pas exact : Pandelis ne dansait jamais que pour lui-même.

Le disque allait s'arrêter quand, de l'autre bout de la salle, quelqu'un lança une assiette qui vint éclater aux pieds du danseur. C'était la coutume et les soirs de gaieté toute la vaisselle de Frangias y passait. Lui, seul dans un coin près de son fourneau, notait la casse qu'il ajoutait à l'addition de chacun. L'instinct destructeur des Grecs se satisfait de ces autodafés. On rentre chez soi heureux, personne ne s'est battu, on a ri, on a crié. Quand un danseur a donné le meilleur de lui-même, il ne reçoit pas de plus bel hommage que quelques assiettes dans les jambes, mais encore faut-il savoir que c'est là une manifestation de l'exubérance méditerranéenne. Pandelis, même s'il ne faisait pas remonter ce goût de la casse à des réminiscences millénaires, à l'imitation inconsciente des différents envahisseurs qui se sont acharnés depuis l'Antiquité sur le marbre et la poterie grecs, Pandelis le savait. Pas l'étranger qui reçut des éclats dans les jambes. Sortant de sa torpeur, il dut croire qu'on l'avait visé, et avec une rapidité inouïe, il empoigna sa carafe et la balança sur le phono qui eut un hoquet et se tut avant les dernières mesures.

Pandelis s'arrêta net de danser, Frangias posa sa poêle à frire et essuya ses larges mains sur son tablier crasseux. Personne ne riait plus. Il y eut un instant de silence magnifique chargé de défis et de violences. Pandelis baissa les bras le long du corps et resta immobile au milieu de la piste en ciment couverte de sciure et de débris d'assiette. L'homme reprit son couteau planté sur la table qu'il bascula d'un coup de genou. Assiettes et verres se brisèrent sur le sol. Frangias quitta son fourneau. Ce gros petit homme était la vivacité même et sous son jersey collant roulaient des muscles de bûcheron. D'un mouvement de tête, il évita une salière lancée par l'étranger. La salière s'écrasa sur la face abrutie de l'oncle Mitso qui porta la main à ses lèvres et la retira pleine de sang. Je regardai la femme assise à notre table : elle ne bougeait pas, un sourire affleurait ses lèvres. Des hommes se levèrent dans le fond de la salle, pesants, lourds et aussi inquiets. Ils formaient un demi-cercle dont Pandelis et Frangias étaient maintenant le centre. Si nombreux fussent-ils, aucun ne semblait décidé à faire un pas vers ce grand type aux lèvres serrées, pâle, les yeux incroyablement durs. Même Frangias n'avait pas riposté mais je le connaissais assez pour savoir que son calme dissimulait un difficile problème : où frapper le premier, vite et si fort qu'il n'y aurait pas de réponse. Chose étonnante, il desserra ses poings et sembla renoncer. Prenant un balai, il commença de rassembler le verre et la porcelaine pour les pousser vers le seau à ordures. Ses jambes manquèrent à Pandelis. Livide, il se laissa tomber sur une chaise et resta les mains posées sur les genoux. L'oncle Mitso contemplait sa main sanglante avec ahurissement. Des taches brunâtres se dessinaient sur son veston élimé et sa chemise à carreaux. Frangias se rapprocha de l'étranger et balaya la casse jusque sous ses pieds. L'autre ne le quittait pas des yeux et je crus bon de lui dire qu'on n'avait pas voulu l'insulter en lançant une assiette, que c'était la coutume quand Pandelis dansait bien. Sans bouger la tête, il détourna les yeux, surpris de s'entendre parler en anglais. Ce fut le moment que choisit Frangias pour l'attaquer mais la réplique fut foudroyante : les quatre-vingt-dix kilos du tavernier volèrent dans la salle et Frangias retomba sur une table qui s'écrasa sous lui. Il n'avait pas de mal, il était simplement humilié, chose impardonnable à un homme passant pour invincible dans l'île.

Je commençai d'admirer ce grand type, fort et calme, concentré comme un chat sur sa prochaine proie. Il fallait réviser un jugement hâtif. Il avait aimé les plaisirs imbéciles et pourtant cultivé son corps, ses réflexes. Il était sans nul doute un bagarreur de première force, assez sûr de soi pour refermer son couteau et le glisser avec mépris dans sa poche. Avant de succomber sous le nombre, il ferait mal, très mal autour de lui. Je dis à Frangias de le laisser sortir, que tout cela était stupide et que demain on serait amis de nouveau. Frangias refusait de le croire. Il remuait sa grosse tête chauve et passait sa langue sur ses lèvres sèches. Maintenant, il voulait la peau de ce type... La femme me demanda de traduire, et quand elle comprit, elle hocha la tête en signe d'acquiescement. On aurait juré qu'elle était parfaitement insensible au drame, et même plutôt satisfaite de se trouver là en spectatrice, dans une loge d'où elle pouvait compter les coups. Elle se retenait d'applaudir mais elle les eût volontiers traités de lâches s'ils ne se battaient pas.

Je connaissais trop les Grecs de cette île pour croire qu'ils renonceraient. Nombre de leurs querelles ne dépassaient pas le stade des injures ulysséennes. La foudre et le déshonneur tombaient sur les parents, les grands-parents, les frères, les sœurs, les enfants et, en dernier ressort, sur la Vierge qui subissait les ultimes outrages. Mais alors des mains charitables s'agrippaient aux combattants pour les séparer. On s'ignorait quelque temps, puis la réconciliation venait autour d'une carafe de vin. L'île était trop petite pour des querelles durables, sauf s'il s'agissait de querelles d'intérêt. Avec un étranger cependant la question était plus grave. L'amour-propre s'en mêlait. On n'allait pas le laisser partir sans lui montrer qu'on ne le craignait pas sinon c'en était fait du renom des Grecs dans le reste du monde. La malchance avait voulu que le plus fort d'entre eux, un homme de quatre-vingt-dix kilos, ait été soulevé comme une plume d'une prise entre les jambes. Après Frangias, qui oserait ? Dans une affaire de ce genre, il paraissait stupide d'avoir compromis sa meilleure arme dès le début. Certes, à dix ou douze ils avaient des chances de l'abattre mais, là encore, l'amour-propre l'interdisait. La situation semblait sans issue et l'homme le savait fort bien. Où avait-il appris à si bien se battre ? Les enfances heureuses et protégées ignorent ces ruses froides. En le regardant mieux, en détaillant son beau et féroce visage aux traits accusés, je pouvais le situer dans quelque quartier pauvre de New York, dans ce West End où il faut jouer sa vie chaque jour contre les gangs d'enfants. Le long des quais de l'Hudson, j'avais vu de ces bandes dépenaillées qui se heurtaient à coups de pierres, de barres de fer et n'oubliais pas le gosse sanglant abandonné sur la chaussée à l'apparition d'une voiture de police. Ç'aurait pu être lui et d'ailleurs en regardant plus intensément son visage, je découvris de minces cicatrices et une balafre sous l'oreille qui racontaient un passé turbulent avant que les femmes viennent pourrir, puis détruire cet homme.

Combien de temps dura ce duel immobile et muet, je ne le sais pas vraiment. Si j'essaye de m'en souvenir il paraît que ce furent de longues minutes, mais plus vraisemblablement il ne s'agit que de secondes sinon je me serais levé, j'aurais bougé, hurlé quelque chose avant que, du fond de la taverne, Nikolo, un gros garçon de vingt ans, le cou entre les épaules, lançât une assiette à toute volée sur l'étranger qui l'évita de justesse en se penchant et en se baissant. Frangias bondit mais buta contre une chaise que l'homme, plus vif encore que lui, avait balancée en travers d'un coup de pied. Frangias se releva, saignant du nez, une joue couverte de sciure. L'étranger était un merveilleux bagarreur, génial autant dans l'invention et la parade que dans la rapidité d'exécution. Sa force, sa sûreté hypnotisaient lentement ses adversaires. Un immense fossé séparait leurs manières : les Grecs se battaient pour lui flanquer une rossée, le laisser assommé sur le sol, tandis qu'il se battait comme si on allait lui prendre sa vie. Il était prêt à tuer pour ne pas mourir, simple différence qui changeait du tout au tout les rapports de force. C'était si évident que les consommateurs reculèrent d'un pas vers le fond de la taverne, que l'oncle Mitso tomba assis sur une chaise, le menton dégoulinant de sang et que Pandelis, le danseur, se pencha vers lui, un mouchoir à la main. Malheureusement, Nikolo, insensible à l'esthétique de ce drame, avança la main vers une autre assiette. Aussitôt l'étranger se rapprocha d'une table où étaient alignées une vingtaine de carafes vides. Il avait douze cibles devant lui et nous pouvions être certains qu'il ne manquerait pas son but...

Je me levai et baissai l'interrupteur du compteur électrique juste à côté de notre table. Plongés dans le noir, les combattants restèrent un moment silencieux avant qu'une carafe allât, suivie de plusieurs autres, se fracasser contre le mur. Je criai à l'étranger de filer, certain qu'avec son sens du combat il avait repéré la porte et s'y trouverait en trois bonds. Le vol des carafes cessa et nous entendîmes pleurer l'oncle Mitso. Je rallumai. Au fond de la table, les Grecs cachés sous les tables se relevèrent. Frangias bondit vers la porte restée ouverte, mais l'étranger était déjà loin. Dehors il ne pouvait pas accepter le combat.

À notre table, la femme sortit une cigarette et me demanda du feu. Sa main tremblait légèrement. Frangias était furieux. Je lui dis qu'ils étaient douze contre un et que ce n'était pas juste. Nous habitions une île. Personne ne pouvait s'en évader sans qu'il le sût. Il aurait sa revanche demain ou un autre jour, je n'en doutais pas. Son orgueil ménagé, Frangias se calma et nous nous levâmes pour sortir. La femme nous dit qu'elle resterait encore un instant pour finir son verre. J'aurais juré qu'elle regrettait notre intervention bien qu'elle s'efforçât de n'en rien laisser paraître. Nous la laissâmes donc seule dans la taverne. Son attitude calme et méprisante répondait assez bien à l'idée que je me faisais d'elle et de ses rapports avec son mari ou amant. Elle ne craignait rien, décidée à aller jusqu'au bout de son dessein secret.

Quand nous nous retrouvâmes dehors, un changement nous attendait : le vent venait de tomber et un silence neuf, surprenant pour nos oreilles qui bourdonnaient depuis des jours et des jours, régnait sur le village. Nous avancions dans une nuit claire et feutrée, sous un ciel noir, pur de tout nuage. Des étoiles brillaient et un quartier de lune rouge orangé sortait de la mer. Après une longue navigation dans la tempête, nous arrivions enfin au port ou dans quelque baie profonde à l'abri de la *voria.* À bord de ce vaisseau de rocs, de pins, de plages blanches de sel, l'équipage épuisé s'était endormi derrière les volets clos et nos pas résonnaient solitaires dans la ruelle descendant au port. Demain l'île ressemblerait de nouveau à l'affiche bleue et blanche de l'Office du Tourisme, un idéal que peu ont le droit de connaître, et que ceux qui en jouissent toute l'année n'apprécient plus. Passant sous les fenêtres de Mme Pitsikoki nous vîmes une lumière. L'homme avait donc regagné sa chambre où, comme le racontait sa logeuse, il restait prostré le jour durant pendant que sa femme déroulait un interminable monologue. Ce soir, elle n'était pas là pour le torturer, mais elle avait fait un nouveau bond en avant dans leur guerre : elle pactisait avec ses ennemis. Nous n'avions pas besoin d'être dans la taverne pour savoir que quelques verres de vin, une chanson dissipaient déjà l'atmosphère un moment si tendue. Il devait s'en douter aussi et sa solitude effrayait. Si la femme voulait l'acculer à la folie — et il en semblait bien près — elle ne pouvait mieux s'y prendre.

Je me souviens que, cette nuit-là, n'arrivant pas à trouver le sommeil tant le silence inquiétait après deux semaines pendant lesquelles tout avait craqué autour et au-dessus de nous, j'échafaudai plusieurs sujets de romans avec ces deux personnages pour héros. Si j'avais inventé leurs caractères, quelle intrigue aurais-je pu nouer autour d'eux ? Où se trouvait le mystère ? La seule explication possible était la présence d'un cadavre entre eux, et, étant donné leur sauvagerie naturelle, cette image pouvait bien ne pas être prise au figuré. Il paraissait également évident qu'elle avait sacrifié quelque chose pour lui, que sans doute elle ne cessait de le lui reprocher, mais quoi ? Il aurait fallu entendre cette femme parler plus longtemps pour déceler dans son accent, assez vulgaire, la part de l'affectation et celle de la vérité. Elle devait aimer s'encanailler. Quant à lui, je ne pouvais plus l'imaginer autrement que sous les traits d'un de ces enfants grandis dans la jungle du West End, un de ces petits « durs » aux gueules tachées de son ou aux traits négroïdes qui finissent à Sing Sing ou Alcatraz quand ils ne s'engagent pas dans un régiment de Marines ou dans la police. Celui-là avait suivi un chemin différent et je n'arrivais pas à l'imaginer autrement que sous l'aspect d'un beau garçon de dix-huit à vingt ans, maître nageur sur une plage de Floride et distingué par quelque femme mûre suffisamment pourvue de dollars pour que l'on ne s'arrête pas à ses premières rides, une Mrs Stone comme celle de Tennessee Williams, un printemps à Rome, fruit blet en quête d'une ultime passion avant la retraite glorieuse dans la philanthropie. On ne quitte pas ces « protectrices », elles vous quittent et c'est — avec le seul secours de quelques objets souvenirs : briquet, montre en or, étui à cigarettes — la plongée dans un monde de nouveau hostile où quelqu'un se souviendra toujours que vous avez été un maquereau. Il y avait encore mille choses à imaginer autour d'une pareille liaison et surtout la rencontre d'une femme jeune et belle qui vient perturber l'idylle automnale, qui refuse le partage et se fait un point d'honneur d'humilier la maîtresse maternelle, de lui soulever son amant. Mais la maîtresse maternelle aime soigner ses sorties et ne veut pas lâcher avant l'heure dont elle a décidé depuis longtemps. C'est la porte avec un costume et une cravate, un billet de dix dollars en poche, ou c'est la prison dorée avec la voiture de sport, le valet de chambre et les dîners dans les restaurants français. Alors la tentation est forte d'assassiner la Mrs Stone, de lui prendre ses bijoux (si elle n'a pas pris la précaution de porter les faux et de laisser les vrais à la banque) et de s'enfuir aussi loin que possible vers quelque paradis promis par une affiche bleue et blanche au mur d'une agence de voyage. Le châtiment n'est pas pour demain et c'est seulement dans les films policiers que le criminel est toujours découvert et arrêté. Rien qu'en France, dix mille disparitions par an sous-entendent au moins quelques crimes parfaits. Combien aux États-Unis ? Oui, si j'avais dû écrire un roman ou une simple nouvelle autour de ces deux personnages, j'aurais expliqué la terrible haine de la femme par une pierre sur laquelle achoppait leur combinaison : vrais bijoux dans un coffre à la banque, chèque mal daté. Riches ils n'échouaient pas ici. Réduits à une poignée de dollars, ils aboutissaient dans cette île et maintenant l'œil les regardait et cela devenait intolérable.

Je m'endormis tard et me réveillai avec le soleil entrant à flots dans la chambre. Nous allions revivre quelques jours avant de subir de nouvelles attaques de la *voria* et il suffisait de ces quelques jours pour que l'île se couvrît de fleurs sauvages. Une douce odeur de pain grillé montait de la cuisine où Marigoula, notre épisodique femme de ménage, s'affairait à grand bruit avec l'intention ferme de nous sortir du lit pour goûter à sa conversation. Le fait est qu'elle avait des choses à dire qui attendraient difficilement.

À peine étions-nous à table qu'elle vint s'asseoir devant nous sur une chaise où il lui fallait presque se hisser tant ses jambes énormes étaient courtes. Elle ouvrait une bouche de grenouille pour les interjections familières aux gens de l'île : « Amé ! » ou « Aba-ba-baa » découvrant deux incisives jaune safran, reste d'une denture fâcheuse. Avec ou sans dents, cette bouche n'en avait pas moins prononcé un nombre incroyable de paroles et quand je la voyais commencer sa gymnastique, je me souvenais d'Henry Miller penché sur la bouche du Colosse de Maroussi endormi et se disant : « Où s'en est donc allée cette fameuse voix ? » Mais la bouche du Colosse Katsimbalis, petite avec des lèvres coupantes, débite de l'or en barre tandis que de celle de Marigoula ne sortent que des serpents.

Nous mîmes du miel (le miel de l'oncle Mitso, un miel qui sent le raisin de sa vigne et le thym de la montagne) sur nos tartines artistement grillées et Marigoula nous apprit que l'île commentait le drame de la veille. L'histoire avait déjà eu le temps de s'enjoliver de nombreux détails inédits. Marigoula n'éprouvait aucune gêne à nous raconter une scène dont nous avions été témoins et comme je lui disais que l'oncle Mitso n'avait pas reçu une chaise sur la tête, mais une salière sur la bouche, elle me coupa la parole : elle savait ! Il est vrai qu'elle savait des choses que nous ignorions encore, notamment ce qui s'était passé après notre départ de la taverne. L'étrangère avait dansé avec Pandelis en y mettant une telle grâce, bien que ce fût sa première danse grecque, que tous les hommes avaient applaudi et voulu lui apprendre des pas. Un peu avant l'aube, les voisins s'étaient plaints du tapage et un gendarme avait rappelé à Frangias les heures de fermeture. La bande hurlante s'était alors répandue dans le village, chantant des rengaines et arrosant les murs. Le gendarme était intervenu de nouveau mais au moment où on allait se disperser, l'étrangère avait rassemblé ses chevaliers servants en un cercle autour d'elle, puis, les yeux fermés, tournant sur un pied comme une toupie avant de s'arrêter, le bras tendu, elle avait désigné l'homme qui achèverait la nuit avec elle. Cet homme était Frangias.

Jusqu'à quel point Marigoula fabulait, je ne pouvais pas le dire. Mais on imaginait mal cette superbe femme, un rien méprisante, dans le lit de Frangias. Certes tout était possible, et depuis que nous vivions dans les îles, nous avions vu nombre d'accouplements hétéroclites, des étrangères qui succombaient à un exotisme inexplicable. L'exotisme de Frangias ne paraissait pas évident : 1,60 m presque aussi large que haut, des seins, des bras de lutteur turc, une mâchoire énorme qui lui permettait de soulever entre ses dents une table chargée de couverts et de bouteilles, chauve et affligé de deux oreilles poilues dont les lobes pendaient avec une disgrâce certaine, le cabaretier était de loin un des hommes les moins favorisés par la nature dans notre île riche en beaux garçons, minces, élancés avec des yeux gris, des cheveux blonds. Il fallait du courage pour imaginer Frangias en amant, ôtant un à un ses multiples jerseys qui lui servaient à la fois de vêtements et de sous-vêtements, apparaissant avec son ventre gonflé mais dur comme de la pierre, nu, blanchâtre, poilu, satisfait de soi, auréolé d'une odeur de graillon. Et puis où l'avait-il emmenée, car Frangias était marié, père de famille, et on ne voyait pas Elefteria, une maritorne qui avait apporté une dot plus que substantielle dans sa corbeille, accepter de préparer le lit de l'étrangère ? Marigoula connaissait déjà la réponse. Frangias s'était fait construire à trois kilomètres du village, à Phoskida, une affreuse bicoque en ciment qu'il louait pendant l'été. La bâtisse déparait un des plus beaux sites de l'île, une plage de sable blanc bordée de pins et de lauriers que, dans ses projets grandioses, Frangias entendait transformer grâce à un restaurant de tôle ondulée en un lieu de plaisir pendant l'été.

Depuis le début de la matinée, Elefteria tenait conseil avec deux de ses frères pour aller chercher l'infidèle, mais les frères montraient peu d'empressement. Malgré sa défaite de la veille, Frangias gardait la réputation d'un homme qui a le coup de poing facile et n'aime pas les remontrances. On parlait d'envoyer un ambassadeur chargé seulement de frapper à la porte et de demander à Frangias s'il n'avait besoin de rien. Là s'arrêtaient les informations de Marigoula. Elle nous quitta pour regagner sa cuisine où la fenêtre ouverte sur la ruelle lui permettait de guetter les nouvelles. Tout le matin, travaillant dans la pièce au-dessus, je fus distrait par sa voix de crécelle et les commères qui s'arrêtaient pour lui donner les derniers renseignements. Pendant le déjeuner, elle nous apprit que les frères refusaient de se rendre à Phoskida, prétextant que cette affaire ne les regardait pas. Elefteria ne désarmait cependant pas. Elle préparait une expédition avec une sœur, des cousines et la femme du pope. Le rassemblement avait lieu devant l'église d'Analipsi. Un espion mandé à Phoskida rapportait que la bicoque était silencieuse et que si deux volets n'avaient pas été ouverts, on l'aurait crue déserte. Quant à l'étranger, il n'avait pas bougé de sa chambre, se contentant de demander à Mme Pitsikoki un café et l'heure du bateau enfin annoncé.

Nous arrivâmes en retard devant l'église d'Analipsi. Le cortège des femmes avait déjà pris la route. Nous le retrouvâmes à la sortie du village. On ne peut pas dire que ces dames marchaient d'un pas décidé. Il y avait des hésitantes, des traînardes derrière Elefteria et Kostassia, la femme du pope. Kostassia était une maigre créature consumée par un feu intérieur que trahissaient ses yeux noirs et ardents, des yeux de braise évidemment. Elle passait pour une exorciseuse à qui le Malin ne savait pas résister, et, comme toute exorciseuse, on la craignait autant qu'on la respectait. Quand on sait délivrer d'un sort, on sait aussi en jeter et on suspectait Kostassia d'avoir plus d'une fois « noué » des jeunes mariés rien que pour le plaisir de vérifier l'efficacité de ses dons. Elle portait, comme le sacrement, une fiole d'huile d'olive, un bouquet de basilic et une assiette creuse.

Douze d'abord, au début, les femmes étaient maintenant une trentaine, vêtues pareillement de noir, le foulard, noir aussi, cachant à demi le visage. La procession avançait dans la lumière crue d'un après-midi d'hiver et récitait des prières dont le murmure accompagnait les pas d'une rumeur sourde. C'était, je dois le dire, un assez beau tableau aux couleurs simples : le bleu intense de la mer proche, le blanc de la route crayeuse, le vert des pins, le bleu pâle du ciel et les vêtements noirs. Il eût fallu un peintre pendant quelques minutes. Je n'étais qu'un écrivain et m'en plaignis. L'esprit de ce tableau pouvait être exprimé avec des mots, mais le dessin admirable ne pouvait être que vu. Qu'espéraient-elles ainsi ? Une expédition punitive était compréhensible, mais cette procession pour délivrer un homme du charme d'une étrangère prêtait plutôt à sourire. J'imaginai la tête de Frangias quand il les verrait arriver. À moins que saoulé d'amour, il se fût endormi pour la journée.

Nous étions à peine à mi-chemin que des barques de pêcheurs longeant la côte nous dépassèrent. Les hommes se rendaient à Phoskida. Je doutais que ce fût dans un but aussi noble que la libération de Frangias. Les Grecs ont horreur du scandale public, même s'ils ne font rien pour le prévenir. Quand il éclate par la faute d'un maladroit (ou d'un étranger, mais on est étranger si l'on habite le village voisin), la réprobation est plus grande contre celui qui le provoque que contre celui qui en est la cause. Beaucoup de bonnes âmes avaient tenté de convaincre Elefteria d'attendre le retour — fatal — de son homme, mais l'offense était publique, le village n'avait que cette histoire à la bouche. L'orgueil blessé ne connaît plus d'amour-propre.

Quand nous fûmes en vue de Phoskida, la situation n'avait pas changé. La maison, apparemment, dormait. À part les deux volets ouverts, nul signe de vie. Les barques mouillaient à quelques brasses du rivage et les femmes s'arrêtèrent sur une petite hauteur dominant la plage. Kostassia, détachée du groupe et tournée vers le lieu du péché, commença ses prières. Elefteria, à son côté, portait l'assiette creuse et une bougie allumée. Les répons s'élevèrent et, un instant, nous n'entendîmes plus que les voix aigrelettes des commères ponctuées par le boubp-boubp-boubp des derniers caïques aux moteurs monocylindriques entrant dans la baie. Frangias était-il aux aguets ou fut-il réveillé par ces bruits insolites ? Peu après notre arrivée, il se montra sur le seuil de la maison, en tricot de corps, pantalon et chaussettes. Il aperçut les femmes, les barques et rentra. Des cris s'élevèrent à l'intérieur et puis la porte s'ouvrit de nouveau et la femme apparut, repoussant Frangias. Nue, elle courut vers la mer. Le cabaretier essaya de la rattraper, mais les galets le blessaient et il s'arrêta au bord de la plage. Elle nageait déjà entre la rive et les caïques, frétillant, s'ébrouant, jouant comme une enfant dans l'eau glacée. Son long corps blanc disparaissait, revenait dans une gerbe d'écume. Kostassia, frappée d'aphonie, se tut. Elefteria resta bouche bée. Derrière elle, les femmes se rapprochèrent, dessinant un demi-cercle prudent aux murmures horrifiés. Fou de colère, Frangias gesticulait sur la plage, rappelait la naïade qui restait sourde à ses prières. Le pauvre avait cru, l'espace d'une aube et d'un matin, posséder pour toujours cette forte créature et voilà qu'elle se montrait nue aux pires commères du village et à tous ces autres hommes qui, depuis trois semaines, échangeaient sur elle des plaisanteries grasses et baveuses. Il y avait de quoi devenir fou. Kostassia reprit sa prière coupée de multiples signes de croix, puis versa quelques gouttes d'huile dans l'assiette creuse. Les dessins formés par l'huile à la surface de l'eau durent répondre à son attente car elle échangea un regard complice avec Elefteria au moment où la femme sortait de l'eau, lentement, lissant des deux mains ses cheveux mouillés, superbe, offrant à la vue de tous son long corps riche et musclé, aux épaules droites, aux hanches minces, aux longues jambes, à la douce poitrine. Venue de très loin, elle naissait de la mer qui l'avait caressée, saisie, enroulée dans ses eaux comme jamais un homme ne saurait le faire. Les pêcheurs sur les caïques se turent. Elle était à ce moment-là trop éblouissante pour leurs lazzi. Quand une première pierre tomba à quelques mètres d'elle, son regard de superbe mépris s'éleva vers le groupe des femmes en noir. Plusieurs d'entre elles se baissaient pour imiter le geste d'Elefteria. Leurs pierres à la main, elles restèrent indécises, foudroyées par ce mépris qu'elles n'attendaient pas, qui les écrasait. Frangias accourait vers sa bien-aimée, sautillant sur les galets, désespéré. Il la rejoignit et voulut prendre dans ses bras pour en cacher la nudité, cette femme qui le dépassait bien d'une tête. Affolé, il retira son tricot de corps pour lui cacher la poitrine, mais elle le repoussa d'une bourrade dans les côtes, puis de la paume sur le menton mal rasé. Frangias manqua tomber. Les rires des pêcheurs le mirent hors de lui et il se jeta sur l'étrangère pour la renverser ou la serrer contre lui, espérant encore masquer de son propre corps le ventre et les seins offerts sans pudeur à la curiosité publique. Ils tombèrent ensemble sur les galets, lui plus lourd en dessus, elle étalée sur le dos, jambes écartées, bras maintenus. Ils restèrent un moment immobiles, chacun retenant son souffle, dans cette position comme s'ils allaient faire l'amour. Elefteria jeta une seconde pierre, imitée par les autres pleureuses qui se déchaînèrent en les traitant de chien et de chienne. Frangias fut atteint le premier sur son crâne chauve et un peu de sang coula. La femme reçut une pierre qui ricocha sur sa tempe. Elle sursauta et son long corps se tendit. Frangias, dressé sur les genoux, montra le poing aux femmes, cria qu'on les assassinait. Son visage ruisselait de sang. La pluie de pierres s'arrêta sur un signe d'Elefteria.

Mus par le besoin d'arrêter cette scène qui du burlesque tournait au tragique, nous descendions vers la plage sans savoir comment nous pourrions tirer la femme de là, quand l'étranger apparut derrière la maison. Il ne courait pas, il avançait à grandes enjambées, les poings serrés, pâle. Frangias le vit arriver et esquissa un geste absurde comme pour solliciter son aide contre cette horde de femmes et de voyeurs. L'étranger s'approcha et, du pied, fit tomber Frangias, l'écartant du corps de la femme vers laquelle il se pencha. Elle geignait doucement et il lui caressa la joue avec une certaine réserve comme s'il la connaissait à peine, parlant doucement. Elle ouvrit les yeux, prit cette main tendue et la baisa. C'était plus que n'en pouvait supporter Frangias. Il se rua sur l'homme dont l'attention se relâchait, et le frappa violemment à la mâchoire. On entendit le bruit mat du coup. De leurs caïques, les pêcheurs vociférèrent. Frangias contempla ces deux corps posés en croix l'un sur l'autre et s'enfuit en courant vers la pinède.

Quand nous fûmes près d'eux, la femme se redressait péniblement, tenant dans ses mains la tête inerte de son amant, K.-O. comme cela ne lui était peut-être pas arrivé depuis l'enfance, depuis les sombres batailles entre les gangs rivaux sur les quais du West End de New York. Je le soulevai et le déplaçai pour qu'elle pût elle-même se remettre debout et à trois nous traînâmes vers la maison cet athlète vidé de ses forces comme un pantin désarticulé, le teint terreux, la bouche à demi ouverte, la respiration oppressée. La maison sentait encore le ciment frais, humide. Une seule pièce était ouverte, celle où Frangias et la femme avaient achevé la nuit dans un lit étroit, sans draps, avec pour toute couverture un de ces tapis bariolés en coton qui représentent toujours quelque scène typique de l'Orient, ici des Bédouins assis à côté d'un palmier avec leur chameau. Des bouteilles vides gisaient par terre et, dans une assiette, quelques sardines nageaient à même leur huile, reliefs d'une noce triste sous la protection d'une image en couleurs représentant deux amoureux grotesques dans un jardin fleuri à Corfou. Voilà où avait échoué, où aboutissait cette belle femme habituée au luxe, partie d'un autre monde pour tomber dans ce que le nôtre avait de plus sordide et de plus vulgaire. Dessaoulée, épuisée, ayant soudain froid, elle s'en aperçut tout d'un coup et son visage se crispa, elle perdit, pendant quelques secondes, toute beauté. À la naissance des cheveux, au-dessus de la tempe, un hématome grossissait à vue d'œil et son corps nu, privé de joie, implorait pitié. On ne pouvait plus la regarder. On ne pouvait que lui souhaiter des vêtements pour cacher sa poitrine, son sexe qui n'inspiraient plus de désirs, de curiosités ou de pensées érotiques, mais seulement de la gêne. Du doigt, elle toucha son hématome et grimaça de douleur. Nous lui dîmes de s'habiller, ce qu'elle fit sans gêne, ramassant son linge épars, son pantalon de toile bleue, son chandail en laine écrue de Mykonos.

Je trouvai de l'eau et aspergeai le visage de l'homme comme font les soigneurs après un match de boxe. Il n'y avait pas grand-chose à faire sinon attendre qu'il sortît de son coma et s'il n'en sortait pas, appeler d'urgence un hélicoptère pour l'emmener en Athènes. Mais un homme de sa trempe devait se remettre seul d'un direct à la mâchoire et le fait est que, quelques minutes après, il ouvrit les yeux, grogna et se plaignit de maux de tête. Je me penchai vers lui et mon visage parut le surprendre. M'avait-il seulement jamais distingué des dîneurs du soir dans la taverne enfumée ? Ce n'était pas certain et je dus le rassurer en anglais, lui expliquer que j'étais un étranger dans cette île comme lui, mais que nous y venions depuis des années, ce qui expliquait que nous parlions le grec. La femme assise sur une chaise, dans un coin de la chambre, attendait peut-être qu'il s'aperçût de sa présence. Il la vit enfin et je n'oublierai jamais le regard qu'échangèrent ces deux êtres après le drame : ils s'aimaient et, pire que cela encore, ils étaient enchaînés l'un à l'autre. Elle pouvait coucher avec n'importe qui, s'exhiber nue sur une plage, le piétiner moralement, le détruire jusque dans son orgueil de mâle, il l'aimerait toujours. Et on ne pouvait pas douter non plus qu'attachée à lui par des liens mystérieux tout aussi puissants, elle avait besoin, soif et faim de sa victime. En s'installant à notre table dans la taverne, en y restant seule après notre départ, en couchant avec Frangias, elle punissait son compagnon de chaîne de s'être montré si fort, si courageux au cours d'une crise de violence. Mis K.-O. par le tavernier sur la plage, il redevenait un homme que l'on peut aimer, plaindre, soigner, caresser. Ils vivaient en enfer et l'enfer avait tissé entre eux des liens indestructibles. De plus en plus, je pensais au drame sur lequel ils avaient bâti un amour qui les enchaînait mais ce n'était pas mon affaire.

Ils restèrent un long moment ainsi, lui allongé, elle sur sa chaise, serrant ses genoux dans ses mains aux doigts croisés, sans faire un geste. Notre présence ne les gênait pas. Ils nous ignoraient de nouveau. Enfin, elle murmura son nom : « Juan » et je sus que je ne m'étais pas trompé : il devait être d'origine portoricaine. Il répondit : « Bessie ».

Nous rentrâmes tous les quatre comme la nuit tombait. Le chœur des femmes avait disparu et il ne restait plus un caïque dans la baie. Il fit soudain froid. Le bateau faisait escale à neuf heures et serait au Pirée le lendemain à l'aube. Après cette crise épuisante, il fallait changer de décor. Les gens du village les toléreraient mal. Ils s'en moquaient ou même peut-être n'en avaient-ils même pas idée. L'affiche bleue et blanche de l'Office du Tourisme avait été un leurre. Le bleu et le blanc sont des couleurs que l'on apporte avec soi, qu'il est vain d'aller chercher ailleurs.

Une résurrection

pour Chantal D.

Pas tout à fait naturelle, légèrement acidulée, à la limite de tomber dans le bon genre qui amuse tant et insupporte vite, la voix tira Guillaume de sa somnolence sans qu'il fût besoin d'ouvrir les yeux pour savoir à qui elle appartenait : une jeune fille — ou femme ? — d'une vingtaine d'années, au visage encore angélique encadré d'un casque de cheveux noirs et brillants, à la peau — comment dire ? oui, tant pis pour le cliché, il chercherait plus tard —, à la peau de pêche. Debout, au pied de la chaise longue de Guillaume, elle parlait avec un homme élégant, en pantalon blanc, chemise rose et blazer bleu, aux tempes argentées, maniant le fume-cigarette avec une aisance démodée qui faisait aussitôt penser à ces vieux beaux du cinéma français de l'entre-deux-guerres : Victor Francen, André Luguet, Jean Murat depuis longtemps disparus des écrans et devenus, au cours des rétrospectives, des marionnettes qui déclenchaient l'hilarité dans les ciné-clubs. Il n'était pas détestable, il était seulement un peu ridicule, usant de mines suffisantes et de gestes enveloppants auxquels la jeune fille — ou femme ? — ne semblait pas indifférente.

— Tout le monde me croit une enfant... C'est agaçant à la fin. Je suis veuve, mais je ne le crie pas sur les toits pour qu'on me prenne au sérieux. La vie est bien assez triste sans cela. D'ailleurs, mon père trouve que je devrais le cacher...

Guillaume ouvrit grands les yeux, rencontra une seconde le regard velouté de la jeune femme, puisque c'était une veuve. La veille, sur le même pont-promenade, assise à côté de la chaise longue du jeune homme, elle tenait, à voix aussi haute, des propos fort différents avec un officier de bord.

— Oh pardon, dit-elle en s'apercevant qu'elle se tenait entre le soleil et Guillaume, projetant sur lui une ombre frémissante dans le vent.

En bougeant, elle découvrit, piquée de cytises, une falaise rocheuse que le paquebot rangeait sans bruit, insensible à la légère houle qui blanchissait le pourtour de l'île. Quelle île ? Guillaume ne les comptait plus depuis le départ. Dans un sursaut de volonté, il était descendu aux premières escales, mais la fatigue autant que la volubilité de la guide, les réflexions des voyageurs, le harcèlement des vendeurs de sucreries, de pistaches et de colifichets l'avaient découragé. On voyait bien assez de choses depuis le pont-promenade, sans être obligé de céder à la promiscuité. Les îles défilaient au large, rochers gris ou beiges, selon l'heure du jour et la lumière du soleil, tantôt désertes et semées de buissons ardents, tantôt coiffées d'un blanc village ou, sur le plus haut sommet, d'une chapelle dont le guide assurait qu'elle était toujours consacrée au prophète Élie. Certes, il paraissait absurde de s'offrir une croisière aussi coûteuse pour se contenter de jouir de cet hôtel flottant et de rester dans les ports sans mettre pied à terre, pendant que l'équipage se livrait autour de sa chaise longue à une frénétique toilette du pont, mais, depuis l'accident, plus rien n'était pareil comme si Guillaume, après avoir désespérément tenu à survivre, n'avait plus, maintenant, la force de tenir à rien d'autre.

— Oui, poursuivait-elle encore avec une impudence rare, je suis la mère d'un petit garçon adorable. Un vrai pruneau. Dommage que je n'aie pas mon sac, je vous aurais montré sa photo. Un amour, mais un monstre. Il casse tout...

Guillaume fronça les sourcils. De qui se moquait-elle ? Depuis le départ de Venise, il la voyait arpenter le pont-promenade en compagnie d'un personnage antédiluvien, caricature maligne d'un vieux poète ou d'un universitaire confit dans la glose : costume d'alpaga noir assez large pour contenir deux hommes de sa forte corpulence, cravate lavallière, canotier, moustache-balai, cheveux gris bouclés bas sur la nuque. Aux escales, il descendait dans un costume d'alpaga aussi vaste mais de couleur caramel et se coiffait d'un casque colonial. Cet accoutrement de rapin fidèle aux traditions d'une jeunesse envolée jurait singulièrement avec la silhouette de la jeune femme qui le prenait par le bras quand ils marchaient de conserve et que l'homme, trop préoccupé de ce qu'il disait d'une voix sourde et lyrique, manquait à chaque pas de se prendre les pieds dans une chaise, un câble en galette ou de se cogner dans un autre promeneur encore que les moulinets de sa canne en bambou écartassent de lui les amateurs de footing. Ils étaient l'image de deux mondes différents qui se rencontraient par hasard dans un troisième monde assez irréel où une agence de voyages effaçait les problèmes et servait chauds des dîners exquis et des rendez-vous au clair de lune dans les ruines. L'homme voyait-il réellement l'être accroché avec tant de grâce à son bras ? Voyait-il la délicieuse silhouette dont les jupes virevoltaient dans la lumière découvrant de jolis genoux, les épaules libres ou les chemisiers trop échancrés, les pieds nus, les cloches ou les chapeaux de paille à larges bords de celle que Guillaume, dans son cœur attendri par tant de jeunesse, appelait une « exquise personne » ? On pouvait en douter. La femme aimée par cet homme s'appelait Athéna, une divinité casquée, d'une rigidité de marbre, une chouette au poing gauche, un glaive dans la main droite, un regard pers dont les hommes rêvaient depuis trois mille ans. À l'approche du Pirée, quand, dans le ciel rose pastel du vaporeux matin, on avait aperçu, sortant de ses limbes, l'Acropole, Guillaume avait entendu le vieux monsieur — et peut-être n'était-il pas si vieux malgré sa moustache et sa calvitie à la Einstein, peut-être mimait-il, depuis l'adolescence, un âge canonique, par pudeur, pour ne pas paraître déplacé dans les bibliothèques, ou à son cours ex cathedra — Guillaume l'avait entendu réciter à mi-voix, accoudé au bastingage, *La prière sur l'Acropole* et il ne doutait plus que chaque apparition d'un lieu sacré inspirât à cet homme quelque belle réminiscence classique. Réfugié dans sa Grèce antique dont il retrouvait à chaque escale des images rêvées depuis sa jeunesse, il semblait peu s'intéresser à sa fille (ou petite-fille) qui l'écoutait distraitement, bien plus occupée à distribuer à droite ou à gauche des sourires tandis qu'ils parcouraient pour la énième fois le pont-promenade, semant autour d'eux des bribes d'odes pindariennes ou des larmes d'Électre.

La jeune femme ne s'était pas assez éloignée pour que Guillaume perdît le meilleur d'une conversation hachée par le vent. Le séducteur très mûr peinait pour placer un mot et, quand il y arrivait, c'était pour poser une question d'une écœurante banalité :

— Alors je suppose qu'après ce tragique événement, vous êtes revenue vivre chez vos parents ? C'est là que vous habitez maintenant ?

À moins qu'il ne tentât d'affirmer son propre caractère, en déclarant, péremptoire :

— Je n'ai jamais pu manger de choux à la crème.

Elle répondait avec un feint étonnement :

— Comme c'est curieux...

La voix indiquant avec une fine nuance qu'elle se moquait complètement de ces propos lamentables dont l'homme espérait — on ne sait pourquoi — qu'ils feraient tomber la jolie caille dans sa couchette.

— J'ignore encore s'il faut le regretter ou non, reprenait-elle à brûle-pourpoint, mais je crois que je n'aurais pas dû abandonner le théâtre. Mon mari jalousait tout. Il m'a posé le marché en main : ce serait lui ou la scène. Des milliers de gens m'écrivent encore pour me supplier de renoncer au deuil et de me donner à mon public. Je ne cède pas.

Elle soupirait, levant fièrement le menton :

— J'aimais...

Le visage levé, elle interrogeait :

— ... pensez-vous que j'aie eu tort ?

Guillaume n'entendit pas la réponse de l'homme. Le haut-parleur annonçait en français, anglais et allemand le déjeuner servi plus tôt que de coutume à cause de l'escale à Patmos et de la visite guidée au monastère. Ce fut la ruée vers la salle à manger. Les « croisiéristes » craignaient de manquer un repas compris dans le voyage, d'autant plus qu'à midi il s'agissait d'un buffet et qu'on se bousculait devant une longue table où chacun se servait en liberté sous l'œil goguenard des cuistots, impeccables de la toque amidonnée au sarrau blanc.

Guillaume attendit que le pont fût désert pour se redresser, sortir une jambe puis l'autre, prendre appui sur sa canne-béquille, inspirer et expirer profondément avant de se lever. Un matelot passait qui lui offrit son bras, mais Guillaume refusa :

— Merci. Je vais très bien. C'est seulement de l'ankylose. Je reste trop longtemps allongé.

— L'excursion vous dégourdira, dit l'homme.

— J'y ai renoncé. Je doute de pouvoir suivre le train d'enfer de notre guide... Vous voyez, ça va beaucoup mieux après quelques pas. Beaucoup, beaucoup mieux.

Il se redressa fièrement. Ainsi immobile, appuyé sur sa canne-béquille on l'aurait plus facilement pris pour un dédaigneux dandy que pour un convalescent. L'entrée de la salle à manger était à une vingtaine de mètres qu'il parcourut à pas timides. Sa précaution se révéla inutile : la jeune femme apparut soudain sur le pas de la porte et, l'ayant vu, se précipita vers une chaise longue abandonnée.

— J'ai oublié mon châle, dit-elle avec un grand sourire.

Puis revenant, l'air dépité :

— On a dû le voler ou le porter aux objets trouvés.

— Non, dit Guillaume. Vous l'avez sur les épaules.

— Que je suis bête ! Vous ne déjeunez pas ?

— Je ne suis pas affamé.

— Vous feriez bien de vous dépêcher. Il ne restera plus rien.

Elle disparut sans autre forme et il pénétra dans la salle à manger. Les sauterelles avaient razzié le buffet. On lui servit la dernière tranche de jambonneau, une salade verte. Devant son embarras, un serveur le soulagea de son assiette et le précéda jusqu'à une table où restait une place. On parlait anglais. Guillaume esquissa un sourire et plongea dans son jambonneau. Sa canne-béquille glissa sur le plancher avec un bruit d'enfer. Il y eut un silence. Tout le monde tourna la tête dans sa direction.

— Vous ne trouvez pas que du caviar à déjeuner, ça fait très commun ? dit à la table voisine la voix acidulée.

Ciel, qu'inventait-elle encore ? Il se retourna. Elle était flanquée d'un charmant couple d'homosexuels qui, d'ordinaire, ne se quittaient pas d'un pouce. Comment réussissait-elle à les séparer ne fût-ce que le temps d'un repas ? De toute évidence, ils ne lui en voulaient pas et se montraient enchantés, surenchérissant sur ses folies :

— Avec du caviar dit l'un, on se croirait à la fête de tante Adèle.

— Ça n'a pas le fumet du cassoulet, dit l'autre.

Et de rire, scandalisant la table composée de quatre couples à la retraite et, bien sûr, du professeur qui, la serviette autour du cou, goûtait un potage glacé avec une petite cuillère sans rien entendre de ce que racontaient les deux acolytes de sa fille (ou petite-fille). Plusieurs fois, Guillaume se retourna. Il ne pouvait s'empêcher de la trouver irrésistiblement drôle et imprévue, et il eût aimé lui faire face pour observer sans gêne le joli visage pâle et rose animé de mille expressions variées :

— Comment ! s'exclamait-elle. Vous ne connaissez pas la Laponie ? Mais il faut connaître la Laponie. C'est un *must.*

— Un *must* ! Un *must* ! Tu l'as entendue, cette chérie ! Mais nous y courons, mon enfant, nous y courons.

Le rythme des machines ralentit au moment où l'on servait le café. Comme une volée de moineaux, les passagers se ruèrent sur le pont pour admirer l'entrée dans la rade de Patmos. Guillaume resta le dernier, sirotant sans plaisir un café déjà tiède. Les chaînes de l'ancre raclèrent les écubiers. Le *Clytemnestre* rua, puis s'arrêta sur place. Les garçons desservaient les tables à une vitesse incroyable. Bientôt, il fut seul et, encore qu'on ne le pressât pas, il se leva. Un serveur lui tendit sa canne-béquille, menue attention qui souvent l'agaçait et l'obligeait au prix de crampes douloureuses à feindre une aisance perdue.

— Ça ne va pas ? s'enquit le sommelier.

— Très bien, très bien. Je ne devrais pas me laisser engourdir comme ça.

— Vous allez manquer le départ de l'excursion.

— Je n'y vais pas. Le monastère est plus beau de loin, sur sa colline.

— Eh bien, Monsieur, vous ne me croirez jamais mais ça fait bien vingt fois que nous faisons escale à Patmos et je n'ai jamais eu la curiosité de monter au monastère. Il est tellement beau d'ici que ça ne peut pas être mieux à l'intérieur.

— Vous avez entièrement raison.

Des heures paisibles s'écoulèrent, qu'il passa au creux de sa chaise longue, une couverture sur les jambes en fin d'après-midi car on était en septembre et un léger vent du Nord ridait les eaux limpides de la baie. Il aurait aimé lire mais le livre lui tombait des mains et, dans ses courtes somnolences, lui revenaient des bribes du babillage extravagant de la jeune femme. N'avait-elle pas prétendu, auprès de l'officier de bord, être la fille d'un magnat autrichien, ruiné par la crise et suicidé par amour, la laissant seule et sans ressources, obligée de servir de secrétaire à un archéologue ? Et ne l'avait-il pas entendue une autre fois jurer que, sévillane par sa mère, elle appartenait au corps de ballet d'Antonio Gadès ? Que lui raconterait-elle s'il parvenait à l'approcher, un instant ? Guillaume se dit qu'il avait peu de chances d'attirer l'attention de cette mythomane. Il pensait trop à elle et s'en voulut. À quoi bon, s'il ne se remettait jamais de l'accident ? Le miroir de la cabine lui renvoyait le matin une image inquiétante : des joues creuses, des pommettes trop saillantes, un teint cireux aux yeux soulignés d'un cerne sinistre. Sa peau restait si transparente que, même après le rasage, une ombre bleue affleurait au menton et sur les joues.

Il ne fut pas peu surpris quand le lendemain, alors que le *Clytemnestre* se dirigeait vers Rhodes en longeant la côte turque, elle vint s'asseoir dans le fauteuil voisin en compagnie d'un jeune homme au visage intelligent et sévère de bon élève. Guillaume l'avait déjà remarqué dans le salon du bateau où, indifférent au paysage qui déroulait ses fastes à tribord et à bâbord, ce studieux fayot restait plongé dans des dépliants touristiques, des guides et une édition illustrée de l'*Iliade*. Selon toute vraisemblance, elle avait fait le premier pas, l'étonnant par des connaissances qu'il n'attendait pas venant de la part d'une aussi agréable personne.

— Vous savez certainement, disait-elle avec condescendance, que le linéaire B utilisé au début du deuxième millénaire avant Jésus-Christ est une préfiguration du grec ancien. Les idéogrammes permettent de reconnaître des mots désignant l'homme, la femme, les enfants, les animaux domestiques, les instruments agricoles. Aussi les archéologues sont-ils persuadés qu'à cette époque, disons entre 1900 et 1500, une langue commune unissait les Crétois et la Grèce du Péloponnèse.

— C'est enfantin, en effet !

— Il faut arriver au minoen récent, de 1400 à

l'an 1000 avant Jésus-Christ, pour trouver une relation étroite entre la Grèce de l'Attique et la Crète de Minos.

— Très étroite, sûrement !

— Si étroite même que Thésée, roi d'Athènes, est venu en personne à Iráklion foutre le feu et flanquer le bordel en Crète, dit-elle sans hausser le ton.

Dissimulant son envie de rire et la douleur que lui causait chaque fois l'action de se lever après un long repos, il quitta sa chaise et arpenta le pont en s'aidant le moins possible de sa canne-béquille. Au loin, Rhodes émergeait des eaux. Massés sur la plage de proue, les passagers tendaient le cou pour apercevoir les moulins du port, les minarets, l'enceinte beige dans la lumière du soleil. La guide de la croisière harponna Guillaume :

— Cette fois, vous allez vous joindre à nous ! dit-elle joyeusement.

C'était une petite femme, boulotte et vive, un sourire diplomatique sur les lèvres mais sachant aussi froncer le sourcil et donner de la voix quand une de ses ouailles n'écoutait pas ou s'écartait du troupeau.

— Je ne vous ai pas vu à Patmos, monsieur ! dit-elle avec un reproche dans la voix. Il ne faut pas s'écouter, il faut secouer sa carcasse. Je compte sur vous cette fois-ci. L'après-midi nous visitons la vieille ville, le quartier turc, le ghetto, les quartiers chrétiens avec les auberges des Chevaliers. La soirée est libre. Le bateau part à minuit. Vous vous réveillerez demain dans la baie de Lindos... Je compte sur vous !

Elle n'attendit pas la réponse, déjà happée par un couple désireux de savoir si, en dînant à terre, ils seraient remboursés par l'agence.

Guillaume décida de suivre le mouvement, non pour obéir aux objurgations de la guide, mais parce que, sans se l'avouer, il lui déplaisait de passer pour un vieillard aux yeux d'une jeune fille mythomane. Cependant, l'idée de grimper, dès la sortie du bateau, dans un vaste autocar lui parut si insupportable que, profitant d'une minute d'inattention de la guide, il se dissimula derrière une pile de sacs de ciment et ne se montra qu'une fois l'autocar parti. Restait une épreuve redoutable : franchir la haie formée par les marchands d'éponges, de colifichets et d'objets en céramique de Rhodes. Des enfants s'accrochaient à lui, glissant de force dans ses poches des pistaches qu'il avait en horreur et dont il n'achèterait pour rien au monde un sac. Le cœur lui manqua. Quelque chose s'était cassé en lui, qu'il ne retrouverait jamais : un amour de la vie, la confiance en son prochain. Il repoussa de sa canne-béquille les enfants qui se dispersèrent pour s'agglutiner comme des mouches sur un autre promeneur. Guillaume respira mais, conscient de ne pas supporter une autre attaque, il regagna le *Clytemnestre* et sa chaise longue qu'il fit porter à l'endroit du pont d'où l'on voyait le mieux la ville et les quais. Passaient des calèches, des autobus bariolés et, longilignes et bronzées, de belles Scandinaves aux cheveux paille. L'angoisse d'affronter des difficultés aussi mineures que celles qui s'étaient présentées se dissipa, laissant en lui une tristesse indicible qu'il ne détestait pas tout à fait. Il en voulut à ses parents de l'avoir poussé à partir en croisière. Les passagers qui partageaient avec lui l'infini plaisir de découvrir des îles grecques, loin de le distraire de lui-même, l'accablaient plutôt en lui rappelant sa différence. Il ferma les yeux, somnola et, dans un rêve léger, crut entendre de nouveau la voix acidulée modulant de charmants mensonges. Rouvrant les yeux, il douta un instant de la réalité : un marin peignait en argent vif les taquets et sifflotait. Le pont-promenade restait désert. L'attendait-il vraiment à ce point ?

Quelques passagers revinrent dîner à bord par souci d'économie. Elle n'était pas parmi eux. Rhodes plongea dans la nuit et des projecteurs s'allumèrent, éclairant le palais du Magister, les murailles de l'enceinte et les tours. On eût dit d'une ville de carton, d'un décor de théâtre trop beau pour être vrai. Il eût tant aimé embrasser ce monde en fête plein de coquetteries et paré de lampions multicolores. Des fusées éclatèrent dans le ciel, dispersant des gerbes d'étoiles, des soleils grésillants. Une tour illuminée par des feux de Bengale surgit d'un nuage rose. Sur le quai et à bord, la foule applaudissait à chaque gerbe de fleurs dans le ciel. Guillaume resta un long moment à contempler le spectacle d'une ville qui transformait la nuit en féerie. Quand les derniers bouquets s'éteignirent, il parcourut le pont-promenade dans les deux sens, espérant retrouver la jeune fille, entendre sa voix ne fût-ce qu'un instant. Elle n'avait pas encore regagné le bord et il partit à la recherche de sa propre cabine, recherche toujours difficile tant le dédale des coursives, loin de devenir familier, lui semblait de plus en plus compliqué. Distrait, il manqua se perdre, trouva enfin sa porte et, comme sa clé tournait dans la serrure, entendit un bruit de pas précipités. Les joues rouges, haletante, les yeux brillants, la jeune femme se jeta contre lui :

— Vite ! On me poursuit, dit-elle dans un souffle.

Guillaume la crut et l'entraîna dans sa cabine, verrouillant aussitôt la porte contre laquelle il resta l'oreille collée. Aucun bruit de pas ne venait du couloir. Il alluma le plafonnier qu'elle éteignit aussitôt.

— Non ! Attendez.

— Personne ne vous court après.

— Il a dû avoir peur quand il vous a vu.

— Alors il m'a mal vu, dit-il.

— Pourquoi ?

— Je suis l'ombre de moi-même.

— Allez-vous mourir ? lui demanda-t-elle la voix soudain brisée.

— J'espère bien ne pas pousser le romantisme jusque-là.

Il eut l'impression de décevoir une vraie ingénuité.

— Qu'avez-vous ? dit-elle.

Du quai, un lampadaire éclairait la cabine. Dans cette lumière glauque réfractée par l'œil du hublot, ils se devinaient plus qu'ils ne se voyaient.

— Quel est ce parfum ? demanda-t-il.

— Des herbes de la montagne grecque. On m'en a mis quelques gouttes sur la main, cet après-midi.

Elle lui présenta le dos de sa main.

— Agréable. Pas sophistiqué en tout cas.

— Je répète ma question : qu'avez-vous ?

— Je marchais à trente-six mille kilomètres à l'heure quand j'ai rencontré une météorite qui ne m'a pas laissé la priorité.

— Que racontez-vous ?

— Des choses. N'en dites-vous pas aussi ?

— Peut-être ! convint-elle.

— Je crois que vous pouvez sortir maintenant.

— Accompagnez-moi jusqu'à ma cabine, s'il vous plaît, j'ai peur.

— Vous feriez mieux de commander un garde du corps plus solide.

— Avec votre canne-béquille, vous êtes plus solide que tout le monde.

— C'est ça, je brandis ma canne et du coup je m'effondre. Allons... puisque vous le voulez !

Il l'accompagna et, devant la porte, esquissa le geste de lui baiser la main, puis se ravisa :

— Il faudrait savoir si vous êtes une madame ou une mademoiselle et si on peut vous baiser la main ou non.

Elle éclata de rire :

— À la vérité, je n'ai jamais été mariée. Vous savez ce que c'est : il faut bien s'amuser et raconter des histoires. Les hommes sont tellement ennuyeux ! Il est délicat de leur dire de se taire, alors le mieux est de parler. Ce serait bien monotone de toujours répéter la même chose.

— Oui, je comprends.

— Vous viendrez demain à Lindos ? On monte sur l'acropole. Si vous êtes fatigué, on vous donnera un mulet.

— Je suis si bien sur ce bateau ! Je crois que j'y resterais quelques années sans en descendre.

— Ça vous regarde ! Bonsoir !

Elle lui claqua la porte au nez.

Le *Clytemnestre* mouillait en eau profonde dans la rade de Lindos. Des chaloupes transportèrent à quai les touristes qui, à dos d'âne et de mulet, montèrent le rude chemin de la citadelle. Guillaume emprunta des jumelles et suivit l'ascension. La jeune fille différait des autres passagères par un grand chapeau de paille ceinturé d'un ruban orangé aux pans flottants. « Vous me reconnaîtrez de loin, avait-elle dit en partant. Si je tombe de la falaise dans la mer, mon chapeau flottera longtemps encore, poussé vers le large par le vent. Ne jetez pas de fleurs. Dès que je serai à terre, je piquerai du jasmin dans le ruban. Si la brise souffle jusqu'à vous, vous pourrez me suivre grâce aux effluves du jasmin. »

Quand la silhouette devenue minuscule disparut par la poterne médiévale, il mesura sa frustration et, impatiemment, guetta le retour du groupe. La jeune fille balançait son chapeau de paille au-dessus de sa tête et il n'eut pas de doute : elle aimait l'idée que, du *Clytemnestre*, il la suivît des yeux. Quand elle disparut dès les premières maisons du village, il arpenta nerveusement le pont, oubliant sa canne-béquille. Un marin lui jeta en passant :

— Alors, aujourd'hui... on danse.

Et de chanter : *C'est l'amour, c'est l'amour qui ensorcelle...*

Guillaume rit de bon cœur et claudiqua de nouveau, mais quelque chose d'amusant se passait. Guettant le retour des chaloupes il chercha parmi les passagers le chapeau de paille au ruban orangé. Comme si elle se jouait de lui, elle ne se coiffa qu'à l'approche du bateau. Elle était assise à côté du séducteur aux tempes grises et, apparemment, il trouvait autre chose que des banalités à lui susurrer : elle riait aux éclats.

Il s'arrangea pour être loin d'elle au dîner et partit se coucher parmi les premiers. Après les quelques pas de danse sur le pont, ses genoux avaient enflé sérieusement. Il souffrait par habitude, pour ne plus prendre de calmants qui le vidaient de lui-même, de sa mémoire, de sa sensibilité. Le *Clytemnestre* appareilla dans la nuit pour Karpathos dont la silhouette ingrate et sauvage, grise et rousse, s'encadra dans le hublot à l'heure du petit déjeuner. Déjà à table, elle lui fit un grand geste du bras pour qu'il vînt s'asseoir à son côté.

L'helléniste mangeait son yaourt avec une fourchette, si complètement absorbé par ses pensées qu'il ne répondit pas au salut de Guillaume.

— C'est le prince des nuées, dit-elle.

— Est-il votre père, votre grand-père ou votre parrain ?

— Rien de tout cela !

Elle pouffa.

— Alors, qui est-il par rapport à vous ?

— Si je vous dis que c'est mon amant, me croirez-vous ?

— Vous n'avez pas d'amant.

— Exact ! Quinze points pour monsieur Guillaume. Monsieur Guillaume comment ?

— Guillaume.

— Quinze points pour monsieur Guillaume-Guillaume. À cent, vous gagnez une photocopie de sa traduction en alexandrins de l'*Iliade* par le vieux monsieur. Aucun éditeur n'en veut. Pensez donc ! Le travail d'une vie. Encore, s'il avait pondu ça en quinze jours, on crierait au génie, mais non, mon estimé oncle et tuteur passe pour un tâcheron au siècle où l'on demande au moindre éboueur d'avoir la spontanéité du génie.

— Il n'y a pas de petits pains ce matin, dit le tuteur sur un ton tout à fait désespéré. Et ils n'ont pas mis de miel de l'Hymette sur la table.

— Cher oncle, je te présente monsieur Guillaume-Guillaume qui m'aime et veut m'épouser.

— Monsieur, « épouser », c'est beaucoup dire ! rectifia Guillaume.

— Vous savez le grec ? demanda l'oncle-tuteur.

— Un peu.

— Comment, vous ne voulez pas m'épouser ? s'exclama la jeune fille qui luttait avec un œuf à la coque.

— Pas aujourd'hui,

— Alors, espèce de cynique, tout ce que vous désirez, c'est coucher avec moi. Quelle impudence !

— Arrêtez, dit Guillaume. Je suis plus sérieux que vous ne pensez...

L'oncle-tuteur ouvrit un Guide bleu et mouilla son doigt pour tourner les pages froissées. Elle mit sa main sur les lèvres de Guillaume qui se tut.

Le lendemain, elle s'approcha de sa chaise longue sur le pont. Le *Clytemnestre* taillait sa route dans une mer dure et rageuse qui le faisait à peine tanguer.

— Bonjour Guillaume, dit-elle. Vous avez passé une bonne nuit ?

— Quelle question ! Je dors toujours bien.

— Eh bien, moi pas du tout. J'ai réfléchi. Votre histoire de trente-six mille kilomètres à l'heure et de la météorite n'est pas très plausible.

— J'ai dû exagérer un peu. Disons que je marchais peut-être à cent vingt et qu'un camion a brusquement obstrué la route.

— Quelle sensation cela vous a-t-il fait ?

— Pas souvenir.

— Ce serait pourtant intéressant.

— Je préfère l'amnésie.

Elle resta un instant songeuse, puis, mordant une tartine couverte de ce fameux miel de l'Hymette qu'on venait de leur apporter (en réalité, il s'agissait d'un produit danois), elle dit, la bouche encore pleine :

— Que faites-vous dans la vie, hormis dormir sur le pont du *Clytemnestre* et tendre l'oreille pour espionner mes conversations avec des soupirants éventuels ?

— Je collectionne les boîtes d'allumettes. J'en ai vingt mille. Quand je pars en voyage, je les confie à ma banque qui les garde dans un coffre sous la surveillance de deux détectives privés. Les États-Unis et l'U.R.S.S. convoitent ma collection. Plusieurs fois, des espions internationaux ont essayé de m'attirer dans un piège, mais une sorte d'instinct me prévient. C'est pour ça que je ne suis pas descendu à Patmos, à Rhodes et à Lindos et que je ne descendrai pas en Crète.

Les yeux de la jeune fille s'embuèrent soudain.

— Qu'avez-vous ? dit-il le cœur serré.

— Avons-nous besoin de raconter des histoires comme ça, nous ?

— Non... c'est vrai. Aucun besoin.

Il lui prit la main et la baisa. La Crète apparaissait déjà à l'horizon. Dans une heure le *Clytemnestre* ferait escale à Aghios Nikolaos.

— Vous irez à terre avec nous, dit-elle. Et je ne veux plus voir cette méchante canne-béquille ! Vous prendrez mon bras.

La page arrachée

Depuis trois jours, avec une douceur qui ne trompait pas, elle répondait par des « oui, bien sûr » à tout ce qu'il proposait. On aurait juré qu'elle s'était promis d'être la personne la plus docile du monde, la plus facile à vivre. Pierre avait décidé de prendre cette humeur pour argent comptant, mais au bout des trois jours il avait commencé de ressentir les limites de cette complaisance. Avec des raffinements de Chinois, Anne lui gâchait son plaisir. Pourtant le voyage avait débuté dans les délices : un mois de mai léger, aérien, des hôtels vides, des plages nues, des routes désertes, des villages couverts de glycines et de roses, des forêts de rhododendrons pour leur première grande échappée après quelques mois d'un mariage dont ils avaient toutes les raisons d'être satisfaits, lui à quarante ans, elle à vingt-cinq, ni riches ni pauvres, heureux de ce qui était à la mesure de leurs moyens, ignorant l'envie. Quand Pierre arrêtait la voiture en haut d'une corniche pour contempler une des admirables plages portugaises fouettées par le vent, son regard, plus que sur le panorama, s'arrêtait sur le profil d'Anne : fin et droit, les sourcils joliment arqués, blondis sous le hâle, mais le front qu'il avait toujours trouvé charmant lui semblait maintenant têtu, dur comme de la pierre.

Le nom dangereux d'Obidos n'était plus jamais prononcé. La responsabilité de ce nom incombait aux prospectus distribués par une agence de tourisme. Anne y avait vu une photo de la ville blanche entourée de ses remparts :

— Quand y serons-nous ? avait-elle demandé.

— Nous ne passerons pas très loin, mais je crains que si nous voulons voir le Sud, nous n'ayons ni le temps de nous arrêter, ni même de faire le crochet.

Pourquoi avait-elle insisté ? Ce n'était pas son genre. Ni celui de Pierre de refuser avec des raisons de moins en moins évidentes, absurdes pour tout dire à la fin, et qui dénotaient chez lui une nervosité insolite.

— Mais, disait Anne, nous ne sommes pas un train sur des rails et puis cela te ressemble si peu de refuser l'imprévu que je ne comprends pas. Toi tu connais tout le Portugal, moi pas.

Cependant il s'était buté sans arriver à bien s'expliquer, maladresse qui l'irritait lui-même plus encore que le bon sens d'Anne. Enfin, elle avait cédé d'une façon si brusque, si inattendue qu'il ne pouvait pas considérer cela comme une victoire, tout au plus comme un soulagement. Et depuis trois jours, il cherchait ce qu'Anne pouvait penser, quelles restrictions mentales se cachaient derrière ce renoncement si aisé. Il ne venait pas à l'idée de Pierre que sa jeune femme avait peut-être tout simplement oublié ce sujet de discussion et qu'il lui prêtait un machiavélisme dont elle était sans doute incapable. Ils furent de nouveau heureux sans arrière-pensée, le soir où ils s'arrêtèrent à Nazaré. Leur fenêtre-balcon donnait sur la grande plage semée de filets jaunes et rouges, de bateaux polychromes à la proue décorée. La nuit tomba et, côte à côte, ils contemplèrent l'océan qui roulait ses hautes vagues sur la plage, inlassable. Dans la nuit, les gerbes d'écume phosphorescentes dessinaient jusque dans un lointain laiteux la courbe incomparable de la côte. C'était beau, infiniment beau, ça emplissait le cœur de certitudes. Serrant le bras d'Anne, Pierre crut qu'il allait lui parler, mais la crainte de troubler cet instant parfait le retint, et il éprouva même du plaisir à sacrifier la confidence qui lui venait soudain si facilement aux lèvres. Il se tut avec l'espoir que tout était oublié. Le lendemain il conduisit sans hâte sur des routes jardinées comme les allées d'un parc privé. Il y avait des monastères à voir dans l'intérieur du pays, mais la fascination de la côte était telle qu'ils renoncèrent à Batalha et à Alcobaça pour ne pas quitter des yeux l'océan, les falaises, les îles Berlingues et, enfin, la presqu'île de Péniche qui, avec ses maisons rouge et blanc à balcons, ressemble à une ville coloniale. Ils y passèrent une autre nuit parfaite, réveillés tôt par le départ des chalutiers dans le matin brumeux. Sur la carte, Pierre retrouva une route dont il se souvenait. Sinueuse mais traversant de belles forêts, elle suivait de plus ou moins près la côte jusqu'à Lisbonne. L'embranchement proche de Péniche évitait Obidos.

Ils quittèrent la presqu'île dans le soleil qui dissipait les brumes. La route s'enfonçait à travers une nouvelle province, l'Estramadura, jardin potager hérissé de moulins dont les voiles tournaient dans le vent. Quelques kilomètres après Peniche, ils arrivèrent à l'embranchement. Deux panneaux indiquaient d'un côté Lisbonne, de l'autre Obidos. Ainsi le nom d'Obidos bondit de nouveau entre eux et Pierre éprouva un instant de désespoir aigu, tandis qu'Anne se taisait. Il n'eut que quelques secondes pour prendre sa décision et ce fut elle qui dit :

— Mais pourquoi ne prends-tu pas à droite pour Lisbonne ? Par cette autre route, nous allons à Obidos.

— J'ai réfléchi. Nous avons le temps de voir la ville de l'extérieur. Ce serait trop bête de s'en priver puisque toi, tu ne la connais pas, si moi je la connais.

— Je croyais...

— Non, j'avais tort.

Obidos ne tarda pas à apparaître après une colline, spectacle fascinant de grâce et de force, ses maisons ceintes d'une blonde muraille de remparts crénelés. Pierre n'avait pas réfléchi. Tout s'était décidé en un instant comme si une volonté supérieure à la sienne l'avait empêché de tourner à droite. Et maintenant le village était là, devant lui, et il ressentait un bien-être inouï.

— Ç'aurait été dommage, dit Anne. Nous n'avons peut-être rien vu de plus beau depuis la frontière.

— La route contourne le village. Nous passerons sous les murailles et puis nous rejoindrons Caldas da Reinha. De là c'est direct pour Lisbonne et beaucoup plus rapide.

— Comme tu voudras, mon chéri !

Un dernier tournant découvrit, d'une hauteur, le village entier avec son chaos de maisons, ses treize églises, éclatantes de blancheur dans le soleil. Il arrêta la voiture, coupa le moteur. Le vent qui faisait tourner les moulins autour d'eux caressait une prairie en pente où les moutons paissaient entre les chardons bleus, les fleurs sauvages et de grandes flaques de trèfle mauve.

— Je crois, dit Anne, que c'est un miracle, quelque chose qui nous est offert à travers les siècles, sans une tache, sans une bavure. Le temps s'est arrêté.

Il appuya sur le démarreur, mais le moteur resta silencieux, terriblement silencieux, avec juste un petit déclic imbécile. Pierre essaya plusieurs fois, descendit, souleva inutilement le capot pour découvrir un moteur auquel il ne comprenait rien sinon qu'on ne pouvait le mettre en marche qu'avec un démarreur.

— C'est la panne idiote, dit-il. Je crois me souvenir qu'il y a un pompiste à l'entrée du village. Il aura peut-être une idée.

Il desserra le frein et la voiture se laissa glisser doucement, un peu hésitante dans les virages en épingle à cheveux. Obidos qu'ils dominaient vint à leur hauteur puis bientôt les domina à son tour quand ils s'arrêtèrent en roue libre devant le pompiste et son garage. Un petit homme couvert de cambouis se précipita sur la pompe. Pierre eut du mal à s'expliquer. Le petit homme plongea dans le capot. Il y eut un moment d'inquiétude avant qu'il ressorte triomphalement un démarreur dont les éléments semblaient, en effet, malades. Par gestes et onomatopées, accompagnés de quelques mots d'anglais ou d'espagnol, il fit comprendre qu'en téléphonant à Caldas da Reinha on aurait, dans l'après-midi même, une pièce neuve.

— Eh bien ! dit Anne, nous qui ne voulions pas nous arrêter, nous y voici obligés.

Ce « nous » était gentil. Pierre eut peur qu'il fût ironique, mais toute malice semblait absente du visage d'Anné. Elle se félicitait du hasard qui servait son désir, sans exagération, presque avec timidité. Pierre l'aima beaucoup à cette minute-là et se dit qu'il l'avait mésestimée, que sa douceur cachait peut-être beaucoup d'intelligence du cœur. Abandonnant la voiture après l'avoir poussée à l'ombre, ils grimpèrent jusqu'à la poterne d'entrée décorée de si jolis azulejos bleus. La fraîcheur de cette ville toute découpée en pans d'ombres les accueillit et les enveloppa. Le silence y régnait dans les ruelles désertes, derrière les murs blancs et les volets de bois peint. Une grande quiétude s'empara d'Anne et même de Pierre qui, le cœur battant, avait franchi la porte. Il s'attendait à ce que les souvenirs lui sautassent à la gorge et lui fissent le même mal qu'il y a dix ans, mais au contraire, il éprouva un soulagement indicible. Des orangers avaient dû mûrir dans les jardins secrets d'Obidos car l'odeur s'en répandait en de suaves bouffées. Ils avancèrent dans les rues jusqu'à la place où l'on découvre la principale église du village, blanche aussi, mais soutenue par des portants de granit gris, flanquée d'une colonnade taillée dans le même granit. La porte était grande ouverte sur l'intérieur. Comme ils approchaient, les battants se refermèrent sans bruit, poussés par des mains invisibles tandis que les cloches carillonnaient, assourdies par la moiteur de l'air. Puis, de nouveau, ce fut le silence et ils marchèrent dans une ville apparemment déserte, endormie dans le soleil. Un escalier conduisait sur les remparts ! Pierre le reconnut. Il l'avait pris un soir, juste après le coucher du soleil, quand la campagne alentour vivait ses dernières minutes. En haut, il ne reconnut pas sa vision : sur les collines tournaient les moulins, dans les champs semés de coquelicots et de trèfles des silhouettes s'agitaient sous de larges chapeaux de paille. Un peu plus loin, se distinguait un marais entouré d'arbres. Tout, autour d'eux, respirait et bruissait. Il poussa un soupir qui était de soulagement mais qu'Anne dut comprendre autrement car elle lui saisit le bras et le serra contre elle avec tendresse.

— Et là-bas, qu'est-ce que c'est ? demanda-t-elle.

— C'est la *pousada*, l'ancien château d'Obidos transformé en hôtellerie.

— Tu y es allé ?

— Oui, dit-il.

À ce moment-là, il se dit que tout n'était pas terminé, qu'il souffrait encore malgré les dix années passées, pas tellement à cause du souvenir, mais à cause de lui-même, si maladroit et si brutal en ce temps-là. Tout ce qui s'était passé avec cette femme maintenant perdue, éloignée, disparue à jamais, n'était pas à son honneur. Des remparts, on apercevait une partie de la cour et le noble escalier de pierre beige en haut duquel ils s'étaient séparés l'injure à la bouche, pleins de haine et de regrets dans leur orgueil.

— Nous allons y déjeuner, dit Pierre.

Ils suivirent les remparts, accompagnés par le bruit strident des cigales et redescendirent près de la *pousada*. La cour était vide, immaculée de blancheur avec ses quelques médaillons sculptés en granit clair. Un homme sortit et avança vers eux, en uniforme gris. Pierre le reconnut comme il reconnut la femme de chambre et la directrice de la *pousada*, une dame âgée aux cheveux gris dont on disait qu'elle avait été, dans sa jeunesse, une étoile des music-halls de Lisbonne. Tous ces visages se rassemblèrent autour d'eux et Pierre se crut cerné mais ce n'était qu'une illusion. Personne ne se souvenait, ou en tout cas, personne ne parut se souvenir de lui. Il en ressentit comme un coup au cœur, à la fois soulagé et puis inquiet : cet oubli semblait nier qu'il ait eu une autre vie dans un passé proche, une autre vie qu'avec Anne. Ils visitèrent la *pousada* dont l'ameublement, les fleurs discrètement arrangées dans les vases, les tapisseries et les boiseries témoignaient d'un goût très raffiné. On les servit dans la salle à manger aux fenêtres taillées dans les anciennes meurtrières. Ils étaient seuls et un service invisible s'organisa autour d'eux. Anne parlait de riens et Pierre l'écoutait distraitement, cherchant à relier l'heure présente au passé. Mais hormis le cadre, tout était différent. Il se souvenait d'une salle à manger bruyante, de familles, d'enfants, de mots brefs et ennuyés échangés avec la femme qui était alors devant lui, les mots de la fin d'une liaison orageuse, un échec finalement. Anne posa sa main sur la sienne et il sourit. Avait-elle deviné ? Il lui venait une infinie reconnaissance pour elle qui se conduisait avec tant de délicatesse.

À la fin du déjeuner, le portier vint prévenir Pierre qu'on le demandait dehors.

— Mais personne ne sait que je suis là ! Qui me demande ?

— Un mécanicien.

Dehors en effet attendait le pompiste qui souriait béatement. Il les avait cherchés partout. Le démarreur était réparé. Il s'excusait beaucoup.

Juste un petit fil électrique déplacé. Il aurait dû le voir tout de suite. Pierre remercia et dit qu'ils arrivaient dans un instant. En rentrant dans la *pousada* il aperçut sur la table du hall un livre relié en velours à fermoir de cuivre, le livre d'or. Il l'ouvrit, retrouvant les années sous les signatures : 56, 55, 54, mais à 54 il chercha en vain les deux noms enlacés. Nerveusement il feuilleta les pages jusqu'à ce qu'il s'aperçût que l'une d'elles avait été déchirée avec assez de maladresse d'ailleurs. Ainsi tout était effacé. Rien ne demeurerait de ces quelques jours morts à tout jamais. Il pouvait cesser d'y croire. Pierre referma le livre violemment et revint dans la salle à manger.

— La voiture est prête.

— Déjà ! On dirait que tu n'es pas content.

— Mais si, mais si. Je suis très content. Nous avions décidé de coucher à Lisbonne ce soir. Nous y serons.

Ils partirent, accompagnés de souhaits charmants. La cour blanche les aveugla et ils coururent jusqu'à une rue qui traversait le village dans l'ombre et le silence. Pas plus qu'à l'aller ils ne rencontrèrent âme qui vivait et pourtant rien ne ressemblait moins à une ville morte, comme si un mot d'ordre les avait isolés, mis à l'abri des regards pour qu'ils se promenassent seuls, la main dans la main, luttant contre l'engourdissement d'un rêve. La vie réapparut après la poterne. La lumière frappait de plein fouet l'asphalte tremblant de la route. Des paysans passaient sur de petits ânes qu'ils harcelaient à coups de talon. Un autocar s'arrêta pour débarquer des paysannes en noir. Un peu plus bas, le garagiste souriait, en lavant le pare-brise de leur voiture. Ils le remercièrent et Pierre se mit au volant, actionna le démarreur. Le moteur tourna doucement. Le sourire du garagiste s'épanouit jusqu'aux oreilles. Il leva le pouce triomphalement.

— Oh, une seconde, Pierre, dit Anne. Je vois qu'il vend des bonbons à la menthe. Donne-moi cinq escudos que je fasse une folie.

Il lui tendit une pièce et elle descendit de la voiture pour s'expliquer par gestes. Pierre caressa son démarreur, le volant, regarda ses pieds, prêt à appuyer sur les pédales. Près du pied droit, il y avait une petite boule de papier qu'il repoussa, mais la boule s'entrouvrit et Pierre se pencha pour la ramasser. C'était bien ce qu'il pensait : la page déchirée du livre d'or. Quand avait-elle pu faire ça ? Les femmes ont le don de se rendre invisibles à certains moments, de disparaître et de reparaître en arrêtant le temps. Il se redressa vite. Anne revenait, un bonbon dans la bouche, déformant sa joue gauche.

— Et voilà dit-elle, partons.

Elle agita la main pour le garagiste et la voiture commença de descendre doucement la fin de la côte. Anne rangea ses bonbons dans la boîte à gants, défripa sa jupe, déplaça son sac contre la portière, puis, se baissant, saisit la boule de papier, et d'un geste désinvolte la jeta par la fenêtre.

— Et voilà, redit-elle, ravie. Vraiment, je ne regrette pas. Il me semble que si nous ne nous étions pas arrêtés à Obidos, je l'aurais toujours regretté. Et toi aussi, mon chéri, n'est-ce pas ? C'est comme si nous nous étions enlevé un poids sur le cœur.

Il ne dit rien. Il pensa à la boule de papier perdue maintenant dans le fossé, à ce dernier exorcisme.

Sur une falaise

Ils n'étaient pas beaucoup sur cette plage, en bas des falaises de B..., une dizaine au plus, dispersés et allongés à même les galets qui meurtrissaient leurs dos, attendant la marée montante pour se baigner. Il faisait gris ce jour-là, le gris perle des tableaux de Boudin aux ciels bas confondus avec la mer. Poussée par un léger vent d'ouest qui donnait le frisson, la Manche se glissait entre les varechs et les pierres, léchant les carcasses trouées des péniches de débarquement. Pouvoir accéder à une plage, même entre deux haies de barbelés rouillés, même gardée par les gueules éclatées et béantes de casemates encore bourrées de douilles d'obus, d'uniformes déchiquetés, de casques allemands, cela signifiait la paix, un bien qu'ils venaient de recouvrer et dont les moindres parcelles se savouraient.

Pierre aperçut la femme le premier et se dressa pour lui crier, les mains en porte-voix :

— Attention ! Vous marchez dans un champ miné. Attention !

À une vingtaine de mètres au-dessus, au bord de la falaise abrupte, une femme marchait à reculons. Sa silhouette blanche coiffée d'un chapeau de paille se dressait sur le fond du ciel, hésitante et irréelle, tremblante dans le vent. Elle reculait à petits pas, les bras écartés, le buste très droit. Un buisson la cacha, puis elle longea les barbelés, s'arrêta un moment près d'une barrière démantelée contemplant la mer. Les voix ne l'atteignaient pas, ou, si elles l'atteignaient, la silhouette blanche refusait de les écouter. Quotidiennement un chien, un mouton, une vache égarée provoquaient l'explosion d'une mine et dans un rayon de cinquante mètres, cela pouvait signifier la mort et même un effondrement de la falaise qui aurait englouti les baigneurs de la plage. Impuissants, la gorge sèche, incapables d'esquisser un geste, ils contemplaient ce fantôme qui semblait reculer devant sa propre peur.

— Il faut faire quelque chose ! dit une femme. Voyons ! Allez-y ! Vous n'êtes pas des hommes.

La silhouette reprit sa marche en arrière. Elle approcha de la valleuse conduisant à la plage, un goulet à l'escalier en ruine. Les versants en étaient aussi minés et on ne circulait que par un passage bordé de rouleaux de barbelés. Elle s'engagea sur la pente et commença à la descendre, à petits pas. Un moment elle glissa, manqua tomber sur le ventre et dut s'accrocher aux racines d'un roncier. Ils s'attendirent à la voir décapitée d'un moment à l'autre mais rien ne se passa sinon une avalanche de pierres et de terre qu'elle évita de justesse. Pierre ferma les yeux.

— Vous êtes tous des lâches ! criait derrière lui la femme hystérique.

— Taisez-vous ! dit-on.

— Je me tairai si je veux ! Vous êtes des lâches !

— Allez-y si vous y tenez !

— Lâches, lâches, lâches !

Elle se mit à sangloter. Un homme voulut la calmer et elle l'injuria. La femme blanche arrivait au bas de la pente. Elle passa par-dessus les barbelés en relevant légèrement sa jupe sur des jambes maigres et hâlées. Maintenant, elle était dans le chemin qu'elle commençait de monter, toujours à reculons. Ils respirèrent, soulagés d'une angoisse atroce. Le premier, Pierre courut à elle qui jetait de temps à autre un coup d'œil en arrière pour s'assurer de son chemin. Une robe en piqué moulait son corps mince. Le large chapeau de paille couvrait des cheveux noirs, coiffés en macarons sur les oreilles. Son visage demeurait impassible, sans expression, comme d'une tête sculptée dans un bois à peine coloré aux lèvres, aux sourcils et dans la fente allongée des yeux. Pierre ne sut pas si elle lui parut belle la première fois. Sans doute, ses traits étaient-ils trop réguliers pour que leur beauté frappât d'emblée.

— Vous savez ce que vous venez de faire ? Vous venez de traverser un champ de mines. Un pas plus à droite ou à gauche et vous sautiez.

Elle le regarda dans les yeux, sans répondre.

Étrange regard, brûlant, presque fiévreux, mais en même temps, lointain, indifférent, attiré au-delà de sa présence et du groupe qui le suivait par un horizon qu'il n'apercevait pas, qu'il ne pourrait jamais apercevoir. Elle continuait de reculer à pas mieux assurés malgré les inégalités du sentier.

— Vous avez compris ce que vous venez de faire ? Vous avez traversé un champ de mines.

Peut-être n'entendait-elle pas. Elle aurait pu être somnambule sans ses gestes précis et ses paupières qui battaient pour éteindre l'éclat trop sombre et trop chaud des yeux. Il n'osait pas la suivre, se rapprocher d'elle qui s'éloignait. Derrière lui, on s'impatientait. La voix hystérique perça ses oreilles.

— Mais parlez-lui, bon sang de bon sang !

— Je lui ai parlé. Elle n'écoute pas.

— Approchez-vous !

Il monta jusqu'à la hauteur de la femme blanche. Elle s'arrêta, ses narines frémirent d'une façon à peine perceptible, elle le regarda puis baissa aussitôt ses paupières.

— Je vous demande pardon, dit-il.

Alors, elle eut un geste comme pour le retenir, elle tendit les bras en avant, mains redressées. Et ces mains à la paume ouverte saignaient. Les épines du roncier avaient déchiré la peau, creusant deux sillons, deux lignes de vie dont le sang coulait en filets jusqu'aux poignets. Elle s'éloigna ainsi, les repoussant tous dans leurs ridicules maillots de bain. En haut de la valleuse, elle disparut. Baissant les yeux, Pierre vit sur le sol des taches rouges que buvait le sable, tout ce qui restait d'une apparition pour l'assurer de sa réalité.

— C'est une folle ! Je vous l'ai dit : c'est une folle ! Il faut l'enfermer.

Il se retourna pour voir qui l'avait harcelé, troublant de ces cris imbéciles cette scène dont il sortait, pour sa part, les jambes tremblantes. Une boulotte à la peau de homard cuit, en short de toile, ses énormes seins comprimés dans un soutien-gorge de ville en dentelle, se tenait derrière lui, l'air agressif. Il éprouva à son égard un moment de haine indicible.

B... avait été détruit lors de l'essai de débarquement anglo-canadien de 1942. La vieille église dressait trois pans de murs noircis, les maisons n'étaient que ruines. À peine distinguait-on le tracé des anciennes rues creusées de cratères. En bordure du village, se dressaient des baraquements en planche couverts de tôle ondulée. Quand reconstruirait-on ? Rien ne paraissait urgent à cette époque. On vivait et c'était déjà l'essentiel, un bien inespéré après des années d'angoisse. La paix engendrait l'hébétude, une faculté d'adaptation au provisoire tout à fait inattendue chez les Français. La tente de Pierre se dressait dans un pré, à l'abri du vent, près d'un point d'eau. En échange de cigarettes et de chocolats, il obtenait facilement du beurre et du lait. À Dieppe, la pêche avait repris. Sur sa bicyclette, il descendait guetter l'arrivée des chalutiers. Deux des baraques de B... servaient d'épicerie et de mercerie. Il commençait à s'y faire des amis autant que les Normands puissent être amis avec un étranger de passage. Mais enfin on le supportait, on l'aidait même parfois. Ce fut dans l'épicerie que Pierre posa sa première question. M. Paulet pesait du sucre en poudre pour une vieille femme assise. L'opération n'en finissait plus.

— Vous connaissez cette jeune fille qui se promène sur les falaises à reculons ?

— Deux cent quarante... deux cent soixante-cinq...

— Laissez donc ! dit la vieille en ouvrant sa bouche complètement édentée.

— Et comment qu' j' m'y r'trouverai à la fin des fins ?

— Bah ! pour quinze ou vingt grammes !

— Ouais ! Et si je fais ça à tout le monde ?

— Ben faites-le pas à tout le monde.

— Voilà !

Elle se leva, prit ses deux cents grammes de sucre et sortit. Pierre offrit une cigarette que l'épicier alluma avec gourmandise.

— Merci, ça fait du bien. Et pour vous, ça sera ?

— Rien ce soir. À moins que vous ayez des pommes de terre.

M. Paulet leva les bras au ciel !

— Je n'en ai même pas pour moi !

— Alors, ne m'en donnez qu'un kilo.

L'homme ne détestait pas les grosses plaisanteries. En se baissant derrière le comptoir il fit un paquet dans un vieux journal et le passa d'un air si énormément complice que Pierre éclata de rire.

— Vous connaissez tout le monde à B... ? demanda-t-il.

— Plutôt.

— Alors, qui est-ce ?

Une grosse moue déforma sa bouche. Il n'avait pas oublié la question, il avait simplement essayé de ne pas y répondre ou peut-être pris le temps d'y réfléchir.

— Une jeune fille qui marche à reculons ?

— Oui.

— J' connais guère.

— Êtes-vous certain qu'elle n'est pas d'ici ?

— Une brune ?

— Oui. Je l'ai vue hier en robe blanche et chapeau de paille.

— Alors ça pourrait être Mlle Solange.

— Elle est du pays ?

— Ce sont des gens venus comme ça du Nord au début de la guerre. Ils ont acheté une maison près d'ici. Ça a vu beaucoup de monde pendant la guerre, et forcément maintenant ça n'en voit plus...

Deux jours plus tard, le crépitement de la pluie sur la toile de tente réveilla Pierre peu après l'aube. Il écarta le rideau d'entrée : les rafales couraient dans les champs de trèfle alentour. Le ciel était noir et méchant. Une odeur délicieuse montait de la terre trempée, une odeur riche et forte. Il la huma comme du pain frais. D'un bosquet, près de la route, elle sortit, en ciré jaune de marin, marchant toujours à reculons. Un camion roulait, ses phares encore allumés. Mlle Solange s'arrêta pour le laisser passer, traversa et s'engagea dans le sentier longeant la tente. Elle ne pouvait pas voir Pierre qui restait là, immobile, encore gourd de sommeil. Ce mince personnage jaune, dans la campagne surprise par l'aube et la pluie, avait quelque chose d'irréel et de triste qui serrait le cœur. De temps à autre, la jeune fille se baissait pour ramasser une fleur des champs dont elle commençait un bouquet dans sa main gauche. Elle passa à hauteur de la tente, le bouquet bleu et mauve serré sur sa maigre poitrine, et disparut dans le champ de lin. Pierre enfila des chaussures, jeta un imperméable sur son dos. La terre grasse gardait la marque des pas, et il retrouva aussitôt la piste qui le conduisit à la falaise vers le même pré miné où il avait aperçu la jeune fille pour la première fois. Elle y marchait, presque sans se retourner, approchant le bord du gouffre. À l'extrémité elle s'arrêta, exécuta un demi-tour qui sembla lui coûter un grave effort et fit face à la mer verte, brouillée par la pluie. Le panorama n'avait jamais été aussi déchirant de tristesse. Sur des milles et des milles, de courtes vagues pâles brisaient leur colère contre des centaines d'épaves rouillées couvertes de varechs. Les mouettes, tournant en rond, poussaient d'affreux cris plaintifs où perçait tout leur désespoir. C'était immense et vide, le tombeau de milliers d'hommes engloutis par la mer sur cette côte tantôt blanche, tantôt rousse et verte. Mlle Solange resta là un long moment avant de lancer son bouquet dans le vent. Les fleurs s'envolèrent emportées par les tourbillons des bourrasques. Pierre regagna la tente et quelques instants après vit de nouveau passer l'étrange jeune fille qui marchait à reculons. Son visage ruisselait, mais il n'aurait pas su dire si c'était de pluie ou de larmes.

La mercière était une vieille femme souvent aigre. Elle vendait des journaux datant d'une semaine et des bougies qui ne brûlaient pas. Il avait cependant réussi à établir un *modus vivendi* avec elle qui le voyait entrer d'un œil plus amène. Il est vrai que, par esprit de contradiction, il apportait de la gaieté dans son antre. Elle s'appelait Mlle Choin. Oui, Choin comme la maîtresse du Dauphin. Mais ne pas confondre.

— Je n'ai rien, disait la Choin chaque fois qu'il entrait.

— Si vous me vendez un peu de rien sans ticket, le bon Dieu vous le rendra.

— Vous pensez qu'à rire.

— Voilà des années que ça ne m'est pas arrivé.

— À d'autres... Bon... Alors... C'est pour quoi ?

— Une douzaine de trous d'aiguilles.

— Je n'ai pas de temps à perdre.

— Alors, mettez-m'en treize.

— Et puis ? disait-elle en se déridant un peu.

— Le journal et deux bougies qui n'éclairent pas.

Elle finissait par lui vendre tout ce dont il avait besoin, puisant dans ses réserves de guerre.

— On ne voit pas souvent Mlle Solange dans la journée, dit Pierre un matin.

— C'est son affaire ! Pas la mienne !

Elle feignait de ranger ses étagères poussiéreuses, lui tournant le dos mais on la sentait aussi impatiente de parler que de se taire devant des étrangers.

— Pourquoi marche-t-elle toujours à reculons ?

— Pourquoi que vous avez le nez au milieu de la figure et pas ailleurs ?

— C'est que justement elle n'a pas le nez au milieu de la figure.

— Il fallait la voir, conduisant sa voiture à cheval. Une vraie princesse...

— Où est passée la voiture à cheval ?

La Choin eut un geste vague qui exprimait peut-être l'ascension de la voiture à cheval vers un Olympe meilleur, ou peut-être une volatilisation magique.

— Ce n'est pas une raison pour marcher à reculons !

— Ben, qu'est-ce qui vous faut ! Quand un des leurs sacrés machins vous éclate au nez, on fait plutôt un pas en arrière, et puis un autre... Le médecin dit qu'elle ne guérira jamais de sa peur.

— Les machins de qui ?

— Des gens qui sont venus.

— Les Allemands ? Les Canadiens ? Les Américains ?

— Est-ce que je sais, moi ? J' connais rien aux uniformes. Les jeunes filles comme elle ça n'y connaît rien non plus. Ça voit des jeunes gens partout, qu'y soyent verts ou kaki. Et puis un jour... boum... La guerre, mon petit, c'est pas un bonheur. Ça tue, ça tue... Et pourquoi, j' te l' demande ? Après ça, il y a des pauvres filles qui cherchent leur gars. Elles en perdent la tête. Elles courent pour le retrouver et elles r'trouvent plus rien. Des morceaux, r'en qu' des morceaux. Alors, ça voudrait mourir. Bon... ça fait combien ?

Elle mouilla son crayon de deux sous et refit plusieurs fois son addition.

Pierre n'en saurait pas plus. Le pays refusait de s'intéresser à Mlle Solange. On ne la blâmait pas de ce qui était facile à deviner, mais on ne la voyait pas. On ne se retournait pas sur son passage. Comme si elle était transparente. Un jour où il la croisa près du campement, il la trouva, en effet, presque diaphane, presque irréelle de légèreté. L'herbe la portait. Les regards qui l'évitaient laissaient deviner une réprobation muette, ou plutôt tue parce qu'elle la payait d'une infirmité terrible.

Pierre commença de rêver à elle, des rêves tantôt absurdes, tantôt pleins d'effroi. Quand le lendemain il la rencontrait, son cœur se mettait à battre et il ne pouvait nier à soi-même que ce fantôme qui jouait avec la mort l'habitait dangereusement. Il la guetta une des ces aubes où la terre exhale une haleine grise et dansante. Comme la première fois elle sortit du bosquet, traversa la route et se dirigea vers la falaise. Quand elle eut dépassé la tente il sortit et bondit vers elle qui s'arrêta.

— Pourquoi courez-vous à la mort ?

— Je n'y cours pas, dit-elle.

Sa voix était lointaine et lasse. Elle continua de reculer mais il était certain qu'elle le *voyait* enfin, qu'il avait franchi le cercle enchanté la séparant du monde.

— Vous vous appelez Solange ?

— Oui.

— Arrêtez-vous de marcher ainsi !

— Je vais où je veux.

— Je rêve souvent à vous.

Elle s'arrêta :

— Il ne faut pas... il ne faut pas...

— Je ne peux pas m'en empêcher.

De nouveau il dut la suivre, mais ils restaient face à face. Elle ne se retournait jamais, elle connaissait le chemin par cœur, pressant le pas. Ils ne se trouvaient plus qu'à une centaine de mètres du pré miné.

— Pourquoi allez-vous toujours vers ce pré ?

— Il est à moi.

— Vous allez y mourir.

Elle ne répondit pas. Il aurait dû courir, la rattraper, mais elle le paralysait. Il ne parvenait qu'à la suivre à quelques pas, devinant sur son visage les très légères émotions que ses paroles suscitaient. Sa voix était blanche, un peu étranglée.

— N'y allez pas ce matin !

— J'irai.

— Je vous suivrai.

— Vous n'avez pas besoin de mourir.

— Vous non plus.

— Moi si.

Des mouettes tournèrent au-dessus d'eux. Jamais plus, Pierre ne supporterait leur cri blessé.

— Arrêtez-vous !

Elle ne s'arrêta pas. Ils approchaient du poteau à tête de mort.

— Je ferai n'importe quoi pour que vous n'y alliez pas.

Elle pressa le pas, franchit les barbelés qui se dressèrent devant Pierre. Un coup de vent ôta son chapeau de toile et ses cheveux défaits tombèrent sur ses épaules. Elle lui parut terriblement belle, une grande jonquille jaune dans l'herbage fou.

— Revenez !

Elle se mit à rire et il sauta par-dessus les barbelés. Solange courut à reculons...

Tout ce qui se passa fut si rapide que les images en restèrent mêlées, le temps confus dans la mémoire de Pierre. Il allait plus vite qu'elle, mais tremblait, couvert d'une sueur froide, essayant de mettre ses pas dans les siens, sachant qu'il fallait aller jusqu'au bout pour se délivrer d'elle ou pour la délivrer elle. Puis soudain il se sentit gonfler comme une grenouille, il eut l'impression que sa peau se distendait, telle l'enveloppe d'un ballon. Ses deux tympans éclatèrent. On lui vissait dans l'oreille des fers rougis. Il retrouva pourtant le réflexe de se plaquer au sol sous la pluie de terre et de ferraille qui dura des heures...

Quand il releva la tête, Solange était à une vingtaine de mètres, intacte, son ciré jaune souillé de boue. Ses yeux dilatés d'horreur le contemplaient. Elle tendit les bras, son visage exprima une peine infinie, et lentement elle posa un pied devant l'autre, puis plus vite, pour courir enfin et s'accroupir devant lui. Le ciré s'entrouvrit, la jupe remonta sur les cuisses découvrant les genoux. Il ne vit plus que ces genoux de jeune fille, lisses et bruns, avec leurs bosses, leurs méplats. Il aurait voulu y poser ses lèvres, mais il était incapable d'un mouvement, il ne pouvait que regarder. Solange avança les mains, caressa son front et lui montra avec un sourire ses doigts couverts d'un sang chaud et vermeil. Elle dit quelques mots qu'il essaya de comprendre sans y parvenir. L'effort l'épuisa, un voile rouge s'interposa entre elle et ses yeux. Il s'évanouit, heureux.

Une vraie jeune fille

— Tous les zeunes filles d'aujourd'hui pensent qu'à l'amor ! dit la dame un peu forte.

Frédéric surpris retira son pied qui, depuis un moment, caressait légèrement celui de Carlotta sous la table. Carlotta le regarda, une lueur de reproche dans les yeux et Frédéric comprit qu'il avait entendu la mort pour l'amour. Naturellement cette affirmation était des plus discutables. Moins distrait par la gentille proie qui s'offrait, Frédéric aurait aimé en débattre avec la dame un peu forte, la signora Vanessa, et lui prouver qu'à de rares exceptions près, les jeunes filles d'aujourd'hui ont une fâcheuse tendance à ne plus penser à l'amour. Mais Carlotta était là, sournoise et attentive, et il faisait chaud, très chaud sur la grande terrasse exposée au soleil, face au cirque de montagnes rouges. Des abeilles tournaient autour des tables, pour boire le jus des tranches de pastèques tristement évidées ou se noyer dans les fonds rubis pâle des verres tièdes. Frédéric chercha de nouveau le pied de Carlotta et ne le trouva pas. Il fronça les sourcils et le pied se rapprocha.

— Oui, répondit-il. Et c'est bien agréable.

— Zeune homme, vous devriez pas dire. Dans la vie, il y a l'édoucazione, le mariaze, les zenfants... et la mouzique, la mouzique par-dessous toute... Ah... Don Zuan... la, la la...

Frédéric trouva que la dame un peu forte avait une voix d'une jeunesse inattendue.

— Mama ! Mama ! dit Carlotta gênée.

— Cé pour toi que z'ai abandonné le sant, il y a vingt ans, et tou veux même pas que zé fasse la, la, la... tou es oune monstre.

— Pas à table, Mama. Les gens nous regardent.

Les gens ne regardaient rien. Ils étaient complètement abrutis par la chaleur, éblouis par la lumière et buvaient des cafés tièdes apportés par des garçons endormis. Un noble vieillard aux cheveux blancs et aux énormes moustaches tombantes que la signora Vanessa désignait comme le général Capo di Ponte, héros de la campagne de Libye, s'était même complètement assoupi, le menton sur la poitrine. La dame un peu forte s'éventa avec un journal illustré. Devant ses grosses joues, passait et repassait la photo en couleurs d'une actrice à demi nue. Frédéric proposa à Carlotta de se baigner dans le petit lac opalin au pied de l'hôtel.

— Et la conzestion ? dit la signora Vanessa.

— Nous avons changé tout cela ! répondit Frédéric. Il n'y a plus de congestions après déjeuner maintenant. La race s'est améliorée.

Ils coururent passer des maillots de bain et dévalèrent le sentier. Carlotta plongea la première dans l'eau fraîche. Frédéric suivit et rattrapa la jeune fille. Elle se débattit mais il l'embrassa quand même dans le cou. Essoufflés, ils revinrent à la surface, et nagèrent un moment, côte à côte.

— Es-tu une enfant volée ? demanda Frédéric.

— Hélas, non ! dit Carlotta. Mais dans mon enfance c'était mon rêve. Comment peut-on être une enfant volée ?

— Il n'y a pas de méthode à suivre.

— Ah ! Dommage...

Frédéric se dit qu'elle n'était pas absolument divine, mais qu'on pouvait cependant la considérer comme une créature promise à un certain avenir. L'important était qu'elle ne le sût pas. Il suffisait déjà que la signora Vanessa fît des projets pour sa fille. Ruisselants, ils remontèrent sur la terrasse. Les clients de l'hôtel leur jetèrent un regard amorphe.

— Comme il fait saud ! dit la dame un peu forte. Cé pas la peine de vénir à la montagne pour mourir dé saleur comme ça. Encore plus saud que le zour où z'ai santé à Tripoli.

— Quel Tripoli ? s'enquit pesamment Frédéric. Il y en a trois : en Syrie, en Libye, en Grèce.

— Tripoli de Libye, voyons, zeune homme ! En terre italienne. Ah, où es-tu notre empire ? *Mare nostrum*...

De son bras court et gras, elle désigna au-delà des montagnes les mers qui lui avaient appartenu.

— Et que chantiez-vous ?

— Elvire ! Z'aurais dû me méfier. Quitter la scène pour épouser oun vrai Don Zuan est touzours pouni. Z'étais zeune fille quand il m'a zéduite, le papa de Carlotta. Et maintenant, veuve à quarante ans...

Sa grosse poitrine se souleva et retomba dans un soupir.

— Vous ne les paraissez pas ! dit enfin Frédéric.

Il lui en donnait plus de cinquante.

— Il est mort ! dit la signora Vanessa avec une certaine satisfaction. Mort dé tous zes amors... En me laissant seule avec le bébé...

Frédéric assura qu'il aimait beaucoup les bébés de l'âge de Carlotta. La signora Vanessa sourit avec condescendance. Bien qu'elle eût été payée pour ne plus s'y fier, elle ne détestait pas la galanterie un peu appuyée.

— Vous croyez, n'est-ce pas ? Pourquoi elle est commé ça, bien zolie dans lé maillot dé bain, ma' z'est oune bébé, oune vraie zeune fille...

Depuis deux nuits au moins, Frédéric avait des raisons d'en douter. Il se tut cependant. Les mères ont droit au mensonge par omission. La signora Vanessa bâilla.

— Zé crois que zé vais dormir un petit ! Tou viens, Carlotta ?

— Dans cinq minutes, Mama.

— Zé t'attends.

Elle se leva, serrant contre son flanc généreux un énorme sac en raphia rempli à craquer d'on ne sait quoi et passa devant plusieurs tables en inclinant chaque fois la tête. Frédéric imagina qu'un jour, Carlotta serait peut-être ainsi. Il lança un regard méchant à la jeune fille.

— Et si ce n'était pas ma mère ? dit Carlotta qui avait compris.

— Mais nous savons déjà que tu n'es pas une enfant volée.

— Oh oui, c'est vrai.

Elle parut triste et découragée.

— Je voudrais être adorée ou épouser un génie.

— Je ne suis pas un génie, mais je t'adore.

— Non, non je le sais bien. Je n'aurais pas dû te céder.

— Qui a cédé à l'autre ? On ne le saura jamais.

Frédéric pensait que les responsabilités étaient bel et bien partagées. Peut-être pouvait-on faire aussi et quand même une part au hasard. Les voitures qui ont des pannes savent très bien ce qu'elles font. La sienne aurait pu s'arrêter dans une grande ville industrielle ou un village en rase campagne, mais elle avait choisi, dans les Dolomites, la station thermale de Carezza où un mécanicien lui ouvrait le ventre et se penchait gravement sur ses malheurs. Carezza était bien un endroit éblouissant de calme et de beauté, mais la jeunesse n'y abondait pas. L'âge moyen était celui de la signora Vanessa. On y soignait des artères fatiguées, des mélancolies doucereuses. À onze heures du soir, les lumières s'éteignaient. Il n'y avait donc pas d'illusions à se faire : ailleurs Carlotta eût été trop entourée pour prêter attention à un vieillard de trente ans comme Frédéric, ailleurs Frédéric aurait eu un trop beau choix pour risquer l'attaque d'une jeune fille de vingt ans, flanquée de sa mère. Dans un sens, ç'aurait été dommage, se dit-il. Carlotta avait de l'humour. On peut aimer une femme rien que pour son humour.

— Pourquoi passes-tu ton été à Carezza ? demanda-t-il ?

— Pourquoi cé n'est pas sér ! dit Carlotta, en imitant l'effroyable accent de sa mère. Nous sommes pauvres, je suis une jeune fille pauvre. Il y en a, tu sais...

— Je l'ignorais.

— Nous sommes pauvres, mais il ne faut pas que ça se sache. En hiver, on sacrifie tout pour que je parle bien le français et l'anglais. En été, nous prenons des vacances mais en général, dans des endroits qui ne sont pas à la mode, parce qu'ils sont moins chers. À Carezza, on n'est pas condamné à étaler une grande garde-robe. Et puis les soirées sont longues et nous trouvons des partenaires pour jouer aux cartes.

Frédéric avait remarqué que tous les soirs, la mère et la fille s'installaient à une table et jouaient pendant deux ou trois heures.

— Tu ris ? dit Carlotta.

— Non, ça ne me fait pas rire. Je pensais à vos têtes quand vous jouiez hier soir.

— Quand nous jouons, ce n'est pas pour perdre. Il faut gagner, comme il faut se marier jeune. Mais pour se marier jeune, on doit rencontrer des hommes, beaucoup d'hommes... Donc il serait important d'aller ailleurs qu'à Carezza.

— C'est la quadrature du cercle.

— On le croirait. Mama fait des mathématiques toute la journée. Problème : comment vendre sa fille et ne pas perdre la face ?

Les garçons desservaient les tables. Les deux jeunes gens étaient seuls sur la terrasse.

— Fais-moi rire, dit Carlotta. Sinon, je vais pleurer.

Frédéric grimaça.

— Je ne suis plus une enfant, dit-elle. Tu n'as pas d'imagination ?

— Je croyais en avoir. Tu as dû lui tordre le cou. On ne doit pas raconter ces choses-là. Ça me rend triste.

— Un homme triste est bon à jeter aux chiens.

— Tu as bien raison. Serais-tu intelligente, Carlotta ?

— Je le suis, et je me demande pourquoi, par quel miracle. Il est vrai que l'Italie est la terre des miracles. Dis-moi, Frédéric...

— Oui.

— Où iras-tu quand ta voiture sera réparée ?

— À Venise. J'y retrouve des amis.

Carlotta fit l'incrédule.

— Des amis ? Hum ! Hommes ou femmes ?

— Moitié moitié.

Un garçon revint vers eux en traînant les pieds.

— On vous demande au téléphone, dit-il à Frédéric.

— J'y vais.

Quand il revint, Carlotta avait disparu, laissant un message écrit au rouge à lèvres sur le menu : « Ne me dis pas que ta voiture est réparée et que tu t'en vas. » Il partit se promener à pied dans la montagne. La voiture serait prête le lendemain et pourtant il n'était plus aussi certain de son envie de gagner Venise et de rejoindre ses amis et en même temps il s'avouait qu'il serait tout à fait stupide de rester à Carezza pour le seul charme de Carlotta. Il y a des charmes auxquels on se doit de résister, et puis ces montagnes rouges tachées de forêts vertes, cette ville tranquille au bord d'un lac paisible, engendraient la mélancolie. Frédéric tira à pile ou face et vit que le sort lui enjoignait de reprendre demain la route de Venise. En regagnant l'hôtel, il aperçut dans le sentier montant à une chapelle, la signora Vanessa. Elle ouvrit la bouche comme un four.

— Carlotta dit qué vous zétés parti.

— Carlotta ne sait pas ce qu'elle dit.

— Vous zétés pas marié ?

— Non. Rassurez-vous.

La signora Vanessa dut s'asseoir sur un banc de pierre pour souffler. Frédéric se dit qu'elle ignorait la question numéro un du problème qui la tenaillait : comment marier sa fille sans apparaître ? La difficulté résidait là. En eut-elle conscience soudain quand le regard dur de Frédéric se posa sur elle ? Deux larmes roulèrent sur ses joues.

— Zamais, zamais ! dit-elle. Zamais zé n'aurais dou abandonner le sant ! Nous sérions risses...

— Tout est-il toujours une question d'argent ?

— Pourquoi vous zen avez beaucoupe ?

— Non pas beaucoup. Un peu. Je travaille comme tout le monde.

— Ah ? Vous zen avez solement un pétit... Enfin z'est mieux qué *niente*, qué presque rien... Alors, vous diziez : ça compté pas ! Mais si ça compté, ça compté...

Dégoûté, Frédéric l'abandonna sur son banc de pierre et revint vers l'hôtel. Il dîna quand même à leur table. Carlotta parut sombre, gardant ses pieds sous la chaise.

— Vous zouez aux cartes ? dit la signora Vanessa.

— Oui, je ne suis pas un champion, mais ça m'arrive.

— Frédéric, ne jouez pas ! dit Carlotta.

— Pourquoi tou dis ça, ma série. Si Mossieur Frédéric veut zouer, il est assez grand.

— Non, Frédéric.

Mais Frédéric craignait une nouvelle conversation avec Carlotta.

— Lé zénéral est libré, dit la signora Vanessa. Ça fera lé quatrième...

Frédéric pensa qu'il était temps de montrer un peu d'indépendance à l'égard de la jeune fille. Ils s'installèrent à une table dans le salon. Le général ne parlait pas français et lissait sans arrêt ses moustaches blanches et jaunes. Au bout de deux heures, Frédéric s'aperçut qu'ayant mal compris le taux auquel on jouait, il avait perdu l'argent de ses vacances. Il lui restait de quoi payer l'hôtel de Carezza, le garage et l'essence du retour à Paris. Le général n'avait pas été plus heureux, mais ses pertes le laissaient indifférent. Avec joie même, sembla-t-il, il tira un carnet de sa poche et signa un chèque pour la signora Vanessa, salua raidement et monta se coucher. Frédéric signa aussi un chèque, affectant la désinvolture. Quand on se conduit en imbécile, l'important est au moins de ne s'en prendre qu'à soi-même. Ces dames jouaient comme des professionnelles. La signora Vanessa bâilla, pria qu'on l'excusât et gagna sa chambre. Carlotta s'apprêtait à l'imiter, mais Frédéric l'arrêta.

— Tu me dois bien une petite promenade au bord du lac.

— Oui, dit-elle. Je te la dois. Je monte prendre un chandail et je reviens.

Frédéric fit les cent pas dans le hall. Avisant le portier, il lui annonça son départ pour le lendemain.

— C'est dommage. J'espère que vous n'avez pas été trop plumé ?

— Non ! mentit Frédéric par amour-propre. Le général a perdu plus que moi.

— Le général ? Hum...

Le portier se replongea dans ses comptes. Carlotta descendait, pâle et nerveuse. Ils sortirent dans la nuit fraîche.

— Nous faisons le tour du lac ? demanda Frédéric.

— Oui.

Ils marchèrent côte à côte en silence. Frédéric avait compris. Il ne dirait rien. La naïveté se paye, pensait-il. Cela ne lui était encore jamais arrivé, mais il faut que les choses vous arrivent au moins une fois pour apprendre que la confiance ne saurait régner partout. Carlotta trébucha. Il la retint par le bras qui était à la fois tendre et musclé. C'est vrai qu'elle avait du charme, de l'humour et un exquis corps dont le parfum, dans la nuit, se mêlait à l'odeur des pins. Dommage qu'elle fût si coûteuse. Ils arrivaient au bord du lac. Carlotta s'arrêta.

— As-tu un briquet ? demanda-t-elle.

— Oui.

Il lui tendit la petite flamme qui éclaira le visage en rouge, mais la jeune fille n'avait pas de cigarette, seulement un chèque, celui de Frédéric, qu'elle alluma et jeta par terre.

— Voilà, dit-elle, tu pourras quand même passer tes vacances à Venise. Mais rappelle-toi que je t'avais dit de ne pas jouer.

— Si j'avais gagné, j'aurais empoché le chèque de ta mère.

— Oh ! Frédéric, tu ne comprends rien. Nous trichons... Le général Capo di Ponte est notre complice. Ce n'est pas un général, mais un vieil acteur qui a été l'amant de ma mère pendant sa fameuse et unique tournée en Libye. Voilà, tu sais tout !

Elle pleurait. Il n'avait pas le courage de la

prendre dans ses bras et restait à côté d'elle, immobile et désarmé.

— L'été, dit-elle encore, nous allons d'hôtel en hôtel à la recherche d'une victime. Le coup fait, il n'y a plus qu'à s'en aller. Maman avait décidé de partir demain quand je lui ai repris le chèque.

— Qu'a-t-elle dit ?

— Elle a gémi. Comme toujours. Elle prétend qu'ici nous sommes brûlées, que le portier nous a vues ailleurs. On va peut-être nous arrêter...

Frédéric lui prit le bras et la reconduisit à l'hôtel. Il parlait avec gentillesse, sans illusion sur la consolation qu'il apportait et sans savoir non plus quel était son sentiment profond.

Il la raccompagna jusqu'à la porte de sa chambre, mais là, Carlotta fit non de la tête avec une obstination si douce qu'il resta d'abord sans un mot.

— Pourquoi ? dit-il enfin.

— Parce que tu sais !

— J'ai beaucoup aimé faire l'amour avec toi.

— Maintenant tu sais ! répéta-t-elle.

Une pensée pénible traversa l'esprit de Frédéric, mais il avait trop envie de Carlotta pour se taire.

— Vas-tu prétendre que tu n'as fait l'amour avec moi que pour m'attirer dans la partie de cartes de ce soir ?

Il la sentit se raidir et comprit trop tard qu'il l'avait cruellement offensée, inconsciemment, comme un homme, pour un désir trop vif qui s'effacerait bien avant l'offense.

— Je ne te répondrai pas, dit-elle. Tu ne sauras jamais !

— Pardon !

— Il n'y a pas de pardon. Il est possible que je sois comme eux. En tout cas, je profite de leur crapulerie. Tu n'as pas tort. Va-t'en Frédéric.

Le lendemain Frédéric déposa chez le portier une enveloppe au nom de la jeune fille. Elle contenait un chèque, la moitié de ce qu'il avait perdu la veille. Il se privait de quelques jours de vacances pour que Carlotta quittât Carezza sans honte. Sa voiture était prête et il s'engagea sur la route d'Udine pour Venise. Peu après Udine, il avisa une trattoria agréable au bord de la route et s'arrêta. On lui servit du jambon de Parme et de l'orvieto qu'il but lentement au soleil. Il n'était pas pressé de gagner Venise. Une insatisfaction le retenait encore à Carezza et pas seulement la nuit manquée avec Carlotta, quelque chose de plus grave et de plus simple, cette sorte de blessure inquiète qu'ouvre une vision un peu sordide de la vie. Il prenait son café quand une vieille Lancia d'avant-guerre, noire et encore noble, ralentit et s'arrêta devant la trattoria. Le faux général Capo di Ponte conduisait et la signora Vanessa s'épongeait le front. À l'arrière, à demi enfouie parmi des bagages hétéroclites, Carlotta lisait. La signora Vanessa s'apprêtait à descendre quand elle aperçut le regard de Frédéric fixé sur eux. Elle poussa un petit cri. Capo Di Ponte ne comprit pas. Elle dut lui parler dans l'oreille et il s'embrouilla dans ses vitesses. La Lancia recula, puis partit en hoquetant. Carlotta, bien que sûrement avertie de sa présence, n'avait pas bougé.

Frédéric les doubla à la sortie de Padoue. À Venise, il retrouva ses amis qui commençaient à s'inquiéter de son retard. Il se raconta, n'omettant, à cause de Sophie, que les nuits avec Carlotta. Sophie eut le tort de ne pas prendre cela avec humour et Frédéric accepta cette mauvaise humeur avec encore moins d'humour. Très vite, ils n'eurent pas d'autre solution que de se faire la tête.

Comme, à Venise, il est impossible de ne pas se rencontrer, Frédéric et ses amis dînèrent le lendemain dans une trattoria où le faux général et la vraie signora Vanessa firent leur apparition sur le tard, suivis de Carlotta. La signora n'aperçut Frédéric qu'après avoir commandé le dîner. Elle blêmit, puis comprit que c'était s'avouer coupable et prit un air dédaigneux et pincé. Pas une fois le regard de Carlotta ne croisa celui de Frédéric. Sophie, plus fine qu'on ne l'aurait cru, dit :

— Ça se voit comme le nez au milieu de la figure.

— Quoi ? répondit bêtement Frédéric.

— Mon cher, ne jouez pas les enfants de chœur.

Frédéric comprit qu'il avait perdu Sophie et ne regagnerait jamais Carlotta. Il n'y avait pas de quoi rire.

La baleine

J'étais un matin à ma fenêtre, regardant Dino travailler dans le jardin, quand des cris montèrent du lac. À la surface de l'eau une tête émergeait, des bras battaient avec furie. « *Help ! Help !* » hurlait une voix de femme interrompue par des gargouillis.

Je me déshabillai à demi en descendant les escaliers quatre à quatre et entraînai Dino qui, la main en visière, contemplait le lac avec intérêt. Arrivé au bord de l'eau, je n'avais plus que mon pantalon à faire glisser. La voix criait encore « *Help ! Help !* » mais par intermittences, et les bras giflaient avec désespoir l'eau calme. Les cinquante mètres me parurent très longs avant d'arriver à une grosse face rouge barbouillée de cheveux, qui étouffait d'avoir bu une gorgée trop brutale. Ses yeux tournaient encore comme des boules. Affolée, la femme tendit la main vers moi et manqua m'agripper à l'épaule. Je m'écartai et la contournai pour essayer de la surprendre de dos, mais elle pivota également, retrouvant un peu de souffle pour crier : « *Help !* » d'une voix qui me parut énorme. Je parvins enfin à lui planter un genou dans les reins et à passer l'avant-bras sous son menton. Elle se débattit encore, puis se laissa faire. Je regardai vers la rive. Dino ne m'avait pas suivi. Il était tranquillement occupé à ouvrir les portes du garage à bateau, à préparer les rames. Sous mon bras, la grosse créature essoufflée se raidit, tenta de se dégager, cria de nouveau. Elle allait m'entraîner au fond du lac. Je lui cambrai les reins d'un genou plus rude et elle poussa un cri de douleur. De la rive Dino me fit signe de patienter. Il s'asseyait sur le banc du bateau et prenait les rames. Tout le village de Gandria aux fenêtres suivait avec intérêt l'aventure. Je ne jure pas que le départ de Dino ne fut pas applaudi.

Est-ce parce qu'elle l'aperçut ? Est-ce par fatigue ? En tout cas, la grosse créature que je maintenais s'apaisa soudain. Son corps remonta vers la surface et fit la planche. Dino arrivait. Pour la hisser, ce fut une autre histoire. Il me fallut peser de l'autre côté de la barque. Le tas finit par rouler contre le plat-bord et tomber avec un bruit humide et gluant dans le fond. Dino était hilare.

J'écartai les cheveux de la face écarlate. Les yeux ne roulaient plus comme des billes. Un sourire se dessina sur les lèvres qui murmurèrent : « *Thank you,* Dino ! » Les formes gélatineuses comprimées dans un pudique maillot de bain noir à jupette appartenaient à une Anglaise entre deux âges que nous croisions souvent dans les rues de Gandria, habillée tantôt en paysanne tyrolienne, tantôt en moissonneuse lombarde avec corsage à fleurs, jupe rayée blanc et rouge et chapeau de paille à rubans de velours. Sur la rive, ma femme nous attendait avec des serviettes.

Nous dûmes encore hisser notre créature sur le môle. Elle ne nous aida guère, puis se mit à pleurer pendant que nous la frottions énergiquement avec des serviettes. Cependant tout réflexe n'était pas éteint chez elle, car son regard tomba sur le slip exigu qui m'était resté après mon déshabillage rapide : « *Ho !* » fit-elle. Je la priai de m'excuser et partis remettre mon pantalon de toile abandonné sur la dernière marche. Dino rentrait la barque dans le garage. Notre noyée voulut son bras pour remonter les escaliers. Je me contentai du rôle moins brillant de pousseur, les mains, plus bas que ses reins, enfoncées jusques aux poignets dans une chair généreuse.

À la maison, un verre d'alcool acheva de la remettre et de tarir ses larmes. Elle nous dit merci et donna son adresse : Albergo Bottone ; son nom : Miss Margaret Trude (Troudie bien entendu, phonétiquement) ; sa ville natale : Nottingham ; son occupation : vendre des chaussures comme tout le monde à Nottingham. Je téléphonai à l'hôtel Bottone pour qu'on apportât un peignoir à sa taille, un manteau, des souliers. Elle tendit son verre vide et je le remplis d'une nouvelle rasade de *grappa* qu'elle avala d'un trait sans sourciller.

— *I am sorry !* dit-elle.

Dino, conscient qu'il n'avait plus rien à faire, se dirigea vers la porte. Il retournait au jardin, un petit sourire au coin des lèvres. Miss Trude lui jeta un regard humide et répéta comme sur le bateau :

— *Thank you*, Dino !

Il y avait tant de reconnaissance dans cette voix que j'en fus troublé, mais notre jardinier ne ressentit sans doute pas la même émotion. Avant de refermer la porte, il se retourna et m'adressa un clin d'œil.

Une femme de chambre apportait de l'hôtel un peignoir vert pomme et des sandales pour éléphante. Miss Trude se leva du fauteuil, enfila le peignoir qui la fit simplement doubler de volume. Elle reprenait ses esprits. Tendant sa large main, elle nous gratifia de deux vigoureux *shake-hands*, promettant sa visite dès qu'elle aurait repris figure humaine. Par la fenêtre, nous la vîmes s'engager dans la ruelle où deux personnes de sa taille n'auraient pu se croiser. Sa silhouette nous sembla pathétique.

Nous avions loué cette maison au bord du lac de Lugano à la fin de l'été. De la terrasse, on dominait la partie du lac qui s'enfonce en Italie, mais, très près de la frontière, nous étions encore dans le Tessin qui conjugue les charmes de l'Italie et l'ordre de la Suisse. Cet endroit était beau et paisible. Tout autour s'étageaient les maisons rose et gris du village de Gandria. Le silence revenait sur le lac après un bruyant mois d'août. Le bateau à aubes ne nous visitait plus qu'une fois par jour.

J'avais pour moi une large fenêtre et devant la fenêtre une table avec une rame de papier blanc. Le temps passait, et au lieu de travailler, je dessinais tantôt des barques avec leurs jolis arceaux de bois sur lesquels on tend une toile pour se protéger du soleil, tantôt des maisons crépies aux balcons fleuris, ou des touristes bardés d'appareils photographiques, une rose que Dino venait de couper, un douanier suisse ou italien. Pourtant, les distractions allaient manquer. Le ciel s'était déjà fâché deux ou trois fois, l'eau n'était plus si tiède pour nos bains et le léger courant qui draine le lac emportait des feuilles mortes ou des fleurs fanées. Quittant ma table, je pouvais encore me pencher à la croisée et contempler notre jardin qui descendait par des terrasses et un escalier jusqu'à la rive. Dino, qu'on nous avait loué avec la maison, l'entretenait sans zèle excessif, avec des soins gentils. Ses fortes mains carrées gardaient pour les fleurs des délicatesses de jeune fille. La bombe et les ciseaux à la main, il pourchassait fourmis et pucerons, taillait les buis. Vers quatre heures de l'après-midi, il repartait pour Oria, de l'autre côté de la frontière, un pain et un paquet de cigarettes dans sa poche, seule contrebande autorisée par les douaniers. Il avait quarante ans. Une blessure de guerre l'obligeait à pédaler d'une façon un peu raide, mais c'était un bel homme, mince, au visage moqueur. À Oria, il entretenait une famille classique : la mamma et les cinq enfants qui allaient à peine plus à l'école qu'il n'y était allé. Protégé par la frontière, il prenait dès son arrivée en Suisse un air gourmand quand il apercevait des jupons, jetant un mot au passage, un jour même une fleur par-dessus notre mur pour des jeunes filles qui marchaient dans la ruelle.

Le lendemain du sauvetage, au retour d'une longue marche au Monte San Salvatore d'où Chateaubriand rêva qu'il apercevait l'Égypte, la cuisinière nous avertit que Miss Trude était venue nous rendre visite et que, ne nous trouvant pas, elle était allée dans le jardin parler avec Dino. Comme Miss Trude ne parlait que l'anglais et comme Dino n'entendait que l'italien, je me demandai ce qu'avait pu être leur conversation. Cette conversation se répéta néanmoins plusieurs fois. On eût dit que, par un fait exprès, Miss Trude venait toujours lorsque nous étions en promenade. Nous l'aperçûmes pourtant une fois alors que nous revenions à pied de Lugano par le sentier qui longe le lac. Ma femme m'arrêta par le bras et me désigna une crique en dessous de nous. Sur les rochers, s'étalait le peignoir vert pomme. Elle n'était donc pas dégoûtée des bains ? Mais où était-elle ? Je commençais à m'inquiéter quand au milieu de la crique, surgit Miss Trude, un caillou rose dans la main. Un long jet d'eau sortit de sa bouche et elle nagea sans se presser pour déposer son caillou rose. Puis elle se retourna vers le centre de la crique et, plongeant sur elle-même, comme un marsouin, nous offrit le spectacle de sa croupe énorme pointée vers le ciel, avant de disparaître vers le fond où elle resta une bonne minute avant de remonter avec un autre joli caillou, vert cette fois.

— Si tu veux mon avis, me dit C..., notre Troudie est une championne de natation qui ne risquait guère de se noyer devant la maison. Soyons discrets.

Nous le fûmes. Miss Trude quitta Gandria sans nous avoir revus. Il se mit à pleuvoir sur le lac dont les rives escarpées roussirent en quelques jours. Dino scrutait le ciel avec inquiétude. Ses roses perdaient un éclat que la vigueur des chrysanthèmes et les derniers beaux dahlias ne compensaient pas. Mais le moindre rayon de soleil rendait sa gaieté à Dino. Nous l'entendions chanter alors d'une voix assez agréable quoique un peu molle, la dernière scie à la mode : « *Ciao, ciao bambina* ». Je levais la tête de mon travail. À court de gribouillis, je commençais à écrire un livre où se glissait la mélancolie du lac déserté à l'approche de l'hiver.

Un jour que ma page restait irréductiblement blanche, on m'apporta le courrier. Je l'ouvris : ce n'étaient que factures et ennuis. Une seule lettre me surprit. Elle débutait par : *Mio Caro* et se continuait en anglais. On me racontait une première rencontre dans les ruelles de Gandria, des regards échangés furtivement, puis le sauvetage et enfin tout ce que nous n'avions pas pu nous dire faute de nous parler. Signé Margaret Trude. J'appelai ma femme qui lut la chose avec moins d'étonnement que moi, demanda l'enveloppe et me fit observer que ce billet doux n'était pas pour moi, mais pour Dino, à mes bons soins. L'enveloppe contenait aussi des pétales de rose séchés.

J'appelai Dino. Il vint sous la fenêtre.

— La grosse demoiselle anglaise vous a écrit.

Il éclata de rire et se vissa un doigt sur la tempe.

— Elle vous remercie encore de lui avoir sauvé la vie, ajoutai-je.

Il pouffa et me dit que à peu près toutes les étrangères étaient ainsi.

— Vous ne voulez pas lui répondre ?

Il envoya sa main par-dessus son épaule et rit encore. Je crois qu'il avait mieux depuis quelques jours en la personne d'une Zurichoise qui se promenait seule dans Gandria, armée d'une paire de jumelles en bandoulière. Je n'insistai pas mais la lettre resta sur ma table et toute la journée me tenta. Le soir, j'écrivis en mauvais italien, avec le maximum de fautes d'orthographe, une lettre qui commençait par : *Dear Miss Trude.* Je l'assurai que ses roses m'avaient touché le cœur, que je n'oubliais pas nos œillades et le dramatique sauvetage, qu'il pleuvait à Gandria, mais que l'été suivant, j'espérais bien son retour. Puis je glissai un pétale de dahlia.

Ce n'était pas une supercherie, c'était une bonne action. J'avais quelques années auparavant traversé Nottingham et il m'en restait un souvenir des plus gris : une ville de fumée et de crachin, des rues où l'on marche entre des haies de chaussures au cuir luisant. La vie devait y être sinistre, les rêves hantés de pieds. Miss Trude avait droit à du bonheur.

Le bonheur ne lui fit pas peur. Elle se jeta dessus avec gloutonnerie. Dès la réponse, j'appris qu'elle s'était inscrite dans une école de langues et apprenait l'italien pour mieux se faire comprendre du cher Dino. Elle terminait par « *Saluti !* ». Le mal n'était pas grave. Entre deux chapitres, je lui écrivis de nouveau signant : *Il vostro Dino.* J'apprenais l'anglais dans une école de langues à Lugano, je revernissais la barque, je m'occupais de la serre pendant que le monsieur français écrivait, écrivait sans arrêt. La réponse ne tarda pas. On y trouvait déjà quelques phrases d'un italien usuel qui restait encore dans les généralités, style : « J'espère que vous aimez la bonne cuisine », « je me suis acheté un manteau rose », « il fait froid à Nottingham. Et à Gandria ? » Toujours au nom de Dino, je lui répondis que j'adorais la bonne cuisine, que le rose me plaisait beaucoup, qu'à Gandria il faisait frais et non froid. Rien de très libertin, on le voit. Vers la dixième lettre, elle sembla tant progresser en italien que je me crus obligé de faire pareil en anglais. Après quelques phrases stéréotypées d'une rare convenance, « la neige est tombée sur la montagne », « le col du Saint-Gothard est fermé », « le monsieur français écrit toujours son livre », je commençai à m'enhardir dans les formules de politesse. Toutefois je commis une maladresse en écrivant que j'avais un rhume (ce qui était vrai pour moi d'ailleurs, mais pas pour Dino). Par retour du courrier, je reçus une véritable ordonnance et un paquet de médicaments qui me coûta cher de douane. Obligé de guérir sur-le-champ, j'accablai ma bienfaitrice de remerciements éperdus.

Noël approchait. Nous avions eu quelques jours de neige, puis le soleil. Avec la voiture, nous grimpions dans les villages tessinois de la montagne, le cœur ému de tant de beautés épanouies sur les sommets et dans les vallées. Dino ne venait plus que pour l'entretien de la serre et le chauffage de la maison. Je n'avais pas de remords le voyant toujours si gai, et, maintenant, épris d'une serveuse de café qui lui préparait des grogs. À Nottingham quelqu'un pensait à lui, réclamait une photo. Je pris la photo au bord du lac, sur le môle où nous avions si énergiquement ranimé notre fausse noyée avec des serviettes chaudes. En retour je reçus un portrait en pied de Miss Trude dans un manteau de fourrure qui la faisait ressembler à un ours grizzli. De la tendresse se glissait dans la correspondance. Nottingham voulait savoir ce que Gandria désirait pour Noël. Ma femme conseilla une écharpe. Elle arriva le 24 décembre et j'en fis cadeau à Dino. Miss Trude ayant supplié notre jardinier de ne rien lui envoyer, je me tins quitte. Les choses se corsèrent pour le Nouvel An. Une lettre arriva signée Margaret et une croix. Les petites amies anglaises de ma jeunesse envoyaient ainsi des croix pour des baisers. Dino devait-il comprendre ? En son anglais rocailleux qui, cependant, se perfectionnait, il posa la question. Miss Trude dévoila sans pudeur le sens secret de ces croix. Le bas de la page en était plein. Je n'en rendis qu'une par le prochain courrier, conscient qu'un homme comme Dino mettait du prix à ses baisers. Miss Trude répondit amèrement : « Vingt croix contre une, le compte n'y est pas. » Faible, je répondis par deux ou trois. La pente était savonneuse. Il me fallut bientôt couvrir des pages entières de croix que ma correspondante comptait fiévreusement.

Le printemps approchait. Dino préparait ses semis. Mon livre avançait à grands pas. Miss Trude écrivait un italien très acceptable et je répondais en un anglais moins rigide. Au mois de mai, nous allions devoir rendre la maison. Je comptais finir mon livre au bord de la Méditerranée. Ma femme me reprochait mon divertissement. Qu'allait devenir cette correspondance quand nous serions partis ? Dino taquinait une demoiselle de la poste. Je cherchais une échappatoire quand le courrier de Nottingham, jusque-là si régulier, cessa brusquement. J'écrivis une lettre inquiète qui resta sans écho. Aucun doute : Miss Trude avait tourné la page. Il n'y a plus de femmes romanesques, il n'y a plus que des dévorantes. Notre marchande de chaussures avait un cœur d'artichaut. Je triomphai, un peu rassuré sur les conséquences de mon petit jeu. Le silence dura un mois. J'avais cessé d'écrire après une dernière lettre triste et résignée. Dino était au mieux avec la blanchisseuse quand je reçus une lettre d'un notaire de Nottingham. Miss Trude avait eu un accident, Miss Trude n'écrirait plus jamais. Avant de mourir elle avait dicté un testament en faveur de son « fiancé » qui héritait un magasin de chaussures dans le quartier suburbain. Le notaire priait Dino de le mettre en correspondance avec son propre notaire.

C'était beau, moral, assez juste. Cette fois, je transmis la commission. Dino chercha dans son souvenir, se rappela notre baleine, éclata de rire, claqua ses cuisses, pleura sur mon épaule. Pour qu'il y crût, nous dûmes le conduire chez un notaire de Lugano qui prit l'affaire en main.

Dino est maintenant un homme heureux. Il possède sa maison à Oria, mais continue de travailler de l'autre côté de la frontière, en Suisse, séparé de son épouse par la double barrière des douaniers. Il s'est acheté une motocyclette qui repose sa jambe fatiguée, ne jardine plus et s'est offert une barque à moteur avec laquelle il balade les touristes. La barque s'appelle, bien entendu, la *Miss Trude.* À l'arrière, on peut lire : *English Tours.* Lors de mon dernier passage à Gandria, j'ai appris qu'il semblait au mieux avec la vendeuse de cartes postales.

Ne dites plus un mot

pour Nicolas Briançon

La scène peut se passer n'importe où, de préférence sur une plage de l'Atlantique. Enfin... pas n'importe laquelle, plutôt une de ces rares plages où l'on dispose encore d'espace, c'est-à-dire d'intimité. L'essentiel est que ce soit une plage au sable rafraîchi par la marée afin que les enfants, Pierre et Sandrine, puissent construire des forteresses aux murs renforcés par des coquillages. La marée est montante mais, Lui, le père de Pierre, et Elle, la mère de Sandrine, ont pris soin de s'allonger en deçà d'une sinueuse ligne de varechs qui marque l'arrêt des vaguelettes poussées par l'océan lors du flux. On peut imaginer, juste derrière eux, un parasol dont la tache d'ombre protège leurs têtes, mais ce n'est pas essentiel, ou, s'il y a lieu d'envisager quand même un parasol, sa protection ne sert qu'aux produits de beauté dont Elle s'enduit le corps avant de rôtir sur une serviette de plage orangée. Il est possible que Lui ait profité de cette ombre pour abriter un appareil photo dont, d'ailleurs, il ne se sert jamais tant cela l'ennuie de porter ses films à développer. Au début, il a pris quelques clichés de Pierre, son fils, puis de Pierre avec Sandrine, la fille d'Elle. De toute façon, ils sont là depuis une quinzaine de jours, suffisamment bronzés pour ne pas craindre la brûlure du soleil.

Car, il fait beau depuis leur arrivée, l'horizon est limpide, l'océan est d'un bleu tendre qui emplit le cœur de joie. On distingue au loin la noria des bateaux qui descendent vers Gibraltar ou en reviennent. L'endroit n'est pas sauvage : une route longe la plage, et, au-delà de la route, se dressent quelques villas qui datent du début du siècle, avec des balcons en bois, des murs à croisillons et des toits pointus ornés d'une dentelle rococo.

N'oublions pas non plus l'hôtel où ils sont descendus, Elle avec Sandrine, Lui avec Pierre. Accordons à cet hôtel deux étoiles, ce qui n'est déjà pas mal, étant donné que cet endroit de la côte n'est pas particulièrement à la mode, qu'on y rencontre des retraités, des familles chargées d'enfants. Les seuls adolescents viennent des villas. Leurs motos, leurs planches à voile animent la station qui, sans eux, serait peut-être le comble de l'ennui.

Ajoutons encore, bien qu'il en soit fort peu question dans cette histoire, une boutique verte en planches coiffée d'une sorte de coupole comme celles des colonnes Morris. La vieille dame et son fils qui la tiennent vendent à la fois des confiseries, des glaces, des seaux et des pelles, des palmes, des bonnets de bain, des ballons, des cerfs-volants. Il y a toujours une grappe d'enfants agglutinés au comptoir, frappant le zinc avec leur monnaie pour attirer l'attention de la vieille dame qui est sourde et du fils qui s'en fout.

Pour finir, disons que Lui a peut-être trente-cinq ans, et Elle la trentaine vraiment belle. Il n'est ni architecte, ni brillant avocat, ni photographe de presse parcourant les champs de bataille, il doit avoir un métier sans grand prestige qui suffit à son ambition. Sa voix est agréable, avec, parfois, une pointe de préciosité qui tendrait à prouver qu'il lit autre chose que des journaux et ne s'attarde pas devant la télévision. Ce n'est pas un héros de roman.

Elle n'est pas dans le « design » et ne dirige pas une agence de mannequins. Comme Elle n'est pas non plus détective privée, on voit tout de suite qu'elle n'est également pas une héroïne de roman. Il est possible que, très banalement, elle s'occupe de sa fille (huit ans, comme Pierre) et de voir ses amies.

Depuis qu'elle est descendue à l'hôtel, elle n'a parlé qu'à Lui — on verra comment — et n'a souri avec reconnaissance qu'aux personnes qui s'attendrissaient sur la jolie allure de Sandrine. Elle déjeune avec sa fille sur la terrasse, prend le thé à cinq heures dans le patio pendant que l'orchestre — un piano, un saxophone, une contrebasse —

joue des airs des années trente : *Red sails in the sunset, Smoke gets in your eyes, C'est à Capri que je l'ai rencontrée.* Les après-midi où il fait très chaud, le trio attaque : *La comparcita.*

Le soir, Elle s'habille avec ostentation — de faux bijoux comme les femmes honnêtes — et dîne seule dans la grande salle à manger aux baies vitrées, tandis que Lui s'assied à la table d'en face. Ainsi, tout en respectant les convenances, ils peuvent se parler, c'est-à-dire échanger des propos d'une banalité si écœurante que même les serveurs et le maître d'hôtel ne peuvent commérer. Sandrine est déjà couchée, comme Pierre qui suit le même protocole que sa petite amie.

Je ne précise pas le physique de cet homme et de cette femme. Il va de soi qu'ils sont, comme on dit, bien de leurs personnes. D'Elle, je préciserai seulement qu'elle n'est pas de ces femmes pour lesquelles on se laisserait mourir de faim. Elle donnerait plutôt de l'appétit.

L'objectif est braqué de telle façon sur leurs deux corps allongés qu'on ne voit pas les enfants dont on entend seulement les voix. Lui et Elle disposent de deux serviettes de plage à même le sable. On n'apercevra que les têtes, un peu des épaules. Ils se retourneront pour présenter tantôt leurs nuques, tantôt leurs visages inondés de soleil, photographiés d'en haut, à la verticale. Elle a de longs cheveux et, parfois, quand elle se présentera de face, dérangés par le vent, ils masqueront ses yeux ;

des voix d'enfants s'approcheront et s'éloigneront d'eux sans qu'on voie les visages.

LUI

Pourquoi ne m'avoir pas dit que vous partiez demain ?

ELLE

Comment le savez-vous ?

LUI

J'ai mes espions.

ELLE

Sandrine l'a dit à Pierre !

LUI

Il serait ingrat de les trahir. Je crains qu'ils ne se cachent rien.

ELLE

Je lui avais pourtant recommandé...

LUI

C'est une enfant. Pourquoi aurait-elle des secrets avec Pierre ? Et pourquoi en aurait-il avec moi ?

ELLE

Oui, je pars demain.

LUI

Vous ne me l'avez pas dit.

ELLE

J'ai omis de vous en parler. Il y a une nuance.

VOIX DE SANDRINE

Maman, il y a une grosse abeille qui tourne autour de moi.

ELLE

Cours dans l'eau, ma chérie, elle ne te poursuivra plus.

LUI

C'est votre tactique.

ELLE

Que voulez-vous dire ?

LUI

Demain, vous partez.

ELLE

Je ne me jette pas à l'eau, je retourne à Paris. Et puis vous n'avez rien d'une grosse abeille.

LUI

J'aurais aimé...

(Il se tait.)

ELLE

Quoi donc ?

LUI

J'aurais aimé vous dire que ces dix jours passés près de vous sur une plage comble sont le moment le plus heureux de ma vie. Je ne sais pas m'exprimer.

ELLE

J'en doute.

LUI

J'aurais dû me taire.

ELLE

Oui, il est souvent préférable de se taire.

LUI

Je n'ai été que trop silencieux. Maintenant tout ce que j'ai à vous avouer se presse dans ma tête et je ne sais plus quoi choisir.

ELLE

C'est une grâce spéciale que de retrouver sa timidité.

LUI

J'appellerais plutôt cela une infirmité.

VOIX DE SANDRINE

Maman, Pierre ne veut pas me rendre ma pelle.

VOIX DE PIERRE

Rapporteuse !

LUI

Écoute, Pierre, tu n'es vraiment pas gentil avec Sandrine, rends-lui sa pelle et ne la traite pas de rapporteuse.

ELLE

Laissez-le, il a parfaitement raison.

LUI

Non, c'est toujours Sandrine qui a raison. Les petites filles ont toujours raison. Ça continue, même quand elles grandissent.

ELLE

Le croyez-vous ?

LUI

Vous en êtes la preuve vivante avec moi. J'ai mis huit jours à oser vous parler. Deux à savoir votre nom, un à m'allonger à côté de vous sur la plage.

ELLE

Ce sont là des délais raisonnables.

LUI

Pas à mes yeux. Songez à tout ce temps perdu. Qui oserait dire encore qu'il a la vie devant soi ? Et vous partez demain...

ELLE

Demain, vous approcherez votre matelas d'une autre femme seule sur la plage, vous lui parlerez dans l'heure qui suit. L'expérience vous aura servi.

LUI

Avec vous, mon expérience, comme vous dites, ne m'a servi à rien. Je vous conjure de croire que, d'ordinaire, je ne suis pas aussi maladroit. Vous m'apprenez que toutes les femmes ne se ressemblent pas.

ELLE

Oh oui, je suis unique. Tout à fait unique. J'ai les caractéristiques de la femme unique : mariée, fidèle à son mari, mère d'une enfant, en vacances sur une plage de l'Atlantique. Je suis la seule de mon genre... Vraiment, vous n'avez pas d'imagination...

LUI

Aucune. Et c'est ça qui me sauve. Avec de l'imagination, j'aurais tout espéré. Sans, je ne suis pas déçu. J'ai beaucoup de chance, n'est-ce pas ?

ELLE

Vous m'avez dit un soir...

LUI

On croirait, à vous entendre, que nous avons eu beaucoup de soirs... mais j'ai compté : six sur la terrasse de l'hôtel après dîner. Un verre et c'est tout. À onze heures, vous disparaissez pour aller voir si Sandrine dort... Oh, je ne vous le reproche pas... On ne peut pas souhaiter quelque chose qui fasse moins mal que le sentiment que je me suis permis d'avoir pour vous. Mais précisément parce qu'il ne m'a jamais fait mal, j'ai l'intention de le garder en moi, bien caché. Personne, sauf vous, n'en entendra parler. Je vous suis reconnaissant...

ELLE

De quoi, grand Dieu ?

LUI

De m'avoir ému, de me rappeler que je suis vivant, sensible à un mot égaré, au vent dans les cheveux d'une femme, à la rondeur d'un bras, à une voix. Vous me rendez tout cela.

ELLE

Où l'aviez-vous perdu ?

LUI

Partout, et peu importe. Ça ne regarde que moi. Je ne suis pas ici pour me raconter.

ELLE

Les hommes adorent se raconter.

LUI

Que savez-vous des hommes ?

ELLE

J'en sais un. Cela suffit.

LUI

Un seul vraiment ?

ELLE

Oui, un seul... c'est drôle n'est-ce pas ? Très vieux jeu.

LUI

Je ne le crois pas.

ELLE

Oh, je vois ce que c'est... Monsieur aime se faire mal. Pas trop. Un petit peu... mais je suis désolée, j'ai aimé un homme, je l'ai épousé, je suis heureuse avec lui. Vous allez trouver cela ridicule.

LUI

Tout à fait ridicule, je le confesse.

VOIX DE PIERRE

Papa, Sandrine ne veut pas me prêter son seau.

VOIX DE SANDRINE

Il avait qu'à pas perdre le sien.

VOIX DE PIERRE

C'est toi qui as perdu le mien.

LUI

Écoute, Pierre, fiche-nous la paix ! Prends dix euros dans mon sac et va t'acheter un seau. Et pour l'amour du ciel, cesse de gémir.

ELLE

Non, c'est la faute de Sandrine. Ils sont comme chien et chat. Sandrine, prête ton seau. C'est ton dernier jour ici.

VOIX DE SANDRINE

Mais, maman...

ELLE

Il n'y a pas de « Mais maman... ».

VOIX DE SANDRINE

Bon, j'ai compris... c'est toujours moi qu'on brime. Si au moins vous étiez divorcés, papa et toi, comme les parents de Pierre, vous me gâteriez tous les deux, l'un après l'autre.

ELLE

Arrête de dire des bêtises et va jouer.

LUI

Elle est géniale.

ELLE

Le seul génie des enfants est de dire des choses abominables. Je suis désolée.

LUI

Pas moi ! C'est une réflexion irrésistible et si vraie... Il faut croire que je devrais me conduire autrement avec Pierre, mais je ne peux pas. Un mois de vacances par an avec lui, c'est tout ce à quoi j'ai droit. Et les dimanches où je n'ai pas la cruauté de le garder enfermé avec moi.

ELLE

Je vous plains.

LUI

Il ne faut pas. Je l'ai voulu.

ELLE

Ce n'est pas *exactement* ce que vous aviez voulu.

LUI

J'ai appris à m'en accommoder, mais tous ces temps-ci il me manquait quelque chose que je n'arrivais pas à définir...

ELLE

Vous savez très bien ce que c'est...

LUI

Non, je vous le jure... Maintenant, oui.

ELLE

Je sais ce que vous allez dire. Je ne devrais pas vous écouter. C'est parce qu'on dit les choses qu'elles finissent par exister.

LUI

Craignez-vous aussi que ce ne soit parce qu'on les écoute ?

ELLE

Oui, j'ai prêté une oreille trop complaisante... j'ai cru que c'était un jeu... je n'aurais pas dû...

LUI

Je n'entends que le verbe « devoir » dans votre bouche. À la fin, il m'agace.

ELLE

Soyez agacé ou allez vous allonger ailleurs qu'ici.

LUI

Impossible !

ELLE

C'est à ce point ?

LUI

J'en ai peur.

ELLE

Mais je n'ai rien fait pour être...

LUI

Aimée ! Justement. Il n'y a pas de moyen plus infaillible.

ELLE

Taisez-vous. Vous me faites de la peine.

LUI

Ce n'est pas ce que je désire.

VOIX DE SANDRINE

Maman, Pierre s'est acheté un seau bleu comme le mien. On les confondra ; c'est fou ce qu'il est bête !

VOIX DE PIERRE

C'est toi qui es bête !

ELLE

Sandrine, on ne parle pas comme ça à ses amis !

VOIX DE SANDRINE

Il a dit que j'étais bête !

VOIX DE PIERRE

Toi aussi ! Et j'ai bien le droit d'avoir un seau bleu.

VOIX DE SANDRINE

Tu passes ton temps à m'imiter. Moi, j'en ai marre à la fin !

ELLE

Voyons, Sandrine, as-tu fini de parler comme ça ?

LUI

Comment voulez-vous que les enfants parlent, sinon comme nous ? Comment voulez-vous qu'ils se conduisent ensemble sinon comme nous ?

ELLE

Je ne me querelle jamais avec mon mari.

LUI

Je suis trop faible pour lutter contre un pareil bonheur, mais je vous l'ai déjà dit, ce que je ressens pour vous se passe presque de vous.

ELLE

Au fond, je suis une gêne.

LUI

Je n'irai pas jusque-là, mais quand je vous vois, têtue, enfermée dans votre bonheur comme une chrysalide dans son cocon, je me demande si je ne serais pas parfaitement heureux quand vous serez partie, me laissant seul avec le rêve que j'ai bâti autour de vous.

ELLE

Attendez encore vingt-quatre heures ! Mais... dites-moi : personne ne vous a jamais parlé de votre égoïsme ?

LUI

De mon égoïsme, non. Je ne suis pas égoïste, mais j'ai une certaine tendance à n'entendre que ma propre voix.

ELLE

C'est proprement ce que je voulais dire.

LUI

Alors vous avez vu juste. Aimer est peut-être une idée que je me fais, dans laquelle je me complais. Quand je me regarde en train d'aimer, en ce moment, je me trouve assez avantageux.

ELLE

C'est vrai.

LUI

Vous êtes seule, je suis seul. L'hôtel où nous habitons est rempli de gens sans intérêt. Je vous vois sur la plage toute la matinée à peu près nue, et le soir, vous m'apparaissez, à peine plus vêtue, mais plus tentante encore. J'ai un violent désir de vous... (*Un silence.*) Qu'avez-vous ? Vous vous détournez ? Imaginez-vous que pas un homme ne vous a désirée depuis que vous êtes mariée ? Comme si cela dépendait de vous ! De votre pudeur, de votre réserve ! Mais je suis un imbécile. Je m'y prends comme un imbécile. J'aurais dû vous faire rire. Vous seriez tombée dans mes bras. Les femmes adorent les clowns... j'ai dû perdre la tête... N'ayez pas peur, je ne sauterai pas sur vous. Je peux sauter sur d'autres femmes. Pas sur vous. Votre qualité me paralyse. C'est à genoux que je devrais parler. Mais voilà, nous sommes allongés au soleil et ça rend paresseux. Nous ne bougerons pas et vous m'écouterez jusqu'au bout...

VOIX DE PIERRE

Papa !

LUI

Oui, Pierre.

VOIX DE PIERRE

Sandrine et moi, on est très amis maintenant. Nous allons peut-être même nous marier. C'est une bonne idée, n'est-ce pas ?

VOIX DE SANDRINE

Je n'ai pas encore dit « oui ».

LUI

Moi, je suis tout à fait pour ce mariage. Et vous ?

ELLE

Comme Sandrine, je trouve qu'il faut réfléchir.

LUI

Moi aussi j'aurais dû réfléchir avant de me marier.

ELLE

Ce que j'ai dit est bête. Je n'ai pas plus réfléchi que vous. Seulement... seulement, j'ai eu de la chance.

LUI

Pas moi.

ELLE

Et Pierre ?

LUI

Un garçon ? Il m'échappera très vite. J'essaie de ne pas être trop son père, de ne pas trop m'y attacher.

ELLE

Je n'aime pas votre prudence.

LUI

La peur des coups.

ELLE

C'est vous-même qui vous les donnez.

LUI

Les femmes m'aident bien.

ELLE

Moi ?

LUI

Oui, vous aussi.

ELLE

Oh, après tout, vous aimez peut-être les coups.

LUI

En somme, si une femme voulait me déplaire, il lui suffirait de m'ouvrir les bras. Déplaisez-moi, je vous en prie...

ELLE

Vous êtes drôle : tantôt pathétique — mais n'est-ce pas de la comédie ? Tantôt sincère, mais n'est-ce pas le comble de l'hypocrisie ?

VOIX DE SANDRINE

Maman ?

ELLE

Oui.

VOIX DE SANDRINE

Pierre et moi, on peut aller manger une glace ?

ELLE

Juste avant le déjeuner ! Non. Mais je te promets que tu pourras en avoir une pour ton dessert.

VOIX DE SANDRINE

Oh, tu me refuses toujours tout !

VOIX DE PIERRE

Madame, c'est le dernier jour... Laissez-la aller... Je l'invite... Papa, tu me donnes de l'argent.

LUI

Oui, bien sûr. Prends-en dans mon sac et emmène Sandrine.

VOIX DE PIERRE

Merci p'pa.

ELLE

Voilà déjà un chapitre sur lequel nous ne nous entendrions pas : l'éducation des enfants.

LUI

Je vous ai expliqué pourquoi.

ELLE

C'est à Pierre que vous faites du mal.

LUI

Un mal lointain et que la nature corrigera si elle est bonne pour lui.

ELLE

Et si elle n'est pas bonne ?

LUI

Elle le sera. Je le veux... Enfin... je le voudrais.

ELLE

Je préfère ce doute. Il me paraît plus sain.

LUI

Un doute ? Oh non... Une formule de politesse pour ne pas irriter les dieux. Ils sont très susceptibles, vous savez les dieux. Un mot un peu prétentieux, et ils nous écrasent, nous piétinent allégrement. J'ai appris à m'en méfier, à les désarmer avec des conditionnels et des paroles mielleuses. Notre vie est dans leurs mains, avec nos passions. Peu m'importe qu'ils jouent avec la vie, mais avec les passions, c'est intolérable.

ELLE

Vous êtes simplement superstitieux.

LUI

Je compte les signes, je guette les prémonitions, je cherche les ressemblances. La première fois que je vous ai vue était un 7 juillet, le jour de ma naissance, jour où j'ai connu mon ex-femme. J'ai compté les lettres de votre prénom : il y en a sept. Sept est aussi le chiffre de mon prénom. J'ai hésité sur la couleur de vos yeux, croyant d'abord dans la lumière qu'ils étaient bleus. Cela me décevait. À l'ombre, j'ai vu qu'ils étaient verts. Le vert a été la couleur de ma vie et peut-être est-ce parce que ma femme détestait le vert jusqu'à l'obsession que nous nous sommes séparés...

ELLE

Arrêtez... je n'aime pas ces jeux-là.

LUI

S'ils vous étaient indifférents, vous ne me diriez pas d'arrêter.

ELLE

Ce sont des enfantillages.

LUI

L'enfance est l'âge de l'intuition. Plus tard, on raisonne, on calcule, on se trompe. Regardez Sandrine et Pierre. Ils sont tout instinct et toute passion. Ils se détestent et s'aiment dans la même minute et leurs rapports sont une longue complicité. Sans sa petite amie, Pierre sera demain comme une âme en peine.

ELLE

Je vous ai dit que je suis une femme heureuse.

LUI

Ah, je l'espère bien, sinon vous seriez impardonnable. Mais regardez-moi... en ai-je douté ? Ai-je avancé une main vers vous, risqué un geste déplacé ?

ELLE

Vous parlez trop.

LUI

Cela, vous ne pourrez jamais m'en empêcher. C'est mon droit sacré, le droit de penser tout haut.

ELLE

Vous pensez trop. Si j'avais un amant il serait silencieux et je me rassurerais en croyant qu'il ne pense à rien.

LUI

L'homme qui ne pense à rien est encore à inventer. Et celui qui l'inventera devra être seul sur une île déserte ou dans la foule, mais en tout cas pas allongé dans le sable à côté d'une femme. Avez-vous déjà réfléchi à ce qu'avait d'inconvenant, d'intime notre position ? N'importe qui passant à côté de nous, devant nous, derrière nous, peut imaginer que nous n'avons pas de secrets l'un pour l'autre...

ELLE

Ce que les gens imaginent m'est égal. Je ne les connais pas. Et sachez que je n'ai pas de secret. Je n'en ai jamais eu et je n'en veux pas.

LUI

Vous en aurez un maintenant.

ELLE

Même pas. Je raconterai ce que vous m'avez dit.

LUI

Je prends ce risque, mais si vous ne parlez pas de moi, je considérerai que j'ai remporté la moitié d'une victoire.

ELLE

Pourquoi la moitié ?

LUI

Il me manquera encore le plaisir, vous connaissez ?

ELLE

Oui.

LUI

J'aurais préféré que vous me disiez non.

ELLE

Je suis une femme heureuse. Laissez-moi avec ma vie telle qu'elle est. Ça ne regarde que moi. Le plaisir ? De quoi osez-vous parler ? Si j'ai droit à un secret, un seul, c'est bien celui-là.

LUI

Je connais votre secret.

ELLE

Non.

LUI

Si, et tant pis pour moi ! Vous êtes, sur ce chapitre-là au moins, comblée.

ELLE

Qu'en savez-vous ?

LUI

Cela se lit sur votre visage, dans votre façon de marcher. Votre calme, votre grâce sont d'une femme qui est bien aimée. Bien aimée physiquement, j'entends.

ELLE

À votre place, ça me découragerait.

LUI

Là-dessus, il y a plusieurs façons de sentir les choses. Une femme mal aimée peut estimer qu'aucun homme ne saura l'aimer. Une femme bien aimée pensera que tous les hommes sont capables de lui offrir le même plaisir.

ELLE

C'est faux ! Je ne le crois pas et je n'ai pas d'autre curiosité.

LUI

Je n'ai jamais dit le contraire. Faites-moi la grâce de comprendre que devant vous, je ne suis pas devant une énigme, mais devant la clarté. Il n'y a rien de plus déroutant, de plus désarmant. Voyez comme je suis désarmé, incapable de trouver les mots qui vous toucheraient.

ELLE

Vous ne faites que cela. Est-ce le soleil, le sable brûlant, j'ai l'impression d'être sur un gril ?

VOIX DE SANDRINE

Maman, j'ai mangé une glace au chocolat.

ELLE

Juste avant le déjeuner ! Quelle idée !

VOIX DE PIERRE

Je le lui ai bien dit, mais elle ne m'a pas écouté. Elle aurait dû prendre une glace à la vanille.

ELLE

Ce n'est pas mieux.

VOIX DE PIERRE

Elle ne fait rien de ce que je veux. Elle a dit que si nous nous marions, nous n'aurons pas d'enfants.

VOIX DE SANDRINE

C'est trop embêtant, les enfants.

LUI

Je ne suis pas de cet avis, Sandrine.

VOIX DE SANDRINE

Papa le dit tout le temps.

ELLE

Mais non ma chérie, voyons, il ne dit pas ça. Il dit que *parfois* tu es embêtante. Tu sais bien qu'il est malheureux quand il ne t'a pas vue de la journée.

VOIX DE SANDRINE

Alors, pourquoi ne vient-il pas en vacances avec nous ?

ELLE

Je te l'ai expliqué cent fois. Il travaille, il ne peut pas quitter son travail comme ça.

VOIX DE SANDRINE

Admettons... tu viens, Pierre, on va nager jusqu'au radeau.

VOIX DE PIERRE

C'est loin !

VOIX DE SANDRINE, *s'éloignant*

Allons, ne sois pas une nouille.

ELLE

Elle le traite comme un esclave.

LUI

Elle a raison, puisqu'il l'accepte. Peut-être même aime-t-il ça ! Les femmes qui ont ce pouvoir sur les hommes savent jusqu'où elles peuvent aller. Au bord de la cassure, elles s'arrêtent. Oh, pas par pitié ! Non ! Mais pour reprendre leur homme en main et aller plus loin.

ELLE

Sandrine est diabolique.

LUI

Elle sait que sa génération de femme ne pourra pas se défendre, comme la vôtre, par le « non » pur et simple, mais qu'elle devra lutter, c'est-à-dire harceler, attaquer sans cesse. Elle est très douée. D'une certaine manière, elle se préservera aussi bien que vous. Elle est votre fille, comme Pierre est mon fils, béat d'admiration devant la beauté, prêt à se jeter à ses pieds pour s'en faire aimer, alors que de toute évidence, c'est Sandrine qu'il devrait prendre par les cheveux et forcer à s'agenouiller pour lui imposer sa volonté.

ELLE

En somme, vous l'élevez mal.

LUI

Je ne l'élève pas. C'est sa mère qui l'élève. Je ne suis qu'un spectateur et, de toute façon, mon expérience ne lui servira pas. Je n'y tiens pas. Qu'il fasse seul ses armes. S'il gagne, je serai fier de lui. S'il perd, je l'aiderai à se forger de nouvelles illusions.

ELLE

Vous êtes cruel !

LUI

Pas assez !

ELLE

Beaucoup trop. Parce que vous avez été déçu une fois, vous n'imaginez rien de bon de la vie.

LUI

Pardon ! Je fais une exception.

ELLE

Ne me parlez plus de moi.

LUI

Je ne vous parle presque jamais de vous. J'ai l'impression de ne parler que de moi. En somme, je m'aperçois que je pourrais presque me passer de vous qui m'interrompez tout le temps. Quand vous êtes absente, je vous dis, je me dis des choses admirables qu'aucune femme n'a entendues. Je vous tresse des couronnes, vous couvre de bijoux, de fleurs, de parfums et, conquise, vous me suivez sur une île déserte où nous vivons enfin seuls, de poissons péchés au harpon, de fruits exotiques qui fondent dans la bouche. Tout le temps que nous n'occupons pas à nous nourrir, j'aime mieux vous dire qu'il n'est pas perdu.

VOIX DE SANDRINE

Maman, remonte ton maillot. On voit ton derrière et tes seins, papa n'aimerait pas ça.

VOIX DE PIERRE

Pourquoi ?

VOIX DE SANDRINE

Est-ce que je sais, moi ? Il est toujours à fermer les fenêtres quand maman se promène toute nue dans l'appartement.

ELLE

Tu trouves que je suis indécente ?

VOIX DE PIERRE

Qu'est-ce que c'est « indécente » ?

VOIX DE SANDRINE

C'est ce qu'elle est maintenant. On lui voit tout.

ELLE

Sandrine, je t'en prie.

LUI

Je serais assez de l'avis de Sandrine.

ELLE

Vous ?

LUI

Oui, moi. Je jalouse ce qui vous entoure.

ELLE

Mon mari n'est pas jaloux.

LUI

Il a bien tort. Vous seriez à moi que je vous cloîtrerais, que j'interdirais à quiconque de vous voir. Et s'il fallait vous laisser sortir un instant, je vous couvrirais de la tête aux pieds. On ne verrait même pas vos chevilles que j'aime, votre cou qui est si long et si fragile. Je n'ai pas besoin du désir des autres pour vous aimer. Mon propre désir me suffit.

ELLE

Je vous détesterais tout de suite.

LUI

Non, parce que vous ignorez les rapports de maître à esclave. L'esclave adore son maître par lequel il souffre. Souffrir, c'est encore exister. Sans souffrances, les femmes et les hommes n'existent pas. C'est la seule coloration qui donne au temps sa mesure, et moi je ne voudrais pas perdre une minute de vous.

ELLE

Je vous détesterais.

LUI

Il y a de l'amour dans la détestation... Ne frémissez pas comme cela ou je vais me taire, vous parler de la pluie ou du beau temps, du dernier film scandaleux, du dernier roman de Jules Durand et de la façon dont j'ai transformé la grange de ma fermette aux environs de Paris, en bar-discothèque.

ELLE

J'aimerais que vous vous taisiez !

LUI

Je ne peux pas. C'est ma dernière chance, la dernière fois que je m'allonge à côté de vous dans le soleil. Demain vous partez. Je ne sais même pas votre adresse.

ELLE

À quoi bon ? Elle ne vous servirait à rien.

VOIX DE SANDRINE

Maman, est-ce que Pierre pourra venir jouer avec moi, à Paris ?

ELLE

Mais oui certainement, ma chérie.

VOIX DE SANDRINE

Alors, donne notre numéro de téléphone à son père...

LUI

Vous voyez !

VOIX DE PIERRE

Nous irons le dimanche.

VOIX DE SANDRINE

Où habites-tu ?

VOIX DE PIERRE

Avenue Bosquet.

VOIX DE SANDRINE

Tu ne sais pas le numéro ?

VOIX DE PIERRE

Je l'oublie toujours.

VOIX DE SANDRINE

Tu as la tête percée comme un vieux panier. Quand est-ce que tu seras sérieux ?

VOIX DE PIERRE

Jamais. À quoi bon ?

ELLE

Allez jouer un peu plus loin, mes chéris.

LUI

D'ordinaire, on représente le destin comme une vieille femme ou un vieil homme sentencieux et discret ? Nous venons d'apprendre qu'il n'en est rien.

ELLE

Nos enfants peuvent se voir sans nous.

LUI

J'ai déjà pensé à cela : un rôle effacé, dans la coulisse. Ou alors voyant, trop voyant. Mais il n'en sera rien. Grâce à Pierre et à Sandrine, nous nous reverrons, j'en ai maintenant la certitude. Tout ce que j'espère c'est de ne pas devenir le meilleur ami de votre mari. Mais, quoi qu'il arrive, je ne vous demanderai pas plus que ce que vous voudrez bien m'accorder. Je serai votre ombre.

ELLE

Les ombres sont silencieuses.

LUI

Non, très bavardes au contraire. Elles ne vous lâchent pas d'un pied.

ELLE

Pourquoi faut-il que vous parliez tout le temps ? J'étais bien tranquille avec mes petits rêves, mes enfantillages.

LUI

Demain, vous n'y penserez plus.

ELLE

Et si j'y pense ?

LUI

Je n'ose plus l'espérer.

ELLE

Vous jouez, vous vous amusez de moi.

LUI

J'essaie tout ce que je peux. Ce sont mes dernières chances. Encore quelques minutes et vous allez vous lever, appeler Sandrine, regagner l'hôtel, vous doucher dans votre chambre, déjeuner à une table proche de la mienne, dormir toutes les deux une partie de l'après-midi alors que Pierre et moi nous tournerons comme des totons dans notre chambre, misérables, abandonnés des femmes, incapables de trouver l'équilibre sans elles, les imaginant, loin de nous, invulnérables, satisfaites, sans problème, heureuses dans leur peau. Pensez-vous que ce soit juste ?

ELLE

Croyez-vous à ce que vous dites ? Croyez-vous que nous sommes aussi dépourvues d'arrière-pensées ? Vous avez trop parlé. Après vous avoir quitté, j'entendrai encore votre voix.

LUI

Je le souhaite.

ELLE

Vous vous moquez pas mal de la paix dans laquelle je vis. Vous avez cette fierté balourde et niaise des hommes qui croient séduire une femme. Les conséquences ? Vous les méprisez. Vous n'avez rien à craindre, rien à perdre, tout à gagner.

VOIX DE PIERRE

Papa, Sandrine, elle veut bien que nous ayons des enfants.

LUI

Tu vois, un peu de patience et les femmes se laissent facilement convaincre.

VOIX DE SANDRINE

Oh, j'ai pas dit des tas d'enfants ! J'en veux bien deux et c'est tout. Pas plus.

VOIX DE PIERRE

Tu as dit « trois ».

VOIX DE SANDRINE

Non, deux.

VOIX DE PIERRE

Menteuse.

VOIX DE SANDRINE

C'est toi le menteur.

ELLE

Avez-vous fini de vous disputer pour des bêtises pareilles ?

VOIX DE SANDRINE

Papa et toi, vous vous disputez bien pour des bêtises : l'autre jour parce qu'il dort avec sa secrétaire et qu'il embrasse ton amie Monique.

ELLE

Tu as mal compris. Ce n'était qu'une plaisanterie.

VOIX DE SANDRINE

On ne l'aurait pas cru.

ELLE

Sandrine, tu m'exaspères. Va jouer.

VOIX DE PIERRE

Tu vois, Sandrine, nous ferions beaucoup mieux de ne pas les mêler à nos histoires. Nous n'aurons que deux enfants puisque tu le veux.

VOIX DE SANDRINE

Je me demande si ce n'est pas encore de trop.

VOIX DE PIERRE

Alors un seulement.

VOIX DE SANDRINE

Non, pas du tout ! Les enfants sont trop malheureux...

(Les voix s'éloignent.)

LUI

Je bénis Sandrine.

ELLE

Oh, ne dites rien.

LUI

J'aurais pu vivre dans l'erreur, m'étouffer de scrupules, mais elle avoue tout ce que vous dissimulez... Vous pleurez ?

ELLE

De rage.

LUI

Vous me laisserez votre numéro de téléphone ?

ELLE

Non.

LUI

Et si j'ouvre l'annuaire ?

ELLE

Comment vous l'interdirai-je ? C'est à la portée de n'importe qui. Mais je n'ai pas dit que je vous répondrai.

LUI

Vous me répondez bien ici. Et si vous ne me répondez pas, je penserai que vous me craignez.

ELLE

Ne saurez-vous pas vous taire enfin ? Vous n'avez rien compris ? Que les hommes sont épais !

LUI

Je n'ose pas croire que j'ai compris.

ELLE

Donnez-moi votre main. Une seconde, juste une seconde.

LUI

Voilà ! La paix et le désordre m'envahissent.

ELLE

Ne dites plus un mot ou je ne vous revois jamais.

Une rouge voiture

pour Alexandre

Dans les immédiates années de l'après-guerre, les voitures restèrent rares. N'en obtenaient que quelques professions et, bien entendu, les débrouillards. Notre petite bande — vingt ans, ou plus ou moins — se contentait de bicyclettes et, pour les plus chanceux, de Vélo Solex qui faisaient fureur bien qu'il fût difficile de s'en procurer et que les parents n'eussent pas encore pris l'habitude de pourrir leurs enfants. Ce tableau paraîtra sombre aujourd'hui, pourtant je n'ai pas souvenir de vacances plus heureuses que cet été de 1948, où, même en Normandie, il fit si chaud et si beau que nous avions du mal à nous coucher et plus encore à nous réveiller malgré de glorieuses matinées.

Nous n'étions pas plus de dix, mais c'était une solide bande qui, depuis l'enfance, se retrouvait chaque année à Couville dont les falaises à la tombée du soir sont blanches de goélands et de mouettes rieuses. En dehors des heures de plage, nous avions un rendez-vous fixe avant le dîner, sur le port qui sentait alors si bon la marée. J'ai l'air de parler de temps préhistoriques. Maintenant Couville n'est plus un port de pêche, c'est un port de plaisance qui sent plutôt le diesel. Les chalutiers et les nombreuses petites barques, dans lesquelles les retraités de la marine partaient à l'aube relever leurs casiers à langoustes, ont disparu au profit d'élégants voiliers et de moins élégants canots à moteur équipés de télévisions.

À la terrasse du Café des Deux Mers, nous discutions du programme de la nuit : un pique-nique au flambeau sur la plage, une surprise-partie chez celui ou celle dont les parents s'absentaient pour la nuit, une randonnée jusqu'à Ganay pour la foire ou la visite d'un cirque ambulant. J'ai dit que nous étions dix, cinq garçons et cinq filles, un mélange de frères et de sœurs, de cousins et d'amis d'enfance. La décision prise, nous enfourchions les bicyclettes. Les Vélo Solex servaient d'entraîneurs et la fête commençait. Ne donnons pas tous les noms d'un coup, le lecteur s'y perdrait, d'autant qu'à l'époque où nous étions nés, à la fin des années vingt, les parents avaient la simplicité d'appeler leurs enfants Pierre, Paul, Jean ou Marie, et que la mode des Reginald, des Edwige, des Muriel commençait à peine. On mesurera encore une fois de plus combien l'histoire qui vient appartient à d'autres temps et d'autres mœurs.

Je me souviens que c'était un lundi soir. Le père

et la mère de Louise avaient regagné Paris pour la semaine, et c'est donc chez elle que nous devions aller, chacun apportant les éléments de la soirée : nos chers disques de jazz et de twist (les premiers), des gâteaux, des alcools modestes et du pain. Les filles feraient des sandwichs avec le jambon et le fromage.

Nous allions partir quand un étonnant monstre surgit et s'arrêta devant nous sur le quai. Un monstre, semblait-il, parce que les restrictions encore en vigueur ne permettaient guère que de petites cylindrées comme les Fiat baptisées Topolino, les Volkswagen Coccinelle et les, alors triomphantes, 4 CV Renault qui avaient l'air de gros bousiers avec leur moteur arrière et leur nez court. La voiture qui s'arrêta à quelques mètres de nous aurait pu contenir à elle seule trois ou quatre de ces modèles de série. Sous sa carcasse s'entend, car la place des passagers était réduite : deux à côté du conducteur, mais l'on pouvait sans doute mettre encore deux personnes dans le spider. Je n'ai pas mesuré cette voiture mais elle pouvait bien avoir près de dix mètres, ou, si l'on trouve que j'exagère, au moins huit. Nous n'avions pas pu voir la marque et il y eut tout de suite des paris : Hispano Suiza, Isotta-Fraschini, Rolls Royce, Mercedes. Personne ne gagna, comme nous l'apprîmes peu après : il s'agissait d'une Austro Daimler carrossée spécialement à Vienne par Fuchs. Elle était rouge grenat, ses pneus cerclés de blanc, et sa capote baissée beige. Les garçons admiraient la longueur du capot tenu par des courroies de cuir, l'impressionnant radiateur chromé, mais les filles, moins férues de mécanique, s'attachèrent plutôt au conducteur qui, après s'être arrêté, contemplait le port sans sortir encore de sa voiture. Il portait un serre-tête blanc sur lequel il avait remonté ses lunettes de coureur car, j'ai oublié de le dire, il voyageait pare-brise baissé.

Quand enfin, après avoir longuement regardé le port et les chalutiers couverts, comme par des toiles d'araignée, de leurs filets bruns qui séchaient aux rayons obliques du soleil, le conducteur retira ses lunettes et son serre-tête blanc, et qu'il se tourna vers nous, il y eut parmi les filles non pas un sifflement qui aurait largement excédé leur hardiesse, mais un « oh » prolongé d'admiration. D'une aussi fantastique voiture aurait très bien pu descendre un nain, un monstre, une brute au faciès prognathe, mais par une heureuse ironie du sort le jeune homme — il devait être dans nos âges — était d'une grande et virile beauté, avec des yeux noirs dont le regard, après un instant d'intense attention quand il découvrait une chose ou un être, sombrait presque aussitôt dans ce qui paraissait une mélancolique absence.

Il est probable que j'interpole car, bien que nous fussions à peine à une dizaine de mètres de lui et de son engin, nous étions encore incapables de déceler cette absence qui fut discernable plus tard dans la soirée quand nous le connûmes mieux. En revanche, ce qui est exact, c'est l'intensité du regard quand il nous découvrit tous les dix assis à la terrasse du Café des Deux Mers, assis étant un bien grand mot car il vaudrait mieux dire vautrés sur les chaises et les guéridons devant nos verres vides, les bicyclettes et les Vélo Solex entassés en désordre. Il faut croire que ce spectacle l'intéressa tout de suite car, après s'être débarrassé de son serre-tête et de ses lunettes qu'il jeta sur le siège, il contourna la voiture et s'approcha non pas de nous, mais de nos engins dont la splendide Austro Daimler arrêtée au bord du quai soulignait la modestie. Les Vélo Solex excitaient visiblement sa curiosité. Il en contourna un, examinant avec un visible étonnement le petit moteur cylindrique et sa transmission sur la roue avant. Accroupi il étudia le freinage et le pédalier, puis, levant les yeux vers nous, il demanda d'une voix mal assurée :

— C'est à vous ?

— C'est à moi, dit Louise.

— Est-ce que ce serait indiscret de vous demander comment ça marche et si je peux l'essayer ?

Cela parut tellement énorme que nous éclatâmes de rire. Il eut l'air confus.

— Oui, je me rends compte que c'est très indiscret, mais...

— Pas du tout ! dit Louise en se levant.

Elle lui fit une courte démonstration tournant en rond sur le quai, puis lui passa le Solex. Gravement, il enfourcha l'engin, eut un peu de mal à entraîner le moteur et quand il y réussit, au lieu de décrire un cercle sur le quai comme l'avait fait

Louise, il s'engouffra dans la rue de l'Amiral-Deniau et disparut en quelques secondes.

— Hé, dit Pierre à Louise, ma vieille il t'a volé ton Solex. Tu ne le reverras plus ! Quelle poire tu fais !

— T'es dingue ! Et sa voiture ?

— Elle est en carton. Et si elle n'est pas en carton, tu n'auras jamais les moyens de te payer cinq litres pour faire dix kilomètres.

Si invraisemblable que fût le vol, Louise, au bout de quelques minutes, commença de vraiment s'inquiéter. L'inconnu ne réapparaissait toujours pas et nous étions insupportablement hilares. Louise se dirigea vers la voiture et grimpa sur le marchepied pour essayer de voir la plaque au nom du propriétaire qui était obligatoire en ces temps-là. Mais il n'y en avait pas sur le luxueux tableau de bord en acajou, aux nombreux compteurs. La disproportion entre le capot et les places du conducteur et des passagers était telle que l'Austro Daimler avait quelque chose de presque comique. Avant la guerre, on voyait des maharadjahs s'offrir des voitures de ce genre avec pare-chocs en or pour tourner dans leur jardin. Mais si l'un d'eux passait des vacances en France, ce ne pouvait être qu'à Deauville ou à Cannes, et jamais, au grand jamais, à Couville-sur-Mer dont les plaisirs, pour chers qu'ils nous fussent, n'attiraient pas les milliardaires.

L'attente se prolongeant, l'inquiétude de Louise se mua en mauvaise humeur. Elle s'en prit à nous :

— Au lieu de vous marrer comme des imbéciles, vous feriez mieux de sauter sur vos vélos et de lui courir après. Moi, je garde sa chignole en otage.

On ne déplaisait pas sans risques à Louise qui, solidement charpentée, avait le coup de poing facile comme un garçon. Nous sautâmes sur les bicyclettes et les Vélo Solex pendant qu'elle s'installait au volant du bolide rouge. Il n'y avait pas de clés mais un bouton de contact et un démarreur. Louise mit le moteur en marche. La voiture hoqueta et cala.

— Tu ferais mieux de mettre le frein à main et le point mort si tu ne veux pas finir dans le port, dit Jacques.

Elle grommela quelque chose et nous enjoignit de filer et de retrouver celui qu'elle appelait déjà son voleur. Couville ne compte que mille habitants, une rue principale et des ruelles transversales qui grimpent sur les flancs escarpés des falaises. Les possesseurs de Solex prirent les montées et les bicyclettes la grand-rue. Il fallut bientôt se rendre à l'évidence. Le jeune homme avait disparu. S'il s'était engagé sur la route de Ganay, il avait bien un quart d'heure d'avance et il était hors de question de le rattraper. Hélène suggéra de prévenir les gendarmes, mais on allait nous rire au nez : qui croirait jamais que le propriétaire de la somptueuse Austro Daimler abandonnait sa voiture pour voler un Solex ? À notre retour, nous aperçûmes Louise qui piétinait sur le quai. À nos mines déconfites, elle comprit tout de suite que nous revenions bredouilles :

— C'est pas possible ! Vous êtes des manches ! Ce type-là s'est pas volatilisé comme ça !

Nous fouillâmes la boîte à gants. Il n'y avait pas un papier ni une carte, mais juste, en effet, une paire de gants en pécari jaune. L'un de nous eut enfin l'idée de regarder les plaques minéralogiques. L'immatriculation allemande épaississait encore un peu plus le mystère.

— Bon... alors qu'est-ce qu'on fait ? demanda Jacques.

— Facile ! dit Louise. On lui pique sa voiture. Œil pour œil !

— Mais aucun de nous n'a de permis de conduire !

Louise affirma qu'elle en avait un et que, de toute façon, il n'y avait que cinq kilomètres pour aller chez elle. On irait doucement, les Solex devant, les bicyclettes derrière. Elle s'installa au volant, mais il fallut aller chercher un coussin au café pour qu'elle puisse voir le capot dans toute sa longueur. Elle remit le moteur en marche. Il y avait une véritable usine dans le ventre de l'Austro Daimler, au moins douze cylindres qui ronronnèrent sans excès. Louise passa en première et le moteur cala.

— Ça irait mieux si tu desserrais le frein à main, dit Jacques.

— T'occupe ! dit Louise. Je sais ce que je fais.

Au deuxième essai, la voiture démarra dans les

hoquets d'un mauvais débrayage. L'ennui était que pour emprunter la grand-rue il fallait exécuter une petite manœuvre d'un quart de tour et que, devant le radiateur, on venait de débarquer dix cageots de poissons d'un chalutier. Mais donner des conseils à Louise était risqué. Nous la laissâmes donc exécuter sa manœuvre, et ce qui devait arriver arriva. Au lieu de passer la première, elle passa la marche arrière. Tout fut si rapide que nous étions encore là au bord du quai quand la voiture, après avoir semblé flotter quelques secondes, s'enfonça lentement dans les eaux noires du bassin entre les deux chalutiers à quai. Louise, d'ordinaire si prompte, restait là accrochée au volant sans pousser un cri ni tenter de se dégager. Elle disparut mais réapparut peut-être moins d'une interminable minute après, presque aussitôt nageant dans les eaux noircies par un nuage de vase, suffoquant, aveuglée par ses cheveux. D'un chalutier, on lui tendit une perche et deux marins la hissèrent sur le quai.

— Eh bien, qu'est-ce que vous avez tous, bande d'idiots, la bouche ouverte ?

Le nuage de vase retombait et on apercevait très bien la masse sombre et rougeâtre de la voiture par trois mètres de fond. Pour répondre à Louise, il aurait fallu choisir entre nos sentiments divers : le regret de voir disparaître ainsi un engin dont, malgré notre ignorance, nous devinions qu'il était unique au monde, et le comique de Louise aux cheveux raidis par le sel et le mazout, au pantalon de coutil trempé collant sur ses fortes fesses, au chemisier de toile transparent plaqué sur ses seins vigoureux. Ce qui venait de se passer en quelques secondes était si peu croyable que je regrettai amèrement de ne pouvoir, comme au cinéma, dérouler le film à l'envers, tirer de l'eau à la fois Louise et l'Austro Daimler et les reposer toutes les deux sur le quai, sèches et luisantes, comme si rien ne s'était passé.

C'est à ce moment-là que le jeune homme choisit pour réapparaître, l'air confus, à la main le Solex de Louise, sa roue avant pliée en forme de huit.

— Je suis vraiment désolé ! dit-il à Louise sans même paraître remarquer l'absence de sa voiture. J'ai heurté un trottoir devant le marchand de cycles. Nous avons cherché partout dans son magasin. Il n'a pas de roue. Il doit en commander une à Paris. Il faudra deux ou trois jours. Mais vous êtes toute mouillée, vous allez attraper froid.

— Votre rouge voiture..., dit-elle la gorge serrée, incapable d'en dire plus, et lui montrant le bolide reposant par trois mètres de fond.

Un attroupement se formait.

— À ce que je vois, dit le jeune homme, elle n'était pas amphibie. J'avais raison.

— C'est ma faute, dit Louise, j'ai pris la marche arrière au lieu de la première.

— Ça m'est arrivé aussi. Le levier de vitesse est très mal placé.

De grosses bulles d'air venaient crever à la surface et tout d'un coup nous vîmes flotter le serre-tête blanc qui avait été abandonné sur le siège.

— Oh, mon serre-tête ! dit-il. Est-ce qu'on pourrait me le repêcher avec une gaffe. J'y tiens tellement...

Jacques emprunta une gaffe et attrapa le serre-tête que le jeune homme retrouvait avec un plaisir évident.

— Il est très difficile d'en acheter aujourd'hui. Ce n'est plus la mode mais ils sont si pratiques ! Vous allez attraper froid, mademoiselle. N'y a-t-il pas un endroit pour vous changer ?

— Mais... la voiture ? dit Louise. Il faut la sortir de là !

— Vous pensez qu'elle gêne ? Vous savez... je suis bien plus ennuyé pour votre Solex. Ça n'est pas permis d'être aussi maladroit. Cela dit, quel plaisir ! C'est grisant...

Je rapporte, des années après, la conversation entre Louise et le jeune homme, avec une exactitude aussi grande que possible. Nous croyions délirer. Non seulement, il n'avait pas esquissé le moindre reproche, mais il paraissait d'une part tellement heureux de récupérer son serre-tête et d'autre part si confus d'avoir abîmé le Solex que tout devenait d'une simplicité désarmante. Autour de nous les gens discutaient. Quelqu'un proposa de faire venir une grue depuis Rouen. Le jeune homme se retourna :

— Je me demande si c'est la peine. Ces vieilles voitures d'avant-guerre pèsent un poids fou. Si vraiment elle ne gêne pas les chalutiers, elle s'enlisera lentement dans la vase. Vous savez, je n'y tiens pas beaucoup. Elle n'est pas à moi, c'est-à-dire qu'elle n'est même à personne. Je l'ai découverte dans une grange, cachée sous du foin dans la propriété de mes parents. Nous habitons près d'Avranches. On m'a dit que les Allemands l'avaient cachée là en 1944, quand les Américains ont débarqué. Elle appartenait au maréchal Rommel ou à un autre. C'est le destin... et, en vérité, les Vélo Solex sont beaucoup plus pratiques.

— Mais comment allez-vous rentrer chez vous ? dit Jacques.

— Je ne suis pas pressé. Je trouverai bien.

Au Café des Deux Mers, on prêta un pantalon et un chandail à Louise qui se changea dans les toilettes, et puis, comme il n'y avait rien d'autre à faire, nous allâmes chez elle après avoir emprunté deux bicyclettes au marchand de cycles. Le jeune homme nous suivit. Je l'appelle « le jeune homme » parce que nous ne sûmes jamais son nom. Arrivés chez Louise, il était déjà trop tard pour le lui demander. Il ne dansait pas et semblait très heureux de parler avec chacun de nous, toujours sur un ton d'une grande simplicité et d'une courtoisie désuète comme si tout ce que nous pouvions lui raconter l'intéressait énormément. Vers minuit, Louise s'aperçut soudain qu'il avait quitté le salon où nous avions pas mal bu et beaucoup fumé. On le chercha partout. Il restait introuvable. Jacques eut l'idée de compter les bicyclettes et les

Solex. Il en manquait un. L'inconnu n'avait pas pu résister. Nous ne le revîmes jamais. Toute la fin de l'été, l'Austro Daimler fut encore visible bien que, peu à peu, elle semblât perdre de son éclat. Un plongeur nous dit qu'elle était déjà à demi enlisée dans la vase. Aux vacances de l'année suivante, on ne la voyait plus. Peut-être avions-nous rêvé.

La dame

pour Roger Louret

14 h 30

LES RENAUDIN

— Je me demande ce que cette dame fait dans un hôtel plutôt familial comme le nôtre, dit M. Renaudin. Ce n'est pas son genre !

— Son genre ? dit Mme Renaudin. Est-ce qu'elle en a un, cette... cette personne ? Et si elle en a un, c'est plutôt un genre douteux... Tu ne reprends pas de poisson ?

— Tu sais bien que si j'en mange trop souvent, ça me donne de l'eczéma.

— On devrait faire un prix spécial de pension pour des gens comme toi qui mangent à peine la moitié du menu. Si nous revenons l'année prochaine, je le demanderai. Tu te sers encore du vin ? Et ton foie ?

— Écoute Émilie... Nous sommes en vacances...

LES PERLE

— Cette dame a vraiment de beaux yeux, dit M. Perle. Presque aussi beaux que les tiens !

— Oh, les pauvres miens ! dit Mme Perle. Ils n'y voient plus. La lumière les fatigue tant.

— Nous n'aurions pas dû venir dans un pays de soleil. C'est de ma faute : je suis un épouvantable égoïste...

— Tu es fou, voyons, mon cher ami. Je suis comme toi : je n'aime que la Méditerranée. Nous n'avons plus l'âge de nous refuser quoi que ce soit. Il y a de la glace au dessert ?

— Oui, la dame en mange.

— Déjà ! Ses repas ne traînent pas, dit Mme Perle.

— Elle est jeune, elle aime rester au soleil sur la plage toute la journée. Je la comprends. Hier, elle m'a fait un signe de tête et adressé un sourire. Je parierais cher qu'elle a un accent étranger.

— Te voilà encore amoureux !

— Encore ! Oui, encore une fois... la deuxième... la première, c'était il y a cinquante ans, n'est-ce pas ?

— Tu es incorrigible...

ANTOINE ET ANTOINETTE

— Chéri ! dit Antoinette.

— ...

— Chéri, à quoi penses-tu ?

— Moi ? dit Antoine.

— Qui veux-tu que ce soit d'autre ?

— Oh... pardon... Eh bien... Je crois que je ne pensais à rien.

— Tu regardais fixement la dame.

— Elle mange de la glace.

— Nous en aurons aussi. C'est au menu. Ne sois pas jaloux !

— C'est toi, la jalouse. Cette dame est arrivée en même temps que nous, il y a huit jours, et je n'ai encore jamais rencontré son regard... D'ailleurs, elle ne parle à personne.

— Oh si ! Elle parle au petit Jacques et hier elle a souri au vieux M. Perle qui en est encore tout ébloui.

— Le petit Jacques et M. Perle ont bien de la chance.

— Ils ne sont pas les seuls. Hier, il me semble qu'elle a échangé quelques mots pincés avec ce pensionnaire à lunettes qui a l'air si revêche et qui était là un jour avant elle.

— Celui-là ne lui fera pas de mal, dit Antoine.

GERTRUDE ET JEANNE

— Si on t'apporte une orange, dit Gertrude, ne la renvoie pas comme hier. Donne-la-moi. Je la garderai pour mon quatre-heures.

— Une orange ? Tu ne vois pas que la dame mange une glace ? dit Jeanne.

— Ah celle-là, on la soigne ! Je me demande ce qu'elle a de plus que nous. Tout le personnel est aux petits soins... Et elle prend des airs...

— Elle est jeune et belle...

— Et alors ? Ça passe... Y a qu'à nous regarder toutes les deux.

— Nous n'avons jamais été belles, Gertrude, et je me demande même si nous avons été jeunes...

— En tout cas, une femme de trente ans comme celle-là ne va pas seule à l'hôtel. Ça ne se fait pas.

— Dieu seul sait ce qui se fait ou ne se fait pas.

— Bon, la voilà qui s'en va, la dernière bouchée avalée, sans un signe de tête pour personne. C'est une malpolie...

JACQUES ET SA MAMAN

— Dis maman, à quel âge qu'on se marie ? dit Jacques.

— À quel âge se *marie-t-on* ? Eh bien, mon petit, ça dépend. Ton papa avait vingt-cinq ans quand nous nous sommes mariés, dit maman.

— Vingt-cinq ans moins dix ça fait encore quinze ans à attendre.

— Tu voudrais te marier ?

— J'y songe, dit Jacques.

— Peut-on savoir avec qui ?

— Avec la dame. Hier, elle m'a caressé la joue. Chaque fois qu'elle reçoit une lettre d'Argentine, elle la déchire sans même la lire et découpe les timbres pour ma collection.

— C'est gentil à elle, mais peut-être est-elle déjà mariée.

— Et son mari, qu'est-ce qu'il ferait ?

— Comme papa, il travaille pendant que nous sommes au bord de la mer à profiter de l'été grâce à lui.

— Tout de même quinze ans, c'est long ! dit Jacques. Est-ce qu'elle attendra ?

— Il faut lui demander, mon petit.

— Tu crois que je peux ?

— Essaye.

JULES, LE SERVEUR

— Vraiment (*se dit Jules*), j'ai jamais vu des clients qui traînent aussi longtemps à table. Mangent tous comme des escargots. Ça parle, ça parle, ça chipote dans son assiette. Y a que la dame pour tout expédier en moins de deux. Et jamais un mot pour se plaindre ou refuser. Comme vacancière, y a pas mieux. Et bien roulée avec ça ! Une statue, une vraie statue ! Avec les jumelles, on la voit bien sur la plage. C'est la mieux ! J'ai eu beau chercher à la surprendre le matin quand j'apporte le petit déjeuner à la place de Marie... rien à faire ! Même si je frappe pas, elle est toujours en robe de chambre ou dans son lit, le drap relevé jusqu'au menton... Parce que j'en ai connu des pas comme ça. Pour celles-là, un type avec un plateau, c'est pas un homme. Elle, elle se méfie ! Marie dit que, dans un film étranger, italien peut-être, elle a vu une femme comme elle qui se baignait nue sur une plage avec des cocotiers. Mais ça, c'est du cinéma. On le voit jamais dans la vie. C'est pas la dame qui se baignerait nue. Tout de même, l'autre jour, elle s'est crue seule sur la plage et elle a retiré son soutien-gorge. Avec les jumelles, on voyait très bien. Marie, qui m'a surpris, était furieuse, surtout, je crois, parce que ses roberts ne soutiennent pas la comparaison avec ceux de la dame... Bon ! Encore cette vieille schnock de Renaudin qui appelle. Toujours à râler. Et son cocu transmet les réclamations. Voilà un été qui commence mal ! Dix clients comme ça et je rends mon tablier. Avec ça, on découvre que le chef est un boit-sans-soif. Hier, il a mis du pastis dans la soupe. Tout le monde était content... Oui, Monsieur, je suis à vous tout de suite... Mais non, je ne regarde pas les mouches au plafond ! D'abord, y en a pas...

MARIE, LA FEMME DE CHAMBRE

— Bon..., la voilà qui se tire (*se dit Marie*). Va falloir aider Jules à desservir. Toujours pressé de se reposer, celui-là. C'est vrai qu'ils prennent plaisir à jouer les culs-de-plomb. Sauf elle. Mais elle, c'est une dame. Rien à voir avec notre clientèle. Tout est joli de ce qu'elle a amené dans ses bagages. Et pas joli pour aguicher les hommes, mais joli pour se plaire à soi. Si j'avais des chemises de nuit comme elle, Jules serait à genoux toute la journée. Elle m'a dit qu'elle m'en donnerait une en partant. On verra. Y en a qui font des promesses comme ça, puis zou... au moment de partir, v'là t'y pas qu'ils se souviennent plus de rien. L'affolement du départ... quoi ? Naturellement, les autres pensionnaires lui arrivent pas à la cheville. Alors ils en disent du mal. Les femmes font comme si elles la voyaient pas. Les hommes la lorgnent par-dessus leur journal. Ou par-dessous, comme M. Renaudin. Lui, c'est les mollets, sa faiblesse. Sans son dragon, il irait bien jusqu'à tâter... Y en a qu'un qui paraît indifférent, c'est l'homme à lunettes. Jules dit que ça doit être un curé en vacances, un curé moderne, quoi... Moi, je crois pas... À cause des livres et de la machine à écrire, je dirais que c'est plutôt un nègre... J'espère que vous avez bien déjeuné, Mesdemoiselles... Ah ça oui, le poisson est toujours frais ici ! Le patron il est debout à quatre heures tous les matins pour acheter directement aux pêcheurs... Bonne sieste, Mesdemoiselles... Oui, quand je dis un « nègre », c'est comme chez les écrivains, un type qui écrit les histoires et un autre qui les signe... Alors, Jacquot, tu vas piquer un petit somme avec ta maman ? Repose-toi bien ! Ouf ! Toujours les derniers à partir... Ce moutard, c'est la lenteur même. Moi je lui foutrais des gifles et son déjeuner, ça traînerait pas comme ça... Non, Monsieur Jules... pas tous les jours !!! Comment ? La semaine dernière ? Vous exagérez, hier, c'était dans la lingerie. Vite fait, mal fait ? La patronne passait dans le couloir. Non, c'est dans ma chambre ou rien, et aujourd'hui ce sera rien si vous voulez savoir. J'ai mes raisons. Et puis, y a pas que ça dans la vie ! Hé hop ! laissez donc mes fesses : jeux de mains, jeux de vilains.

20 h 30

LES RENAUDIN

— Tu lui as parlé, dit Mme Renaudin.
— Moi, à qui ?
— Oui, toi !... à la dame. Ne nie pas. Je t'ai vu.
— Je me suis effacé pour la laisser entrer dans le salon. N'importe quel homme bien élevé en aurait fait autant.
— Tu en as profité pour lui murmurer quelque

chose, et tout bas pour que je ne puisse pas entendre.

— Je lui ai dit : « Je vous en prie, madame... » et c'est tout.

— Oh... à sa mine, c'est pas du tout ça qu'elle a entendu. Elle a même eu un petit air choqué. Pour un peu, si je n'avais pas été là, elle te giflait.

— Ma pauvre Émilie, tu dérailles !

— Je ne suis pas ta pauvre Émilie et cesse de me faire passer pour une folle.

LES PERLE

— C'est joli ce châle qu'elle a mis sur ses épaules, dit M. Perle. Une étoffe indienne, je suppose.

— Mon ami, tu n'y connais rien. C'est un poncho argentin. On passe la tête dans le trou comme une chasuble. Tous les gauchos portent ça dans la pampa. Je parierais volontiers qu'elle a attrapé des coups de soleil et n'a pas trouvé d'autre moyen de les dissimuler.

— C'est pas à toi que ça arriverait. Tu as une si belle peau qu'à la moindre lumière, elle tourne à l'ambre.

— À l'ambre ? Tu veux parler des tavelures sur mes mains ?

— Ne cherche pas à te déprécier à mes yeux : tu n'y arriveras pas.

— Je me demande, dit Mme Perle, si tu aurais

été aussi indulgent avec n'importe quelle autre femme. Avec la dame, par exemple ?

— Comment veux-tu le savoir ? Elle n'a pas encore exigé que je divorce d'avec toi pour l'épouser sur-le-champ.

— Ah, mon ami, tu me vois tout à fait rassurée.

ANTOINE ET ANTOINETTE

— Tu crois qu'on en trouve en France ? dit Antoine.

— Mon chéri, j'adore que tu parles après un si long silence, mais ne crois pas, malgré tout l'amour que je te porte, que je connais le fil de tes pensées. Alors, quelle est cette chose qu'on trouve ou qu'on ne trouve pas en France ?

— Un poncho argentin.

— Comme celui de la dame ?

— Eh oui, pas sur les épaules des affreuses jumelles.

— Il est évident que sur les épaules des jumelles, tu n'aurais pas remarqué le poncho argentin.

— Si... peut-être. Elles ont l'air tellement méchant qu'elles me fascinent.

GERTRUDE ET JEANNE

— C'est une enjôleuse, dit Gertrude. Les hommes n'ont d'yeux que pour elle.

— Tu ne voudrais pas, dit Jeanne, que les hommes n'aient d'yeux que pour nous. Moi, ça me couperait l'appétit.

— Eh bien, à la dame, ça ne lui coupe pas l'appétit. Au contraire, elle a repris deux fois du poulet.

— Elle devrait se méfier... ça engraisse.

— Elle n'a pas l'air de se douter que la beauté est éphémère.

— En tout cas, l'homme aux lunettes ne la regarde pas. On dirait même qu'il détourne la tête quand elle apparaît.

— À mon avis, ça doit être un pédéraste.

— Tu ne devrais pas employer des gros mots comme ça en public ! M. Perle nous a entendus et Mme Renaudin nous a jeté un sale regard.

JACQUES ET SA MAMAN

— As-tu parlé à la dame ? dit maman.

— ...

— Réponds-moi, Jacquot.

— Oui.

— Et qu'est-ce qu'elle a dit ?

— Rien.

— Comment rien ?

— Oh... des choses...

— Sur quoi ? Sur le mariage ?

— Oui.

— Il faut tout t'arracher mot par mot.

— Elle n'est pas contre ; mais elle a l'air de craindre que quinze ans ne soient un peu longs.

— En somme, elle ne t'a pas laissé beaucoup d'espoir.

— Pas beaucoup. Je suis triste. Est-ce que je ne pourrais pas avoir une deuxième glace au chocolat pour oublier un peu de ma tristesse ?

— Je veux bien... Mais il ne faudra pas en prendre l'habitude.

— Tu n'as rien à craindre. Demain, j'y penserai déjà moins fort.

JULES

— Juste ce soir que j'aimerais finir de bonne heure (*se dit Jules*), ils traînent comme des escargots. Les pires, c'est les Renaudin. Toujours à attendre quelque chose après le dessert. J'y ai dit au patron de leur faire le coup d'envoyer une platée de cassoulet après la glace au chocolat. Ils la boufferaient, ces monstres ! L'idéal, évidemment, c'est la dame : jamais un mot contre et toujours des corsages qui bâillent jusqu'au nombril. J'ai jamais fait autant de courbettes à une lady. Ça m'a mis en forme pour ce soir. Si la Marie veut pas, je sors, je vais au bal et je lève... Tiens, tiens... Qu'est-ce qui se passe ? La dame qui parle au grand à lunettes ! Et elle l'invite à s'asseoir auprès d'elle... Et lui qui hésite, comme furieux. Elle qui sourit et l'invite sur la terrasse... Deux cognacs, Monsieur ?

Je vous les apporte tout de suite. Vous serez très bien dehors : c'est la pleine lune ce soir et il n'y a personne.

MARIE

— Ce soir, faut que je me boucle dans ma chambre (*se dit Marie*). Jules est dans un état que c'est à faire peur. C'est la faute à ces minettes de la plage qui montrent leurs seins en veux-tu en voilà. Sans compter la dame qui a son corsage ouvert à tous les vents. Elle fait exprès. On comprend pas ça de la part d'une femme aussi bien. Un type gentil, c'est le curé — ou le nègre — à lunettes. Jamais impatient. Toujours poli, le nez plongé dans un livre en mangeant comme s'il ne voulait voir personne, et surtout pas la dame. Peut-être qu'il lit en dormant ou en faisant l'amour. Pas impossible. Y en a d'autres qui ont des fantasmes encore plus compliqués. Moi, ça me ferait plutôt rire un type qui baise en lisant. J'arriverais pas à... Bonsoir Mesdemoiselles, ou plutôt bonne nuit. Vous en avez besoin après l'excursion de cet après-midi. Ça se voit que vous êtes fatiguées. Oh, ne protestez pas ! Quand on a le teint aussi gris et les yeux qui papillotent c'est qu'on n'en peut plus et que le marchand de sable est passé. Bonne nuit... Et vlan, les vieilles ! Elles vont se croire à l'article de la mort, ces deux garces !... Un tilleul pour Mme Renaudin, et comment donc Monsieur Jules.

J'y ajouterai même de l'arsenic si ça peut plaire au mari. Non, voilà que c'est un peu fort : la dame qui parle au curé-nègre ! Et il la regarde fixement sans lui répondre, pinçant les lèvres ! Il n'a pas l'air content, il hausse les épaules, il va s'en aller, elle lui prend le bras et ils sortent. Eh bien, en voilà une histoire ! Je m'y attendais vraiment pas...

9 h

LES RENAUDIN

— Tiens, dit M. Renaudin, « ils » sont à la même table pour le petit déjeuner.

— Je l'avais prévu, dit Mme Renaudin, si elle n'était pas plus liante, c'est qu'elle cherchait à mettre la main sur l'oiseau rare.

— *Rara avis.*

— Comment ?

— Je disais « oiseau rare » en latin.

— Qu'est-ce que tu as besoin de parler latin ? tu n'épates personne et la dame ne t'a même pas entendu... Les croissants sont mauvais. Tu iras voir le directeur et tu lui diras que toutes les tables doivent avoir la même qualité de croissant.

LES PERLE

— Tu n'es pas trop chagriné ? demande Mme Perle.

— Par quoi mon Dieu ?

— Ne joue pas les innocents. La dame aux beaux yeux n'est plus seule à table.

— Je suppose que cela devait arriver, et peut-être faut-il se féliciter de ce que la dame ait porté son choix sur un homme sérieux pour la tirer de sa solitude.

— Tu es admirable !

— N'est-ce pas ?

ANTOINE ET ANTOINETTE

— Eh bien ? dit Antoinette.

— Oui, dit Antoine.

— Tu as l'air rêveur.

— Moi ? Pas du tout ! Qu'est-ce qui te pousse à dire ça ?

— Depuis que nous sommes entrés dans la salle à manger et que tu as vu que la dame ne petit-déjeunait pas seule, tu n'as pas prononcé un mot.

— La dame n'est pas seule ? Ah oui, en effet, tu as raison : je n'avais pas remarqué.

— Gros menteur.

— Qu'est-ce que tu vas imaginer ? À t'entendre, on croirait que j'ai éprouvé la plus vive passion pour une inconnue. Avoue que cette passion aurait été bien mal placée. La voilà, apparemment, séduite par un homme sans aucun charme.

— Il est vrai qu'il n'a pas le centième de ton charme, mais ce petit centième suffit à le rendre intéressant.

— Attends au moins qu'il t'ait parlé.

— As-tu attendu que la dame t'ait parlé pour t'extasier sur elle ? Elle est peut-être complètement idiote.

— J'en doute.

— À mon tour de trouver que cet inconnu a un visage intéressant.

— Les femmes, dit-il, sont inouïes ! J'apprends ce matin qu'elles sont séduites par l'intelligence d'un homme !

— Pas toujours !

— Vas-tu prétendre que ce n'est pas ça qui t'a séduite quand tu m'as rencontré pour la première fois ?

— Je t'avouerai franchement que ma première réaction a été de te trouver beau gosse.

— Et c'est tout !

— Bien après, j'ai compris que tu étais un génie... Allons, ne te vexe pas... Tu n'es peut-être pas un génie, mais tu es un charmant et transparent mari... Imite donc le monsieur à lunettes, cet heureux homme, avance ta main sur la table et caresse la mienne. Merci... c'est tout ce que j'espérais de toi.

GERTRUDE ET JEANNE

— Je l'avais prévu, dit Gertrude. Une femme facile... on lui serine quelque compliment et elle invite n'importe qui dans sa chambre.

— Cet homme n'est pas forcément n'importe qui.

— On n'a pas idée de se laisser caresser la main en public à neuf heures du matin. C'est une nymphomane.

— N'exagérons rien.

— Je te parie ce que tu veux qu'ils ont longuement copulé cette nuit.

— Gertrude ! Tu as de ces mots... Si on t'entendait... On se demande où tu vas les chercher.

JACQUES ET SA MAMAN

— Tu ne manges pas ton croissant, mon chéri, dit maman.

— Je n'ai pas faim, dit Jacques.

— Alors bois au moins ton lait.

— C'est pas du vrai !

— Quelque chose ne va pas ?

— Tout va bien, maman, je t'assure...

— Tu restes trop longtemps au soleil le matin. À partir d'aujourd'hui, nous quitterons la plage à midi pile.

— Juste au moment où je m'amuse le plus !

— Alors nous sortirons plus tard.

— Comme tu voudras. Dis-moi, maman, est-ce qu'on souffre toujours quand on aime ?

— Ma foi, la question est bonne. Je pense, en effet, que le bonheur d'aimer s'accompagne souvent d'un léger malaise à l'idée qu'un jour on n'aimera plus ou qu'on ne sera plus aimé. Comprends-tu cela... qui est un peu compliqué ?

— Je comprends très vite et je suis tout à fait d'accord. Encore une question.

— Oui, mon chéri.

— Est-ce qu'on guérit du mal d'amour ?

— Oui, et il faut toujours souhaiter en guérir.

JULES LE SERVEUR

— Eh bien (*se dit Jules*), lui c'est un rapide. « Bonsoir madame, comment allez-vous ? » et on saute dans le lit. Au fond, j'aime ça : pas de simagrées, de la rondeur, au flanc ! Avec sa tête de bigleux, celui-là m'a appris quelque chose. La Marie n'a qu'à bien se tenir. Tout de même, on n'en revient pas ! Jusqu'à hier soir, ils n'avaient même pas échangé un regard, à croire que ce type la fuyait. C'était peut-être une tactique. Intelligent ce type. Et le meilleur c'est que c'est elle qui a l'air de demander. J'aurais juré le contraire. Faudra demander à Marie si elle a remarqué quelque chose dans leur chambre... Oui, Mesdemoiselles, les croissants ne sont plus aussi bons qu'autrefois...

quand vous étiez toutes jeunettes, ce qui n'est plus le cas. Ah, le bon vieux temps de nos grand-mères... Mais non, mesdemoiselles, je ne cherche pas à vous insulter. Je constate. Le patron est bien de votre avis. Il cherche un autre boulanger pour dames du troisième âge...

MARIE

— On n'y comprend plus rien, se dit Marie. La dame a sauté dans le lit du curé-nègre et elle y est restée jusqu'au matin. De la part de quelqu'un de si réservé, c'est pas croyable. Et comme je fais les lits, je peux dire en connaissance de cause qu'ils ne se sont pas embêtés. M'est avis qu'il y a quelque mystère là-dessous et qu'on n'en saura jamais le fin mot. En tout cas, ça l'a mise de bonne humeur et elle m'a donné son poncho. Quand je l'ai remerciée, elle a dit : « Y a pas de quoi. » Et que c'était un mauvais souvenir. Elle est sûrement quelqu'un de bien. Quant à lui, maintenant je ne dirai plus qu'il est un curé ou un nègre. C'est peut-être un architecte ou un professeur ou un type de cinéma.

LA DAME ET L'HOMME À LUNETTES

— Tu regrettes ? dit-elle.

— Je regrette d'avoir perdu huit jours, dit-il. Quand je t'ai vue arriver ici, j'ai demandé ma note et j'ai fait mes bagages. On m'a prié d'attendre le retour du patron. Ça m'a découragé et j'ai pensé qu'il était plus honorable d'affronter l'ennemi.

— Je n'ai jamais été ton ennemie.

— Une ennemie ne m'aurait pas fait ce que tu m'as fait.

— J'ai compris que je n'aimais que toi.

— Faut-il, pour le savoir, s'obliger à pareils détours ? Moi, je n'en ai pas eu besoin.

— Tu es plus intelligent que moi.

— J'ai toujours cru, au contraire, qu'en amour, les femmes avaient plus d'intuition que les hommes.

— Pardonne-moi, je me suis fiée aux apparences. Je me trompais moi-même.

— Et les apparences sont dissipées ?

— « Il » est reparti pour l'Argentine, dit-elle.

— « Il » t'écrit. Je t'ai vue donner les timbres au petit garçon.

— Je déchire les lettres sans les lire.

— Hier, tu portais encore le poncho qu'il t'a donné.

— Je ne le porterai plus. Je l'ai donné à la femme de chambre.

— J'aimerais te plonger dans un bain magique d'où tu ressortirais neuve et pure comme au jour où je t'ai connue.

— Aie confiance en l'oublieuse mémoire féminine, dit-elle.

— Mais moi, ma mémoire à moi, crois-tu qu'elle oubliera ?

— C'est déjà fait. Et puis, pour t'aider, pourquoi ne changeons-nous pas de pays ?

— J'allais te le proposer, dit-il. Notre purgatoire est terminé. Où aimerais-tu aller ?

— À Venise.

— Il y fait bien trop chaud en été.

— Alors... aux Caraïbes ? dit la dame.

— C'est l'époque des cyclones.

— En Grèce ?

— Le pays entier est en grève.

— En Espagne ?

— C'est le métro aux heures d'affluence.

— Alors où ?

— À Paris, dit-il. Pour conjurer les derniers sorts.

— Bonne idée ! Au mois d'août, nous apprendrons le japonais pour demander notre chemin dans les rues.

Un parfum de jasmin

C'était la mort d'un été, au bord d'une plage italienne, à Positano exactement. Le soleil passait derrière la montagne et les jardins respiraient enfin après d'étouffantes journées. L'odeur du jasmin montait sous la fenêtre de John et le tirait d'un livre, d'une page inachevée. La lumière déclinait très lentement, sans soubresauts, en une sorte d'agonie paisible que l'on goûtait pendant un instant en silence, mais que venait troubler bientôt une rumeur d'abord indécise, puis plus nette, des cris d'enfants, des voix lasses de grandes personnes. Les plaisirs de la plage prenaient fin et tout le monde regagnait les maisons, les hôtels par de raides escaliers. Peu après, John entendait :

— Toc ! Toc !

Un doigt léger, un doigt de petite fille de dix ans frappait à sa porte.

— Entrez.

Elle passait une tête aux cheveux noirs raidis par le sel marin, aux longs cils collés, aux lèvres rouges.

— Vous avez bien travaillé ?

Il répondait oui ou non avec assez de franchise. Quand c'était oui, elle prenait un air dubitatif et de l'index se relevait le bout du nez. Quand c'était non, elle fronçait les sourcils :

— Alors vous auriez mieux fait de descendre à la plage. On s'est bien amusé cet après-midi.

— Que s'est-il passé ?

— Une baleine est venue s'échouer et le maître baigneur nous a tous appelés à la rescousse pour qu'on la rejette à la mer. C'était lourd... lourd... vous n'avez pas idée.

— Et vous avez réussi ?

— Oh oui... Et elle a été si contente la baleine que pour nous remercier, elle a lancé en partant un grand jet d'eau.

— Vraiment ? Je regrette de n'avoir pas vu ça.

— Au moins ça aurait pu vous servir dans un livre. D'un seul coup, vous écriviez trois pages de plus.

— Merci Alexandra, l'idée est bonne.

— Si vous voulez, je vous en raconterai plus ce soir au dîner.

— Oh, ce ne sera pas la peine. J'ai de l'imagination moi aussi.

— Vous voulez dire que vous ne me croyez pas ?

— Je m'en garderais !

— Si ! Si ! Vous ne me croyez pas. Eh bien vous verrez.

Elle claquait la porte et il entendait sa galopade dans le couloir. Il ne s'agissait pas toujours d'une baleine. Parfois un simple vaisseau fantôme suffisait. Il avait mouillé devant la plage et une chaloupe montée par des pirates borgnes était venue rançonner les estivants. Finalement les pirates se contentaient d'emporter tous les ballons verts et le trois-mâts fantôme reprenait la mer en tirant des coups de canon pour protéger sa fuite. Ou bien, Miss Balantine qui, à soixante-dix ans et cent kilos, continuait de se baigner deux fois par jour en costume 1900, avait été poursuivie par une horde de scaphandriers qui lui plantaient des harpons dans le derrière et arrachaient son pudique maillot à jupe.

Devant ces récits plus ou moins terrifiants, l'attitude normale, logique et confortable d'un adulte aurait été le doute. John avait cependant appris à se méfier : tout ce que racontait Alexandra était VRAI. Enfin, disons qu'il y avait une base de vérité : la baleine était un marsouin fatigué et les pirates deux enfants débarqués d'un yacht et repartis en volant un ballon vert, et Miss Balantine avait déchiré son maillot à un endroit critique en tombant sur un nid d'oursins.

Le soir, Alexandra rajoutait quelques détails. Ils dînaient sur la terrasse à des tables voisines, elle avec sa mère, John seul parmi les autres pensionnaires de ce tranquille hôtel. Il trouvait la mère jolie quoique distante. Les inventions de l'enfant ne provoquaient chez elle que des sourires indulgents, vite enfuis. Elle semblait plus préoccupée de voir Alexandra se tenir droite ou ne pas prendre son verre à deux mains. John aimait assez qu'elle ne tirât pas orgueil de sa fille et n'en fît pas aux yeux de tous une guenon savante, mais elle aurait pu au moins s'amuser de ces fables comme s'en amusaient les autres. Alexandra venait souvent finir son dessert avec lui.

— Pourquoi êtes-vous seul ici ?

— Parce que je suis venu travailler en paix dans une petite chambre face à la mer.

— Et votre femme ?

— Elle n'a pas pu m'accompagner, elle attend des quintuplées.

— Oh, mais c'est rare ça, les quintuplées !

— Pas tellement. Nous en avons déjà eu trois fois.

— Vous avez quinze enfants ?

— Et je vais en avoir vingt. Alors, vous comprenez Alexandra qu'il y ait un peu de bruit chez moi et que je cherche le silence.

— Et comment s'appellent vos enfants ?

— C'était trop difficile de trouver quinze noms, je leur ai donné des numéros par ordre d'arrivée au monde : un, deux, trois, etc.

Elle partait le sourcil froncé et le lendemain :

— Vous m'avez raconté des blagues hier soir.

— Moi ?

— Hé ! Vous bien sûr... avec vos quintuplées. Je parie que vous n'êtes même pas marié.

— Qui sait ?

— Qui sait... ! Avec les hommes, il est impossible de savoir la vérité.

— Qui vous a mis ça dans la tête ?

Elle prenait un air entendu et regagnait sa table. Oui, qui pouvait bien lui mettre en tête ce genre d'idées générales ? John aurait aimé en savoir plus sur la mère que sa fille appelait de temps en temps Laura sans que celle-ci s'en offusquât. Elles étaient italiennes et parlaient à la façon un peu chantante des Napolitaines. Avec les jours, John ne trouvait plus Laura seulement jolie. Il la trouvait belle et d'une indifférence qui était peut-être l'indice d'une nature paisible et comblée ne demandant rien d'autre à la vie que des heures passées au soleil et l'amour d'une enfant. Mais les hommes imaginent mal que des femmes s'avouent paisibles et comblées sans qu'ils y soient pour rien, ou sans que leur présence puisse ajouter encore à ce bonheur. John avait trente-cinq ans et il écrivait son troisième roman sans beaucoup de conviction, ayant acquis la certitude — réconfortante d'ailleurs sous certains aspects — qu'il n'était pas un génie, qu'il y avait à peine deux ou trois génies par siècle, et que ses livres ne révolutionneraient pas l'humanité. Ils la distrairaient, cette humanité morose, et c'était déjà beaucoup, assez pour vivre très librement le plus souvent hors d'Amérique, et le plus souvent encore sur cette côte italienne où il avait débarqué quelques années auparavant sous un déluge de fer et de feu. Qu'était Laura à cette époque-là ? Encore une enfant, à peine une jeune fille. John, accoudé à la fenêtre et rendu irrésistiblement romantique par l'odeur du jasmin, se rêvait quinze ans plus tôt en uniforme de héros à Naples, apercevant dans la foule une jeune fille timide et distante dont la révélation soudaine l'assurait qu'elle serait dans peu d'années la belle et paisible Laura. À cette époque-là, c'eût été un jeu de lui arracher une promesse de mariage. Toutes les Italiennes rêvaient d'épouser des Américains, même imbibés de vermouth comme ils l'étaient. Hélas, John avait vu et approché quantité d'Italiennes qui ne laissaient en rien présager un caractère et un physique à la hauteur de Laura. Il était néanmoins agréable de se perdre dans des songeries de ce goût quand la page manuscrite n'avançait pas.

— Toc ! Toc !
— Entrez !
— Alors ?
— Aujourd'hui, rien ! Trois lignes !
— Mais à quoi pensez-vous ?
— Je suis amoureux de votre mère !

John effrayé de sa propre audace l'atténua d'un grand éclat de rire, mais Alexandra ne se montra pas dupe.

— Bon ! dit-elle d'un air préoccupé. Voilà encore des histoires. Vraiment, nous n'avions pas besoin de ça ! Vous n'étiez pas heureux comme vous étiez ?

— Oh si, mais ça ne se commande pas !

— Je l'ai entendu dire. Si vous voulez, j'en toucherai un mot à Maman, mais je vous préviens que, d'une façon générale, elle ne s'intéresse pas à cette sorte de choses.

Mais à quoi s'intéressait-elle ? En descendant à la plage le matin, il retrouvait Laura allongée sur les galets, se rôtissant alternativement le dos, les flancs, le ventre avec méthode. Quand elle rencontrait pour la première fois le regard de John, elle saluait d'un imperceptible mouvement de tête, esquissait un sourire poli, puis ne le voyait plus, quoi qu'il fît pour se rendre intéressant. Elle ne lisait pas, ne tricotait pas, n'ennuyait pas Alexandra en la rappelant tout le temps à elle, comme les autres *Mammas* de la plage. Elle restait là, simplement étalée sur son matelas pneumatique, hors de l'ombre du parasol rouge. De jour en jour, le soleil achevait de la parfaire. John ne savait plus du tout comment s'y prendre, envahi par une timidité délicieuse, sentiment fort nouveau pour lui et qui l'incitait à penser qu'il avait seulement connu jusque-là les rudiments de l'amour. Alexandra venait raviver ses réflexions, encore tout humide de son bain :

— Vous ne brunissez pas beaucoup ! disait-elle.

— Je suis un visage pâle ou rose si vous préférez.

— Je n'ai encore rien dit à Maman.

— Vous avez bien fait. Quand je désirerai qu'elle le sache, je la préviendrai moi-même.

— Très bien. En somme, vous préférez que je ne m'en occupe pas ?

— S'il vous plaît.

Ce qui l'encourageait malgré tout, c'est qu'aucun bateau du samedi n'amenait de mari pour Laura. Il en débarquait une bonne vingtaine que les familles se répartissaient sans se tromper, mais Laura ne venait pas sur la jetée à la rencontre de l'homme de sa vie paisible. Le soir, Alexandra couchée, elle restait un moment à fumer une cigarette sur la terrasse, décourageant toute approche par une réserve charmante. Dix fois, John s'était promis de s'asseoir carrément en face d'elle, à la place laissée vide par l'enfant, mais il n'en trouvait pas l'audace et craignait qu'une réflexion sèche devant tout le monde l'obligeât à battre définitivement en retraite. Pendant le déjeuner, un employé de l'hôtel distribuait le courrier fraîchement arrivé. Chaque table recevait ses lettres, sauf celle de Laura qui n'en montrait aucune déception. Il y avait de quoi devenir fou et John n'écrivait plus une ligne, enfermé l'après-midi dans sa chambre, attendant le crépuscule pour que montât vers lui le parfum du jasmin. La nuit, il descendait sur la plage et se mêlait aux habitués d'un café où l'on dansait sous la treille. Il ne détestait pas regarder les gentils tendrons occupés à tanguer sous l'œil sévère de quelques mères que la graisse alourdissait. Mais les tendrons n'avaient plus de sel pour lui. Il pensait à Laura avec un désir très vif, à Alexandra avec une appréhension mêlée de plaisir. Cette enfant était le diable :

— Je n'ai toujours rien dit !

— Vous faites mieux !

— Mais si vous ne vous décidez pas, quelqu'un d'autre le fera à votre place !

— Qui donc, mon Dieu ?

— Vous vous croyez le seul homme sur la terre ?

— Je n'ai pas cette présomption.

Et John partait, assombri pour la journée. L'amour ne rend pas heureux, remarquait-il après un certain nombre d'autres penseurs. Même cette constatation-là ne rend pas heureux non plus. John prenait sa voiture et partait passer la journée à Naples, cherchant les tavernes où, jeune soldat fraîchement débarqué, il avait découvert les séductions un peu sordides de l'Europe. Un zeste dans son vermouth lui faisait monter les larmes aux yeux. Il avait tout de suite et terriblement aimé l'Italie, et avec les années cela ne passait pas, mais si accoutumé qu'il y fût, si bien qu'il parlât l'italien, des sentiments, des mœurs lui restaient incompréhensibles. Là où on croyait rencontrer la facilité, on se heurtait à une morale des plus rigides et inversement. Laura échappait aux deux classifications. John en arrivait à rêver d'un exploit qui attirât l'attention sur sa propre personne et forcerait la jeune femme à sortir de sa décourageante inattention. Mais, chance ou malchance, aucun baigneur ne songeait à se noyer et l'hôtel ne prenait pas feu. Pendant vingt-quatre heures,

John se crut sur la voie de la guérison : il avait décidé que Laura ne pouvait être que complètement idiote, seule explication plausible, à ses yeux, du vide absolu dans lequel elle semblait se mouvoir : pas un livre à portée de sa main, pas même un journal féminin, pas une parole à un étranger. La médication fut de courte durée, John découvrant peu après que, même idiote, Laura restait Laura, créature désirable et paisible. Et puis Alexandra serait là pour parler.

— Toc ! Toc !

— Entrez !

— Ça va mieux ?

— Non, avoua-t-il.

Alexandra poussa tout à fait la porte et entra. Elle était pieds nus, encore en maillot, ses sandales et son ballon rouge à la main.

— Vous ne savez pas ce que vous avez raté...

— Quoi donc, mon Dieu ?

— Un sous-marin est arrivé, le capitaine est sorti du kiosque. Avec ses jumelles, il a scruté toute la plage jusqu'à ce qu'il aperçoive Maman. Alors, il a envoyé une lettre par un autre officier en gants blancs. Il voulait l'épouser.

— Et puis ?

— Devinez !

— Je ne sais pas moi : elle a dû répondre : « Je vous épouserai quand vous aurez un plus grand bateau. »

— Qui vous l'a dit ? C'est exactement ce qu'elle a répondu.

— Et qu'a fait le capitaine ?

— Il est reparti pour La Spezia s'acheter un cuirassé.

— Je m'en doutais.

Dans le couloir, une voix appela :

— Alexandra !

— Oui, Maman. Je suis chez John.

— Viens prendre ta douche.

— J'arrive.

John se leva et sortit dans le couloir. Laura y attendait sa fille.

— Alexandra me racontait la visite du sous-marin et la proposition du capitaine.

— Ah oui, c'est amusant, n'est-ce pas ? dit Laura avec un sourire exquis.

— Vous voulez dire que c'est vrai ?

— Oh bien entendu que c'est vrai ! Alexandra n'a aucune imagination. Elle grandit un peu les choses et les gens, c'est tout. Viens prendre ta douche, ma chérie.

Ces quelques mots semblèrent un paradis à John qui crut avoir fait un pas décisif bien que cette histoire de sous-marin fût un pas inquiétant. Naturellement, il finit par découvrir que le capitaine du sous-marin avait dix ans et que c'était Alexandra qu'il avait demandée en mariage de sa pirogue. Le lendemain, John manqua une des grandes chances de sa vie. Assis sur la plage non loin de la jeune femme, il l'aperçut qui tentait en vain d'ouvrir une bouteille d'huile solaire. Il se précipita, offrit ses services :

— Attendez ! ce n'est rien...

Hélas, ce n'était pas rien et il ne parvint pas à dévisser le bouchon de plastique. Il fallut appeler Gino le maître baigneur qui arriva et délicatement fit tourner le bouchon entre son pouce et son index sans effort apparent. John partit cacher sa honte dans la mer. Il nagea longtemps, gagna une plage voisine en contournant des rochers et là, seul, sur une langue de sable, il médita l'étrangeté de sa propre attitude. Jamais, de sa vie, il ne s'était montré aussi embarrassé dans ses gestes comme dans ses pensées. Cela ne pouvait pas durer. Il s'en irait. Il avait confiance dans sa mémoire. Un petit malaise persiste quelque temps, une sorte d'absence de goût à tout, puis les choses s'arrangent : il y a des moments où l'on oublie soudain d'être triste et tout d'un coup ces moments deviennent précieux, si précieux qu'on les multiplie inconsciemment. Un jour c'est le réveil et le nom, le visage qui vous obsédaient ne se détachent plus des autres qu'ils ont déjà repoussés dans l'oubli. On met une étiquette et puis c'est terminé. John se dit, non sans sagesse, que s'il se dépêchait de partir le nom de Laura resterait particulièrement doux dans son souvenir : pas une ombre entre eux, pas un geste ne ternirait la qualité de cette rencontre distante sur une plage italienne. Il écrirait peut-être un jour une histoire où une belle jeune femme apparaît ainsi pendant un été, trouble les pensées de ceux qui l'entourent et s'évanouit en fumée, sans explication, enveloppée d'un mystère qui avait toutes les chances de n'en être pas un vrai. Oui, ce serait une très jolie histoire dont, d'ailleurs, aucun des magazines pour lesquels il écrivait ne voudrait, parce qu'à leur public il faut des coups de théâtre, un baiser final et la promesse que les amants ainsi réunis auront beaucoup d'enfants. Mais cela n'avait pas d'importance. John garderait cette histoire dans son tiroir et elle jaunirait lentement avec les ans, comme une vieille photographie. Un peu plus serein, il nagea vers la plage que l'heure du déjeuner vidait. Seules restaient Alexandra et Laura qui ramassaient leurs serviettes et s'apprêtaient à grimper le raide escalier conduisant à l'hôtel. Il les rattrapa dès les premières marches, heureux de cette chance qui les réunissait pour son départ.

— Nous sommes les derniers, dit-il. Les Anglaises auront mangé tous les melons et les Italiens toutes les pâtes.

— Oui, répondit Laura.

— J'ai traîné parce que c'est mon dernier bain. Il faut que je m'en aille.

— Ah ? Il faut ?... Entends-tu, Alexandra, ton ami s'en va.

— J'ai entendu, maman, dit l'enfant qui marchait devant eux sans se retourner.

John perdait pied de nouveau. Il ne savait plus rien ajouter. Tout ce qu'il pourrait encore dire semblait d'un inintérêt total pour Laura, et de la sentir si proche de lui, montant de son pas régulier, sans s'essouffler, le paralysait.

— Je ne me suis jamais trouvé aussi idiot, risqua-t-il dans un grand élan de courage.

— Ah ? dit-elle. Alexandra, ma chérie... ta serviette de bain traîne par terre.

— Oui, maman.

— Vous ne me comprenez pas ? reprit-il.

Soudain Laura s'arrêta et tourna son beau visage vers John qui reçut avec un serrement de cœur le regard voilé de douceur de la jeune femme.

— Vous comprendre ? dit-elle.

— C'était pour moi un séjour infiniment agréable, quelque chose qui ne m'était jamais arrivé, qui ne m'arrivera jamais plus. Je ne peux pas vous dire combien je vous en suis reconnaissant.

— C'était très agréable, en effet.

Ses yeux se détachèrent de John et elle recommença de grimper lentement. Alexandra avait disparu dans le virage du chemin.

— Je n'osais jamais vous parler.

— Il n'y a pas tellement besoin de se parler.

— Vous voulez dire que vous saviez ?

— Alexandra n'est pas muette.

— Je l'avais priée de se taire.

— Il aurait mieux valu ne pas lui faire de confidences.

— Vous avez dû me juger insensé !

— Oh non pas du tout... je vous trouve très gentil avec elle.

— Hou !

Alexandra surgit d'une porte, hilare, puis un peu déçue : elle ne leur avait pas fait peur. John calcula qu'il restait encore une soixantaine de marches, deux minutes au plus en grimpant d'un pas régulier. Il était plus que jamais décidé à partir, à emporter intact le poids de ces quelques phrases échangées dans une ruelle bordée de citronniers, de jasmin et d'ampélopsis.

— Où allez-vous ? demanda Laura.

— À Naples. Je connais un petit hôtel du Pausilippe où je pourrai travailler en paix sans avoir envie toutes les cinq minutes de descendre à la plage pour vous apercevoir en train de vous rôtir au soleil.

— Ah ? dit-elle. Au bord de l'eau ?

— Au bord de l'eau, à côté d'un restaurant où l'on mange de délicieux fruits de mer.

— Vous avez sans doute raison. Vous y serez bien.

— J'aurai des regrets.

— Il ne faut jamais en avoir.

Alexandra avait repris de l'avance, mais sa mère lui cria :

— Chérie, attention à ta serviette.

— Oh oui, maman.

Elle disparut à un nouveau tournant.

— Je me souviendrai de Positano, dit-il.

— Il faudra y revenir.

— Vous y êtes tous les ans ?

— Oui, pour nous c'est à côté : nous habitons Naples où je suis née, où je me suis mariée.

— Il y a des verbes qui font mal.

— Lesquels ?

— Le verbe marier, par exemple.

— Ça ne m'a pas fait mal longtemps.

Arrivée à un palier, elle s'arrêta et se dressa sur la pointe des pieds pour cueillir deux fleurs de jasmin qu'elle froissa dans sa paume avant de les respirer.

— Le parfum du jasmin, dit John. J'y penserai toujours.

Alexandra les attendait :

— J'ai faim, cria-t-elle.

— Nous arrivons.

— Oui, dit John. C'est triste. Le chemin ne m'a jamais paru aussi court.

— Ce doit être un compliment, dit Laura sans le regarder. Tout vous paraît-il si long et si lent d'habitude ?

— Oui, long et lent quand je désire quelque chose ou quelqu'un ardemment.

— Il faut apprendre à vivre autrement.

— Je ne peux pas.

— Vous pouvez. Tout le monde peut.

Ils étaient devant la porte de l'hôtel. Alexandra courut vers la douche, les laissant seuls un instant.

— Au revoir, dit Laura. Alexandra vous regrettera beaucoup.

— Je la regretterai aussi.

Il n'eut même pas le cœur d'aller déjeuner sur la terrasse, plia bagage, paya et partit sur la route brûlante et déserte à cette heure si lourde. Naples s'ébrouait de sa longue sieste quand il le traversa en hâte et retrouva l'hôtel du Pausilippe où il avait déjà séjourné. Sur la table, devant la fenêtre, il installa ses livres, son manuscrit interrompu dont il eut le tort de vouloir relire quelques pages. Elles lui parurent dénuées de sens. Tout s'y déroulait à un train d'enfer pour flatter la grande paresse des lecteurs. John savait maintenant que la vie est parfois plus lente, plus indécise et que ses nuances ont des charmes doucereux. Avec grand courage, il déchira le travail de ces deux derniers mois et retrouva une feuille blanche et vierge en tête de laquelle il dessina naïvement une plage, la mer avec un bateau à voiles, une petite fille aux cheveux raides, une jeune femme allongée au soleil. Ce fut tout pour la journée. John reprit sa voiture et se promena dans Naples, le soir et une partie de la nuit. Au réveil, le lendemain, tard dans la matinée, il avait la tête lourde et la mémoire embrumée. Il poussa les volets et le soleil l'éblouit. En dessous de l'hôtel, sur une plage de sable clair, quelques corps reposaient paresseusement. John se frotta les yeux : une enfant avec un ballon rouge courait se baigner. Bien sûr, les petites Italiennes se ressemblent toutes, se dit-il. Même voix nasillarde, même peau brûlée. Mais quand il aperçut Laura, il ne douta plus et faillit les appeler. Le cri resta dans sa gorge. Il avait le temps, tout le temps, sentiment nouveau qui le remplit d'aise. On venait de lui apprendre à ne pas sauter par-dessus les murs, à respecter les tours et les détours qui sont naturels aux rapports entre hommes et femmes. John se rasa avec soin, prit son petit déjeuner et descendit rejoindre Laura :

— J'aime beaucoup les hasards, dit-il en s'asseyant près d'elle.

— Oh ce n'est pas du tout le hasard, dit Laura allongée sur le ventre et redressant la tête. Vous m'aviez raconté que vous veniez ici et, ce matin, en arrivant, nous avons vu votre voiture devant la porte. Alexandra était trop triste de votre départ. Je ne pouvais pas la consoler, alors, en mère obéissante, je l'ai suivie.

John tourna les yeux vers Alexandra qui sortait de l'eau. Il lui fit un signe du bras. L'enfant répondit par un geste désinvolte et courut se mêler à un groupe de garçons qui poussaient une pirogue à la mer.

Une jeune Parque

Elle apparut comme un présage. Le premier éclair tira le port de la nuit. L'espace d'une seconde, une vive lueur mauve illumina les maisons du quai. À travers les vitres du café, nous aperçûmes une silhouette étrangement accoutrée : une femme en costume de marin tenait à la main une bicyclette antédiluvienne. Après quelques minutes, un second éclair la montra au même endroit, insensible à l'orage et aux premières gouttes qui tombaient, tièdes, énormes... La pluie brouilla les vitres et on ne vit plus que les tremblantes lumières jaunes des réverbères et le signal rouge du môle. Il n'y eut pas d'autres éclairs, mais, dans le lointain, des grondements de tonnerre. Peut-être n'y avait-il jamais eu de silhouette immobile sur le quai ? Nous commencions de le croire quand, trempée des pieds à la tête, elle poussa la porte et entra, vêtue d'un pantalon de marin à pattes d'éléphant et d'un caban aux boutons de cuivre. Une casquette honfleuroise à la visière cassée, bien rejetée en arrière, coiffait un visage de pierrot lunaire outrageusement fardé et verni par la pluie. Les cheveux noirs dépassaient de la casquette, collaient au cou et aux oreilles. Sans un regard pour la salle, elle s'approcha alors du comptoir, déposa un sac de marin et demanda une chambre. Mathieu ouvrit la bouche, sans qu'aucun son en sortit. Il dut cependant croire qu'il avait parlé car, au bout d'un moment, il referma la bouche et finit d'essuyer un verre qu'il rangea avec soin dans le placard derrière lui. Sur l'écran du billard électrique que maniait Fred, la patineuse blonde en jupette s'alluma plusieurs fois et le chiffre 10 000 s'inscrivit dans le cadran lumineux. Le gros Mathieu s'appuya soudain sur le comptoir et de sa grosse voix bourrue dit :

— Alors, vous la voulez ?

Elle se pencha à son tour sur le comptoir, le visage tout près de Mathieu, et remua les lèvres. Il parut complètement décontenancé.

— J'entends rien, dit-il.

Puis, tourné vers Fred, il cria :

— Arrête un peu ton bazar, on s' comprend plus !

— Oui, dit-elle. Donnez-la-moi.

Il l'emmena par la porte vitrée, revint au bout de quelques minutes, les sourcils froncés, le teint rouge, et se jeta un coup d'œil dans le miroir offert par une marque d'apéritif. Il avait eu des prétentions, mais sur la quarantaine, après le mariage avec la Madeleine, ses joues gonflaient, son cou s'épaississait. Quelqu'un — je crois que ce fut Jacquou — risqua une plaisanterie assez mauvaise sans doute, et Mathieu le foudroya du regard. Un chalutier venait de regagner le port et l'équipage assourdi, trempé, entra dans le café, pour se sécher et boire un vin chaud avant le déchargement. Le billard électrique fit « tilt ». Fred le secoua, perdit tous ses points et revint à notre table. Nous nous sentions terriblement désœuvrés en cette fin juin. La bande n'était pas encore au complet. Il en manquait cinq ou six qui arriveraient plus tard. Nous ne retrouvions pas non plus nos habitudes des années précédentes. Des filles que nous connaissions bien s'étaient mariées. D'autres étaient parties pour la grande ville — Rouen ou Rennes — travailler en usine. Les nouvelles filles — celles qui avaient fleuri pendant l'hiver dernier — semblaient distantes, Mathieu lui-même, qui avait été notre copain, notre complice, se gendarmait pour un rien depuis quelque temps. Je fus délégué pour essayer de savoir ce qui l'avait fait rougir si fort en redescendant de la chambre. Il me rabroua d'abord, puis, comme j'insistais, me prit à part, derrière le comptoir :

— C'est une dingue, dit-il. Une vraie dingue ! À peine arrivée dans la chambre, elle retire son caban...

— Eh bien quoi ?

— Elle avait rien en dessous. Le torse nu, mon petit. Tout nu. J' suis parti.

— Tu aurais dû rester !

— Très peu pour moi. J' suis marié. Mais vas-y, si ça te chante !

Je revins porter la nouvelle. Fred resta sceptique. Il dit que Mathieu avait dû avancer la main et recevoir aussitôt une gifle. L'équipage du chalutier sortit après avoir endossé les cirés. Il pleuvait toujours, mais beaucoup plus doucement. Nous restâmes là, sans parler, feignant de regarder par la vitre le quai luisant et l'arrivée du camion frigorifique qui embarquerait la pêche du chalutier, mais, en réalité, embarrassés, occupés de cette étrange apparition au torse nu sous le caban de marin. Elle était là, au-dessus de nos têtes, toute proche. Il suffisait de monter l'escalier pour la rencontrer peut-être nue dans le couloir, blafarde, ses cheveux noirs collés par la pluie sur la nuque et les oreilles. Aucun de nous ne se souvenait exactement de son visage entr'aperçu, mais il avait semblé fin, délicat, presque enfantin malgré le maquillage insensé.

Vers minuit, Mathieu nous pria de déguerpir.

La pluie s'arrêtait et nous retrouvâmes nos motos sous l'auvent. Ce fut un plaisir de lancer nos six moteurs à la fois et de démarrer en trombe sur les pavés, réveillant la ville endormie, maudits des affreux bourgeois écrasés dans leurs lits avec Bobonne. Nous pouvions les entendre se retourner sur l'oreiller et grommeler : « Encore ces petits Parisiens ! Ils se croient vraiment tout permis. »

En crevant, l'orage libéra l'été qui attendait depuis plusieurs jours derrière un rideau de nuages.

Dès le matin, sans nous être concertés, nous passâmes devant le café, lorgnant les fenêtres des chambres. Une seule était ouverte en grand et Pierrot aperçut l'inconnue accoudée un instant, une cigarette aux lèvres, contemplant le port à marée haute.

Un peu plus tard, j'entrai chez Mathieu. Assise à un guéridon, l'inconnue buvait un café en lisant un petit livre. Passant derrière elle, je pus voir qu'il s'agissait d'un recueil de poèmes.

Tous les renseignements furent vite coordonnés dans la matinée, grâce au ballet des motos qui passa et repassa le long du quai. Elle avait abandonné son costume de marin pour un pantalon noir collant et un polo bariolé de couleurs vives. Son maquillage semblait moins dur que la veille sous la lumière électrique.

À l'heure du déjeuner, que nous dûmes prendre dans nos familles respectives, elle échappa à notre surveillance. Mathieu se contenta de répondre qu'elle était partie sur son vieux vélo, il ne savait même pas dans quelle direction, de toute façon, nous étions encore des gamins et ce gibier-là n'était pas pour nous. Il parut même agacé de mon insistance. Elle ne revint que le soir, dîna d'un sandwich et d'une bière, assise au même guéridon, lisant un roman dont personne ne put voir le titre. Fred montra une nervosité inhabituelle avec le billard électrique et perdit toutes ses parties. Olivier proposa de tirer à la courte paille celui qui irait lui proposer une promenade en tan-sad.

Je perdis (ou gagnai) et, le cœur battant, affectant la désinvolture, traversai la salle pour me planter devant elle qui leva lentement les yeux de son livre, deux beaux yeux chauds et noirs tout à fait paisibles.

— Non merci, fit-elle. J'ai horreur de la moto. Asseyez-vous donc !

Elle ferma son livre et le posa à l'envers sur le marbre, dissimulant le titre et l'auteur.

— Nous aimerions vous proposer autre chose, dis-je, mais ici les plaisirs sont limités.

— C'est ce qui me plaît.

Son maquillage la vieillissait. Elle ne devait pas avoir beaucoup plus de vingt ans. Les coudes sur le guéridon, le menton dans le creux des paumes réunies, elle m'accordait une attention soutenue, sans hostilité, une sorte de condescendance amusée. Il aurait fallu sourire avec elle. Je fus blessé.

— Nous avions pensé...

— Oui, c'est normal ! Très normal ! J'aime bien l'endroit, le port, le café, le gros Mathieu si épais, si stupide, les falaises et les plages, les plages autour. Pas une âme...

— La mer est encore froide !

— Pas à notre âge ! Bonsoir. Nous nous apercevrons sans doute demain.

Elle ramassa son livre, se leva pour prendre la clé au tableau à côté du comptoir. Mathieu rougit intensément quand la silhouette filiforme passa près de lui. Il avait dû très mal dormir à côté de Madeleine, obsédé par l'image de la fille ôtant son caban trempé sur sa poitrine nue. Il faut dire que cette image — Mathieu était trop abruti pour l'avoir inventée — nous obsédait aussi. Nous voulions voir cette poitrine que le maillot étriqué rendait encore plus désirable, persuadés d'être moins maladroits que le cafetier.

Jacquou proposa une randonnée à trente kilomètres de là dans un village où le curé organisait un bal paroissial.

La soirée fut dure. Les gars de Sennenqué n'étaient pas des mauviettes et il fallut se battre sérieusement, abandonner à l'ennemi le blouson de Fred et revenir tous feux éteints parce qu'on nous avait cassé nos phares. N'importe, cette chaude soirée fit du bien. Le rythme de l'an dernier reprenait, malgré l'absence de plusieurs d'entre nous. La gendarmerie prévenue arriva après les coups, comme d'habitude.

Le lendemain, nous fûmes un peu en retard à notre rendez-vous habituel. Les nouvelles n'étaient pas bonnes. L'oiseau s'était envolé très tôt, muni d'un sandwich et d'une bière, mais je tenais une information précise : l'inconnue se baignait. Il y avait plusieurs plages, l'une très familiale, remplie de mamans pataugeant avec leurs lardons dans la grenouillère, les autres sauvages battues par les vagues même quand la mer se calmait.

Il fallut se diviser le travail deux par deux. À midi, Jacquou et Olivier revinrent annoncer qu'elle était sous la grande falaise, ou, du moins, que son vélo, reconnaissable entre mille, était garé au fond de la valleuse qui conduit à la plage des Mouettes.

Nous ne pûmes y aller que dans l'après-midi. Le temps se maintenait au beau radieux et nous prîmes des maillots avant de foncer sur la route des falaises. Je me souviens de la valleuse fleurie d'aubépines, des prés vert tendre où paissaient des moutons tondus, de la mer qui, en se retirant, découvrait une plage de sable gris piqueté de goémons et de mouettes. Le vélo était encore là, mais il fallut du temps avant de la découvrir, à l'abri d'une masse de rochers. Étendue sur une serviette rouge, elle lisait en mordant de temps à autre dans son sandwich. Elle était complètement nue, offrant sans gêne au soleil son long corps mince et blanc, presque un corps de garçon. Ce fut un coup au cœur, quelque chose d'indicible, de paralysant qui nous maintint à distance. Nous restions là, sans bouger, retenant notre souffle, fascinés par cette tache de nacre blanche sur une serviette rouge, les mouettes qui passaient en rase-mottes au-dessus d'elle en lançant leurs cris plaintifs. Nous n'avions peut-être jamais rien vu de plus beau, de plus respectable et d'aussi étranger à notre réalité. Elle dut se sentir observée au bout d'un moment, car elle se releva et nous aperçut. Je l'ai déjà dit : nous étions trop paralysés pour essayer même de nous cacher.

— Eh bien ! cria-t-elle les mains en porte-voix, qu'attendez-vous ? L'eau est formidable.

Il fallut bien descendre, gagner l'abri de rochers

où elle nous attendait assise en tailleur sur sa serviette, un sourire ironique éclairant son visage. Nous étions désarmés, incapables de risquer un mot ou un geste osé. Je me rappelle que nous nous déshabillâmes derrière elle et que, sans nous être concertés, nous réapparûmes pudiquement emmaillotés alors qu'elle courait déjà vers la mer et sautait dans les flaques d'eau pour nous éclabousser en riant aux éclats.

Elle se jeta dans l'écume d'une vague et nous ne pûmes que l'imiter, glacés, absurdes, pataugeant, essayant de l'attraper sans succès tant elle nageait bien et glissait sur la crête des longs rouleaux qui déferlaient le long de la plage. Sa gaieté nous transporta et, quand elle sortit enfin de l'eau, son mince corps brillait dans la lumière pâle du soleil. Nous étions ses amis. Elle nous avait conquis, envoûtés. Nous nous conduisions comme de jeunes chiens joyeux autour d'elle, oubliant jusqu'à sa nudité qu'elle nous rappela soudain en se drapant dans la serviette rouge. Ses épaules découvertes, ses fines chevilles et ses pieds à demi enfouis dans le sable nous troublèrent plus que sa chair si généreusement offerte un instant auparavant. Une certaine gêne s'installa de nouveau entre nous et elle en fut assez consciente pour nous dire :

— Pardonnez-moi, j'avais froid. Comment vous appelez-vous ?

Elle répéta nos noms, vérifia plusieurs fois qu'elle ne se trompait pas, puis ajouta qu'elle aimait beaucoup cette plage, le petit port, le café et la chambre au-dessus d'où l'on voyait les chalutiers partir ou entrer dans la darse. Nous étions arrivés au bon moment. Bien qu'elle fût venue ici pour être seule, elle avait soudain eu envie de parler à des êtres humains.

— Parce que, n'est-ce pas, vous êtes des êtres humains ?

Nous nous serions fait couper la gorge plutôt que d'avouer le contraire, mais avec beaucoup de sensibilité, elle mettait le doigt sur la plaie : nous n'étions pas encore des êtres humains, nous étions jeunes et bêtes, souvent méchants et toujours maladroits.

En fin d'après-midi, elle se rhabilla devant nous sans aucune gêne, et nous remontâmes tous vers la valleuse.

Jacquou aperçut le premier les gars de Sennenqué dont nous avions chahuté le bal paroissial la nuit précédente. Ils étaient venus à quinze et nous barraient le chemin encaissé conduisant aux motos et à la fameuse bicyclette. Armés de bâtons, de pierres dans la main gauche, costauds, plantés sur leurs jambes courtes de paysans et de pêcheurs, ils ricanaient déjà. Depuis un moment, ils nous épiaient, attendant leur heure de triomphe à trois contre un.

Elle ne comprit pas tout de suite et crut qu'ils étaient nos amis, mais quand elle se tourna vers nous, elle vit notre pâleur et Fred et moi qui venions d'arracher des piquets, les autres qui s'armaient de galets. Olivier lui enjoignit d'avancer seule, de passer à travers eux et de prendre sa bicyclette pour s'enfuir. Quant à nous, il faudrait bien accepter la bagarre après les injures d'usage.

Elle passa devant un grand garçon en velours marron qui ne sembla même pas la voir, mais quand elle voulut aller plus loin, deux types de Sennenqué l'attrapèrent par le bras, la secouèrent violemment et la firent tomber à terre. Ce fut le signal.

Je crois que si elle n'avait pas été là, nous aurions été réduits en bouillie, écrasés, ridiculisés, mais on avait porté la main sur elle, et ce fut la ruée dans la rage, une mêlée atroce où il ne s'agissait plus de se donner une correction mais de survivre. Je ne sais pas combien de minutes cela dura, peut-être très peu, peut-être très longtemps. Apparemment, les gars de Sennenqué n'étaient pas aussi décidés. Trois s'enfuirent. Le grand en velours marron recula, le visage en sang, protégé par deux de ses camarades. Nous continuâmes de taper avec haine, de lapider avec la force du désespoir, jusqu'à ce que la petite troupe ennemie s'enfuît enfin.

Olivier gisait à terre, l'oreille en sang.

Je voulus le relever :

— Et elle ? dit-il.

Elle avait disparu. Je courus vers le sommet de la falaise.

Nos justiciers s'envolaient dans un grand bruit de motos et de scooters après avoir crevé nos pneus. L'antique vélo avait disparu.

Olivier fut porté jusqu'à la route où dix voitures passèrent sans s'arrêter. Enfin, une camionnette ralentit et l'emporta en compagnie de Fred qui lui tenait la tête.

Nous rentrâmes, poussant les motos, sales, déchirés, couverts d'hématomes, mais le cœur gonflé d'un insupportable orgueil. Les types de Sennenqué n'y reviendraient jamais et nous irions encore chahuter leurs minables fêtes de village. Ou bien, non, nous n'irions plus jamais. Cette ère s'achevait. La grâce était tombée sur nous, et la grâce avait le visage d'une étonnante jeune fille au corps blanc et mince, à la voix rieuse...

Mais chez Mathieu, elle n'était déjà plus là. On ignorait quelle direction elle avait prise après avoir ramassé son maigre bagage dans un sac de marin et payé sa chambre. Nous ne devions jamais la revoir.

J'ai gardé le petit livre qu'elle laissa dans sa chambre et que Mathieu me donna le soir même : *La jeune Parque.* Je ne l'ouvre jamais sans songer à Olivier qui mourut le lendemain à l'hôpital.

À dater de ce jour-là, plus rien ne fut pareil, mais il nous arrive encore aux uns et aux autres, les soirs d'orage, de guetter les éclairs qui illuminent le port désert.

Le prix de l'amour

pour Alice D.

Dans notre petite ville, tout se sait vite. Le soir du retour d'Irène, un chuchotis courut de maison en maison : « Elle est revenue ! » Quelques-uns poussèrent la curiosité jusqu'à sortir par cette belle nuit de juin et à passer rue Descartes. Une lumière à travers les persiennes du rez-de-chaussée trahissait la présence de M. Davencourt réfugié, comme chaque après-dîner, dans son fumoir. Mais il n'y avait pas de lumière au premier, comme lorsque Mme Davencourt s'activait à l'un de ses fameux rangements. La vie de la maison semblait s'être réfugiée à l'étage mansardé où une fenêtre en chien-assis, grande ouverte, trouait la nuit. Deux silhouettes alternaient, l'une mince et droite, Irène, l'autre petite et gesticulante, sa mère. Irène avait donc réintégré son domaine où nous étions tant de fois venus la retrouver l'après-midi, dès qu'elle avait eu seize ans.

Nous aurions tous pu décrire le papier de sa chambre de jeune fille : des bergères et des gentilshommes dans une campagne idyllique ; la vitrine remplie, sur un rayon, d'objets qui donnaient à rêver : une météorite, une rose de sable, un monstrueux coquillage polynésien et, sur un autre rayon, des objets insolites, inquiétants : une poupée éventrée dont le son coulait sur la plaque de verre, une banale clé de verrou, des signes cabalistiques sur une ardoise. Comme elle nous avait possédés, envoûtés avec ces choses-là ! Oui, cela paraît ridicule à distance et je sais que c'est inexplicable, mais cela fut : Irène excellait à s'entourer d'une aura de mystère et sa plus belle réussite restait sa disparition. Pfft ! En moins de temps qu'un éclair, elle s'était volatilisée comme un magicien qui se trompe de formule.

Ça s'était passé un chaud soir d'été où nous étions allés en bande à la représentation que donnait un grand cirque ambulant de passage. Dans la foule qui s'écoulait après la dernière parade, Irène avait disparu. Nous en étions restés un peu aveuglés, un peu infirmes, découvrant que notre adolescence s'achevait sur un tour de passe-passe incompréhensible. Bien entendu, nous avions guéri. La blessure s'avérait superficielle. Des jeux d'hommes nous attendaient. Mais quand nous évoquions Irène, une indicible gêne nous prenait. Peut-être à cause de Guy. Il s'en remettait si mal ! Il y avait cru, lui, aux gages, aux baisers accordés par charité, aux promesses de dévouement absolu.

Sur un ordre d'Irène, il aurait sauté de la falaise dans la mer. Elle le savait, et, avec une secrète jouissance, elle le tournait et retournait sur le gril.

Le soir de son arrivée, les mêmes promeneurs, qui étaient passés sous la fenêtre d'Irène pour apercevoir sa silhouette et guetter un éclat de voix ou des bribes de conversation (ils en furent pour leur curiosité ; Irène ne prononça pas un mot plus fort que l'autre, seule sa mère étouffa bruyamment quelques sanglots), se rendirent, sans en avoir l'air, mains derrière le dos, dans la ville basse, rue de la Chaussée où habitait Guy. Tous volets fermés, sa maison semblait vide. Il n'était pas là, ou alors il se calfeutrait dans le noir pour fuir la curiosité dont il se devinait d'instinct l'objet.

Il ne fallut pas plus d'une matinée pour voir réapparaître Irène. Un peu avant midi, elle descendit la grand-rue d'un pas rapide, décourageant les raseurs qui auraient voulu l'aborder, répondant d'un bref signe de tête aux saluts et aux sourires. On la trouva toujours aussi belle, avec son fin visage d'Isis aux cheveux noirs lissés sur les tempes. Seuls souvenirs de ces trois années passées loin de nous avec un homme (ou des hommes ?) que nous ne connaissions pas, deux rides légères accentuaient les commissures des lèvres. De loin, on pouvait croire à un sourire figé, à une morgue affichée, mais il n'en était rien.

Elle entra dans deux ou trois magasins, puis revint sur ses pas sans avoir échangé plus de quelques mots avec les vendeuses. Elle avait visiblement tenu à faire acte de présence et, par son attitude, à montrer dans quel mépris elle tenait les commérages.

En haut de la grand-rue, Irène hésita un instant. Elle aurait pu regagner la rue Descartes par le mail, le chemin le plus court. L'autre chemin passait devant le Café des Chevaliers où nous — nous, je veux dire son ancienne bande, ses anciens sujets — étions assis. Elle choisit la difficulté, à son habitude, et se dirigea vers le café, sans hâte, sans montrer la moindre inquiétude. Je mentirais si je niais que les cœurs battirent. Elle approcha, svelte et belle dans sa robe de cotonnade claire. Son regard impérieux nous dérouta comme autrefois. Mais nous avions changé aussi, nous étions moins influençables et moins fascinés par cette hautaine et autoritaire beauté. Elle dut le sentir, car, au lieu de passer avec une feinte indifférence comme elle en avait eu envie, notre attitude l'irrita et elle s'avança entre les tables jusqu'à notre hauteur. Ce fut un choc : elle était là, toute proche, et son corps n'était plus d'une jeune fille, mais d'une femme dans la plénitude qui demandait à vivre. Georges le premier se leva :

— Bonjour Irène, dit-il.

Elle s'arrêta et, sans bouger les épaules, tendit le cou, juste assez pour offrir sa joue à baiser. Georges ne sut pas résister et nous l'imitâmes. Elle but avec nous, fuma une cigarette et dédaigna de demander des nouvelles des absents. Nous scrutions avidement son visage, comme s'il allait nous livrer un secret, une raison à cette soudaine disparition. Mais nous sûmes très vite que c'était peine perdue. Irène ne dirait jamais rien, haussant les épaules quand on lui rapporterait les énormes mensonges que sa mère s'était crue obligée d'inventer pour expliquer sa longue absence.

Irène reprit sa place dans notre univers. Plus tout à fait la même, il est vrai, parce que entretemps nous avions vieilli de trois ans : oh oui, je sais, ce n'est pas beaucoup, mais à cet âge-là, c'est capital. Elle ne nous en imposait plus de la même façon, et, par moments, nous donnions l'impression d'être comme des fauves avec leur dompteur, attendant sa défaillance.

Guy nous rejoignit. Je m'aperçois que je n'ai guère parlé de lui : un beau garçon de vingt ans, une chevelure romantique, des mains diaphanes, une sensibilité trop aiguë. Longtemps, nous l'avions admiré, puis sa faiblesse, avouée après le départ d'Irène, nous avait détournés de lui. Nous étions tentés de l'abandonner à son violon, à ses livres rares, à ses étranges lubies d'adolescent qui ne mûrirait jamais. Pourtant il nous émouvait encore par l'idée grandiose qu'il se faisait de l'amour. Son approche d'Irène fut pathétique comme s'il craignait les coups. Elle ne lui en assena pas et, sans doute pour mieux dérouter, elle renoua avec Guy comme si rien ne s'était passé sinon qu'elle renonçait une fois pour toutes à sauter des bras de l'un dans les bras d'un autre.

Guy fut très prudent. Il s'aimait trop lui-même

pour que la fuite scandaleuse d'Irène ne l'eût pas gravement blessé. Comme une plaie profonde, difficilement guérissable, il portait le souvenir d'un amour effondré en pleine extase. Nous étions plus sceptiques que lui sur la qualité d'un tel amour, mais qui aurait osé le lui dire ? Personne. Étonnés, nous le regardions prendre de l'épaisseur, en même temps qu'Irène nous inquiétait tant nous doutions de sa sincérité.

Il y eut de jolies journées cet été-là où nous partions pour la campagne, vers un petit lac pour nous baigner et attendre la tombée de la nuit sur les bois et les collines. Guy renaissait, émergeant d'un monde craintif où il s'était complu pendant trois ans. Sans mémoire, il aurait été heureux. Ou plutôt, comme il l'avouait parfois quand nous avions l'air de craindre pour lui, sans le secret d'Irène. Mais elle ne parlait pas, elle se tairait toujours, et, dès qu'elle l'abandonnait un instant, il se rongeait.

Puis, vers la fin de l'été, les murs de notre petite ville se couvrirent d'affiches. Le grand cirque annonçait son arrivée. Il devint impossible de tourner un coin de rue sans tomber sur des tigres du Bengale, des lions du Kenya, des ours du Klondike, de jolies acrobates en tutu dansant sur un fil de fer et des chevaux dressés par un écuyer en habit, un œillet à la boutonnière. Les roulottes suivirent de peu les affiches et la grande tente verte se dressa sur le champ de foire. Irène insista pour louer une rangée de fauteuils au premier rang, comme trois ans auparavant, lors de la soirée mémorable où elle s'était évanouie en fumée dans la foule. Elle s'assit au centre, à côté de Guy qui s'était laissé entraîner avec répugnance.

C'était un très beau spectacle avec des numéros exceptionnels. Le cirque nous entraîna dans le monde féerique où règnent l'apesanteur et la grâce. Le clou de la soirée était un numéro de dressage de chevaux. Une sorte de bellâtre — l'écuyer en habit des affiches — se présenta et s'inclina après avoir fait claquer son long fouet. Je dis « bellâtre » après coup et comme pour nous venger. La vérité est qu'il était fort bel homme et que, n'eût été l'expression rageuse qui se peignit soudain sur son visage, il eût pu même passer pour séduisant. Irène reçut son regard comme un choc. Ouvertement, avec une lenteur calculée, elle prit la main de Guy et ne la lâcha plus. Les chevaux défilèrent et le numéro commença. Le fouet claquait trop souvent, les chevaux devinrent nerveux et manquèrent plusieurs figures. Alors Irène se pencha vers Guy et frôla sa joue d'un rapide baiser. Ensuite, tout fut si rapide que nous n'eûmes pas le temps d'intervenir. Irène hurlait le visage dans ses mains, cachant une zébrure qui rosit, puis rougit. Guy fit ce dont nous ne l'aurions jamais cru capable : il enjamba la bordure de piste et se jeta, parmi les chevaux affolés, sur l'écuyer. Enfin, il savait avec qui Irène avait vécu trois ans ! Ils luttèrent un court moment et comme notre ami allait avoir le dessous, nous volâmes à son secours. En quelques secondes, ce fut la mêlée avec les garçons de piste, les clowns et les pompiers de service.

On emporta Irène. Maintenant qu'elle est allée vivre avec Guy loin de notre petite ville, nous savons que, quand on lui demande l'origine de la cicatrice qui balafre sa joue, elle répond : « C'est le prix de l'amour. »

Un citron de Limone

pour Pierre Boncompain

La jeune femme arrêta sa voiture devant l'agence immobilière, dit quelques mots à l'homme aux lunettes noires assis à côté d'elle et descendit seule. Une sonnette tinta lorsqu'elle poussa la porte du magasin. L'Italien d'une trentaine d'années posté derrière la vitrine avait déjà eu le temps de repérer la plaque étrangère de la voiture. Il salua la visiteuse en français. Dédaignant la politesse, elle répondit en un italien à peine teinté d'accent :

— Je voudrais savoir, dit-elle avec un rien de brusquerie, si La Petite Maloja, en dessous de la route, trois kilomètres après Limone, est à louer ou à vendre.

— La Petite Maloja ?

L'homme fronça le sourcil, esquissa un geste vers le registre noir posé sur la table, et répéta :

— La Petite Maloja ? Oh ! non, sûrement pas ! La maison est fermée. C'est une dépendance de la

Grande Maloja, ce domaine entièrement clos de cyprès.

— Mais personne ne l'habite !

— Personne, en effet. Le propriétaire, sir Cornelius Rappanyi, s'en est rendu acquéreur pour ne pas avoir de voisin.

— Et si on lui en offrait un bon prix ?

Il sourit avec condescendance :

— Je ne crois pas que ce monsieur soit accessible à l'argent.

— Ne pourriez-vous le lui demander quand même ?

— C'est sans espoir, dit-il. Mais nous avons une maison du même genre à louer près de Maderno.

— Non, c'est La Petite Maloja que nous voudrions, mon mari et moi. Nous n'aimons que cette rive du lac. Si je voyais moi-même ce monsieur...

— Il ne reçoit personne.

— Je vous remercie, dit-elle.

Il la devança pour ouvrir la porte et lui tendit en même temps un carton portant le numéro de téléphone de l'agence qu'elle prit distraitement et glissa dans la poche de son tailleur de tweed gris.

— Arrivederla, signora.

— Arrivederci.

Sur le trottoir elle resta plantée quelques secondes avant de se décider. Près de la voiture, un enfant aux pieds nus, à la culotte trouée, brandissait une sorte de croix de Lorraine en bois à laquelle pendaient des grappes de citrons. Il regardait l'homme aux lunettes noires qui ne détournait pas la tête. Timidement, l'enfant insista :

— Per favore, signor.

L'homme étendit le bras et le repoussa sans mauvaise humeur, mais sans gentillesse. Elle appela le gosse et lui donna quelques lires en échange d'un citron aussi énorme qu'un pamplemousse. L'enfant s'éloigna en sautillant.

— Ce n'est pas à louer, dit-elle en s'asseyant au volant, un vieux fou veut garder cette maison pour lui seul bien qu'il n'y habite pas.

Une sirène déchira l'atmosphère tranquille du matin.

— Qu'est-ce que c'est ? demanda-t-il.

— Un des bateaux qui font le service de Gardone à Riva vient d'entrer dans le port.

— De quelle couleur est-il ?

— Blanc. Un blanc un peu sale, mais le lac est d'un bleu qui pardonne tout.

— En survolant le Léman, je me souviens d'en avoir vu de si propres qu'avec leurs hautes cheminées on aurait cru des cygnes.

— J'ai tout de même envie, dit-elle poursuivant son idée, d'essayer de voir moi-même ce M. Rappanyi.

— Rappanyi ?

— Oui, le propriétaire de La Grande Maloja.

— Je connais ce nom-là. Est-il italien ?

— Il doit être anglais. On lui donne du « sir ».

— Anglais de fraîche date. Je n'aimerais pas que tu sois éconduite.

— Je ne risque rien.

— Alors, essayons, Stella.

Elle mit le moteur en marche et longea le quai de Riva où des touristes, leurs caméras braquées, photographiaient le port. Partout des enfants promenaient des perches ornées de fruits resplendissants. Ils quittèrent la ville pour s'engager sur la corniche creusée à même le roc. Des virages brusques, des chicanes brisaient la route.

— Comme il fait soudain frais, dit-il.

— Nous sommes dans un tunnel.

— Ah bon, je comprends.

Quelques kilomètres après, ils dépassèrent Limone et retrouvèrent La Petite Maloja en contrebas. Une déviation quittait la corniche : « Chemin privé. Défense absolue d'entrer. » Méprisant l'interdiction, la voiture s'engagea dans la descente. Une véritable muraille de cyprès préservait La Grande Maloja. Stella longea l'enclos jusqu'à un portail de chêne orné de ferronneries que flanquait une porte de service.

— Je vais toujours sonner, dit-elle après s'être arrêtée. Mais l'aspect n'est pas engageant.

— Es-tu bien sûre que c'est ici ?

— En tout cas, la plaque le dit.

— Tu devrais te souvenir.

— Non, je ne me souviens de rien.

— Veux-tu que je vienne ?

— Non, merci, Georges. Reste ici. Je préfère tenter seule ma chance. Mets la radio en m'attendant.

Il tourna deux boutons et une voix s'éleva, presque comique à force de solennité. La situation politique était grave, mais pas désespérée...

Stella cherchait en vain une sonnette, la chaîne d'une cloche, un marteau. Il n'y en avait pas. Elle frappa du poing contre la petite porte. À sa surprise, la serrure mal enclenchée cliqueta. La jeune femme poussa le vantail pour se trouver dans un jardin exotique, étagé par terrasses dans le roc, jusqu'à une monumentale villa. La Maloja était construite avec cette pierre rose des Dolomites qui avait tenté, non loin de là, pour sa retraite du Vittoriale, le génie délirant de Gabriele D'Annunzio. Les deux maisons se ressemblaient d'ailleurs étrangement. La Maloja, massive et lourde, s'aérait par une dentelle de passerelles, d'arcs ouverts sur un patio central. Les lourdes paupières de stores d'un ocre violent s'abaissaient sur des baies vitrées. Cernée par sa haie de cyprès, la villa respirait par le ciel et, au nord, par une courte brèche donnant sur une autre propriété en contrebas, celle-là même que convoitait Stella. Le jardin paraissait désert. Elle s'avança prudemment, craignant un chien de garde. Un ruisselet bondissait de vasque en vasque, disparaissait dans un bosquet de charmilles. Au fur et à mesure que le silence se prolongeait, Stella perdait de son audace. En descendant de voiture, elle avait machinalement repris en main le plantureux citron acheté à l'enfant de Riva. Elle se trouva stupide et allait revenir en arrière quand elle entendit chuchoter. Du bosquet de charmilles, débouchèrent trois personnes ; un géant qui poussait un fauteuil roulant dans lequel était tassée une misérable petite chose : un vieillard emmitouflé dans des couvertures ; à côté du fauteuil, marchait un homme d'une trentaine d'années, presque aussi grand que le géant, le visage tanné, les cheveux blonds.

L'infirme aperçut Stella le premier. Il la désigna du doigt à son compagnon qui avançait, tête baissée, l'air ennuyé. Stella devina que l'autorité paierait. D'un pas décidé, elle s'approcha, retenant mal, cependant, une hésitation quand elle distingua mieux le visage du géant qui poussait le fauteuil : des traits écrasés de Kalmouk, un crâne rasé, des lèvres mauves, de grosses oreilles écartées, des yeux petits et cruels, enfoncés dans les orbites.

L'homme à l'air ennuyé doubla le pas et vint à sa rencontre. Stella comprit qu'elle ne devait plus avancer.

— Comment êtes-vous entrée ? demanda-t-il avec rudesse.

Une attaque polie eût achevé de la désarçonner. Mais devant cette méfiance presque grossière, elle retrouva son aplomb.

— Je désire voir M. Cornelius Rappanyi.

Le Kalmouk avait arrêté le fauteuil à quelques pas d'elle. Stella put détailler le visage parcheminé du vieillard : la peau flasque du menton, le nez crochu et décharné, les yeux d'un velours terni par la myopie. Il pointa vers elle une main nue qui parut transparente.

— Qu'est-ce que c'est ? dit-il en anglais.

Stella faillit se démonter jusqu'à la seconde où elle comprit qu'il parlait du citron qu'elle tenait toujours dans sa main gauche.

— Un citron de Limone, répondit-elle. Un de ceux qui poussent sous les grandes verrières tout près d'ici.

— Anton ! Pourquoi n'y en a-t-il pas dans mon jardin ?

Anton avait perdu son air ennuyé en contemplant la jeune femme. Il se retourna vers le vieillard, esquissa un sourire et répondit lui aussi en anglais.

— Je ne savais pas, sir, que vous aimiez les fruits.

Stella s'approcha du fauteuil roulant et déposa le citron sur les genoux de l'infirme.

— Permettez-moi de vous l'offrir.

— Merci, merci, dit-il avec une joie enfantine et comme si elle venait réellement de lui offrir un merveilleux présent.

Il prit le citron dans ses mains maigres et tristes, le tourna, le caressa, et en apprécia le poids avant de le reposer sur ses genoux.

— Que voulez-vous ?

— J'aimerais beaucoup louer La Petite Maloja pour mon mari et pour moi.

— Vous êtes mariée ? dit-il en fronçant les sourcils.

— Mon mari est là, dehors, qui m'attend dans la voiture.

— On ne vous a pas dit que je ne voulais pas de voisins ?

— Non ! mentit Stella.

— Tout à l'heure, vous parliez italien avec Anton, et maintenant vous parlez anglais avec moi. De quel pays êtes-vous ?

— Je suis française, mais j'ai vécu en Angleterre, et ma mère était italienne.

— Vous êtes très belle, dit sir Cornelius après un silence. Votre mari doit être un homme heureux qui vous contemple tous les jours.

Une ombre passa sur le visage de Stella.

— Mon mari ne me contemple plus. Un accident l'a rendu aveugle.

Il la regarda si intensément qu'elle en fut troublée.

— Je vous demande pardon, dit-il lentement comme s'il lui fallait un immense effort pour arracher ces mots de son cœur.

— Ce n'est rien. Mon mari est très nerveux. Nous avons besoin de nous reposer. La Petite Maloja me paraissait un endroit idéal...

— Voulez-vous déjeuner avec moi ?

— Je n'ose...

— Il n'est pas question que vous osiez ou non. Je vous demande de déjeuner avec moi...

Puis, se tournant vers Anton, il ajouta :

— Fais le nécessaire.

Anton, qui devait être quelque chose comme le secrétaire, se dirigea déjà vers la villa, et sir Cornelius, d'un geste à son garde du corps, indiqua la direction du portail.

— Allons chercher ce mari.

Stella l'accompagna et ouvrit la petite porte. Georges était toujours assis dans la voiture. La radio débitait des informations.

— Georges, dit-elle, nous sommes invités à déjeuner.

Elle aurait voulu modérer le petit accent de triomphe qui perçait dans sa voix. Georges coupa la radio et descendit.

Elle le prit par la main et le conduisit vers le vieillard qui attendait sur le pas du portail.

— Bonjour ! dit sir Cornelius. Donnez-moi la main, je vous guiderai. Vous connaissez la fable : l'aveugle et le paralytique. Vous ne pouvez pas me voir : je suis dans un fauteuil roulant. C'est Gregorio qui me pousse. Il est sourd-muet. À nous trois, nous pourrions à peine faire un être humain complet...

Un rire cassé s'étrangla dans sa gorge. Stella en avait les larmes aux yeux. Contrairement à ce qu'elle attendait, Georges ne réagit pas et prit la main de sir Cornelius pour traverser le jardin.

— Je regrette que vous ne puissiez pas voir mon jardin, dit le vieillard. C'est le plus beau du monde. Je reçois des plantes exotiques de tous les pays. On connaît mes manies. Dès qu'un botaniste découvre une nouveauté, il me l'envoie par avion.

— Je n'aime pas les plantes grasses, dit Georges,

elles sont laides, couvertes d'épines, de fleurs monstrueuses.

— Et moi, je les aime pour ça.

L'intérieur de la villa n'était pas moins étrange que l'extérieur. Pour y faciliter la circulation du fauteuil roulant, les escaliers avaient été remplacés par des plans inclinés. Les deux ailes communiquaient par une passerelle couverte qui dominait une pièce d'eau. Des moquettes épaisses étouffaient les pas, et les portes à deux battants munies d'un œil électronique s'ouvraient automatiquement à l'approche de sir Cornelius. Aux murs étaient accrochés des tableaux si rares que Stella pensa d'abord qu'il s'agissait de faux ou de reproductions. Chaque pièce était consacrée à un siècle ou une école, depuis le quattrocento italien jusqu'aux impressionnistes français. Un parfum doucereux flottait dans l'air. Stella le reconnut : c'était celui des essences indiennes que l'on brûlait avant les représentations dans la loge où s'habillait et se maquillait sa mère. Le souvenir lui en revint avec une si grande netteté qu'elle faillit le dire, mais sir Cornelius l'en empêcha.

— Je ne vous offre rien avant déjeuner. Jamais une goutte d'alcool n'a franchi le seuil de cette maison. L'alcool est le vice du monde. Passons à table.

La porte d'une salle à manger s'ouvrit seule. Une longue table rectangulaire occupait le centre de la pièce. Des natures mortes de l'école hollandaise décoraient les murs. Gregorio installa son maître le dos à la fenêtre ouverte sur une terrasse à l'ombre. Anton plaça Stella et Georges, puis s'installa en face. Durant tout le déjeuner, il ne devait pas dire un mot, et la jeune femme qui le regardait, de temps à autre, à la dérobée, chercha en vain sur ce visage aux pommettes saillantes, aux yeux sombres, à la chevelure d'un blond crépu, le reflet d'une expression. Anton restait impassible jusqu'à ce qu'un signe bref de sir Cornelius le fît se lever, baisser le store ou donner un ordre au maître d'hôtel.

Le vieillard chipotait dans son assiette et posait d'insolentes questions avec une familiarité bourrue. Qu'avaient-ils comme voiture ? Pourquoi voyageaient-ils en Italie ? Quelle était la prochaine saison de l'Opéra de Paris ? Connaissaient-ils Greta Garbo, sa meilleure amie ? Stella et Georges avaient à peine le temps de répondre. Stella surtout aurait aimé reparler de La Petite Maloja, mais sir Cornelius lui coupait chaque fois la parole. Après le déjeuner, ils burent du café turc sur la terrasse à côté d'une volière où dormaient sur des perchoirs des toucans aux becs orangés. Stella s'aperçut que le vieillard luttait contre la somnolence. Du regard, elle interrogea Anton qui fit oui de la tête.

— Il faut que nous vous quittions, dit-elle. Nous allons faire le tour du lac pour essayer de trouver une villa en location.

— Ah ! oui, c'est vrai. Je ne veux pas louer La Petite Maloja. Elle est à moi. Je désire rester seul.

Mais vous reviendrez me voir. Il le faut. Vous me rappelez quelqu'un.

Il passa une main décharnée sur son visage, comme pour effacer ce souvenir. Stella prit le coude de Georges dans le creux de sa main pour le diriger par d'invisibles pressions vers le fauteuil de sir Cornelius, puis vers la sortie.

— Oui, revenez, répétait ce dernier. Revenez. Donnez votre adresse à Anton.

— Nous n'en avons pas. Nous allons à l'aventure... Mais je téléphonerai, dit-elle en s'efforçant de cacher sa déception.

Anton les accompagna jusqu'au portail, les précédant d'un pas, sans ajouter un mot. Il allait leur dire au revoir lorsque Stella s'armant de courage lui demanda si elle ne pourrait pas visiter La Petite Maloja.

— Je pense qu'il dort maintenant, dit Anton. Oui, allons-y par ce chemin, mais il faut surtout qu'il n'en sache rien.

— Je vous le promets. Viens, Georges.

— Moi ? À quoi bon ? Je t'attendrai dans la voiture.

Par un chemin bordé d'ifs, ils atteignirent la maison en contrebas. Beaucoup plus ancienne que La Grande Maloja, cette villa était une petite merveille palladienne. Un court jardin la séparait du bord du lac et d'une plage de galets. Des volets obstruaient les fenêtres, mais on devinait au rez-de-chaussée deux grandes pièces et des chambres au premier.

— C'est drôle, dit Stella, je ne me souviens de rien.

— Parce que vous connaissiez déjà cette maison ?

— Oui. Elle a appartenu à ma mère. J'y ai même vécu deux étés, mais je ne devais guère avoir plus de trois ou quatre ans. Je garde tout de même dans la mémoire une image du lac à cet endroit. J'avais très peur que la montagne s'écroule sur nous.

Anton observait si lourdement Stella qu'elle en éprouva une gêne.

— Bon, dit-elle. Ce n'est pas la peine de regretter plus. Retournons.

Georges les attendait. Il avait remis la radio. Il eut un sourire à l'adresse d'Anton qui s'écarta de la voiture pour la laisser virer et remonter la côte.

Ils firent le tour du lac dans l'après-midi, mais sans rien trouver qui leur plût. Stella désespérait et Georges ne disait mot, comme s'il plongeait dans sa propre nuit, définitivement indifférent à tout ce qui préoccupait sa femme. Ils s'arrêtèrent pour le soir à Gardone dans un hôtel dont la façade plongeait dans l'eau noire du lac, dînèrent sur une terrasse aux tables éclairées par des lampes basses qui ombraient les visages, ne laissant dans les ronds de lumière que les nappes blanches, le bleu tranchant des assiettes, le rubis sombre du chianti dans les verres, les couverts argentés, et des mains, des mains de toutes sortes, longues, expressives ou immobiles. Les dîneurs s'entretenaient à voix basse, respectant du lac le silence seulement troublé par le bruit humide des rames d'une barque de pêche passant sous la terrasse, Stella pensait que Georges parlait de moins en moins, et Georges se demandait pourquoi — maintenant que la parole était leur seul lien — il ne trouvait plus rien à dire à sa femme, si ce n'est parfois un reproche aigre et triste qu'il regrettait aussitôt.

— Je n'aime pas ce vieillard, finit-il par avouer.

— Que tu es injuste ! Il nous a reçus comme il ne doit recevoir personne parce que je lui ai offert ce citron. Les gens très riches attachent un prix démesuré au plus petit des cadeaux.

— Et ce garçon qui s'appelle Anton ? À la façon dont tu lui parlais, je devine qu'il doit être très beau.

Maintenant Stella comprenait qu'il avait voulu en venir là, que la jalousie le rongeait depuis le matin.

— Il est assez beau ! concéda-t-elle, trop spontanée pour nier quoi que ce fût.

Par-dessus la table, elle étendit le bras pour lui saisir la main et la caresser tendrement.

— Je suis bête, dit-il.

— Non, c'est peut-être que tu m'aimes.

— Nous dirons que l'un va difficilement sans l'autre.

— De vraies répliques de théâtre. J'aurais tant voulu que nous ayons cette maison. Tu retravaillerais dans ce calme.

— Je n'y pense pas.

— Il le faut, mon chéri. Nous travaillerons ensemble.

— Peut-être.

À son tour, il lui caressa le poignet. À force de tendresse, elle chassait les nuages, et, même s'il fallait chaque jour recommencer, elle n'oubliait jamais de lui montrer combien elle l'aimait.

Le lendemain, lorsque Stella descendit seule dans le hall de l'hôtel, la première silhouette qu'elle aperçut fut celle d'Anton. En costume clair, émergeant d'un fauteuil, il parut à la jeune femme encore plus grand que la veille, plus svelte. Il y avait aussi quelque chose de moins déférent, de moins guindé dans son attitude :

— Madame, je vous attendais, dit-il.

— Moi ?

— Oui, depuis l'aube, je tourne autour du lac pour repérer votre voiture et l'ai trouvée devant le garage du Grand-Hôtel. J'attendais que vous descendiez.

— Pourquoi ?

— Je ne sais même pas votre nom et j'ai un message à vous transmettre de la part de sir Cornelius. La Petite Maloja, si vous la désirez toujours, est à louer.

— Oui, je la désire toujours, mais...

— Les conditions matérielles sont des plus faciles à régler. Sir Cornelius vous serait reconnaissant d'accepter sa maison pour le temps qu'il vous plaira.

— J'aimerais savoir comment il est revenu sur sa décision.

— Je crois, madame, que vous l'avez conquis.

Stella cherchait dans les yeux de cet homme si la froideur et l'impersonnalité étaient volontaires ou non.

— Je dois d'abord en parler à mon mari, dit-elle. Pouvez-vous m'attendre ici un instant ?

*

Stella sortit de l'eau en se tordant les pieds sur les galets. Ce lac était, décidément, trop tiède. On ne luttait pas contre l'accablante chaleur d'août en s'y plongeant. Elle retira son bonnet de caoutchouc et ses beaux cheveux cendrés retombèrent de chaque côté du visage. Du bateau à aubes qui passait deux fois le matin et le soir, des cris saluèrent cette naïade en maillot blanc. Stella répondit en agitant le bras, puis se retourna vers la terrasse de La Petite Maloja. Étendu sur une chaise longue, Georges, en maillot de bain, se bronzait. Elle l'appela sans qu'il bouge. La jeune femme étala son peignoir sur les galets et se coucha sur le dos. Les yeux fermés, elle se laissa gagner par la somnolence. Des images extravagantes, qu'elle accueillit complaisamment, passèrent devant ses yeux : elle se revit offrant un monticule de citrons à sir Cornelius qui battait des mains, puis un soir dans une loge écoutant un concert dirigé par Georges en habit, tandis qu'Anton, silencieux et debout à côté d'elle, ne perdait pas de vue un seul de ses gestes. Ce regard la pénétrait comme une vrille. Elle faillit crier et se releva brusquement, tenant son ventre à deux mains. La plage était toujours déserte, mais Georges avait quitté la terrasse et, tout d'un coup, elle entendit, claires, espacées, hésitantes, puis se rapprochant lentement, des notes égrenées par un piano. Stella soupira et un grand bien-être l'envahit au point que des larmes montèrent à ses yeux. Depuis six mois, elle espérait cet instant. Sans rien exprimer, les notes semblaient se retrouver, s'appeler l'une l'autre avec une sorte d'inquiétude et de légèreté bénéfiques. Sous des doigts gourds, elles s'envolaient distinctement avec la peur de s'entrechoquer et, peut-être, de se briser.

Quand le piano se tut, la jeune femme se dirigea vers la terrasse. Georges y regagnait en tâtonnant sa chaise longue. Elle s'approcha et lui baisa le front.

— Le bain était bon ? dit-il.

— Trop tiède à mon goût, mais très bon tout de même. Quand tu voudras, je t'accompagnerai.

— Alors, allons-y !

Elle prit sa main et ils gagnèrent la plage.

Georges se tordait les pieds sur les galets. Il tâta l'eau de la main, puis se lança en avant dans une gerbe d'éclaboussures. Il avait toujours mal nagé. Stella le suivit avec attendrissement pendant une centaine de mètres avant de lui indiquer le chemin de retour.

— C'est bon ! dit-il enfin assis sur la plage, essoufflé.

Sur son visage bronzé, les cicatrices du front et de la tempe apparaissaient encore plus blanches. Il remit ses lunettes noires. Stella l'embrassa dans le cou.

— Tu sens le lac, dit-elle.

— Cette eau est fade et triste. Je me suis senti lourd dedans. Décidément, je préfère l'eau de mer.

Il s'allongea sur le dos et elle en fit autant à son côté, après lui avoir pris la main. Elle s'était à peine laissée aller que la même douleur aiguë se vrilla en elle, comme si le regard fixe d'Anton la poursuivait de rêve en rêve. Un taon la piqua et elle se donna une furieuse tape sur la cuisse. Georges ne bougea pas et Stella se retourna sur le ventre. La plage privée était déserte, la villa silencieuse. Personne ne se promenait dans ce que l'on apercevait des jardins de La Grande Maloja. À leur arrivée, Anton les avait conduits jusqu'à leur maison qui semblait avoir été préparée en hâte pour les recevoir. Deux domestiques italiens, silencieux, les servaient. Le matin, une camionnette partait pour Riva chercher les provisions. Ils avaient une clé pour un portail caché qui leur permettait de sortir sans passer par le jardin exotique. Si Georges et elle avaient ambitionné une solitude aussi parfaite, Stella n'en commençait pas moins de ressentir le malaise. Elle ne doutait pas que d'une fenêtre de La Grande Maloja ou d'un angle quelconque du jardin, on ne les observât presque continuellement. À l'intérieur de la maison, elle ne se sentait pas plus rassurée. Le couple italien qui les servait avait une curieuse façon de glisser sans bruit dans les couloirs, d'ouvrir la porte dès que l'on sonnait l'un ou l'autre. Et cette maison même qu'elle aurait voulue rassurante, dont elle gardait une naïve image d'enfance, maintenant qu'elle l'habitait, qu'elle y vivait, qu'elle en connaissait le secret des portes et des fenêtres, cette maison ne lui rappelait plus rien. Le présent effaçait les bribes du passé. Elle ne gardait d'intact que le souvenir de la falaise de roc qui les surplombait dangereusement. Stella savait peu de chose sur la vie de sa mère. Un homme avait vécu avec elle deux ans à La Maloja. Mais lequel ? Était-ce encore son père ? Ou déjà un mari suivant ? En réalité elle n'avait bien connu que le troisième mari de la cantatrice, un Hongrois blond et fort qui échappait toujours à de terribles accidents d'automobile. Au trentième accident, la mère de Stella avait divorcé, mis sa fille en pension dans le Devonshire, et continué ses tournées dans le monde entier pour mourir d'un infarctus à Londres le jour même où elle venait reprendre Stella avec elle. On n'imaginait pas facilement qu'elle eût vécu là deux ans, loin du monde, près d'un seul homme, face à ce lac tranquille qui avait, les jours purs et sans nuages, grâce à ses eaux profondes, les beautés turquoises de la Méditerranée.

— J'ai faim, dit Georges.

Stella leva la tête et aperçut, sur la terrasse, Gino en veste blanche qui préparait leurs deux couverts à l'ombre du store. Quelques minutes après, il agita une sonnette, et ils se dirigèrent vers la maison, se tenant par la main pour ne pas trébucher sur les galets de la plage. Le déjeuner fut de melon doux et de jambon cru, arrosés d'un orvieto qui, dans les verres, avec les glaçons, prenait une couleur jaune citron. Ils terminaient sur des fruits quand Gino demanda à Stella si on ne pourrait pas ce soir dîner un peu plus tôt pour qu'avec sa femme il aille à Gardone où, dans les jardins du Vittoriale, l'orchestre à cordes de la Scala de Milan donnait un concert.

— Tu as compris, dit-elle à Georges.

— Vaguement, oui. Demande-lui qui dirige l'orchestre.

Stella traduisit et Gino s'empressa de les noyer sous un flot de détails.

— C'est Umberto Razzi. Il donnera un concerto de Vivaldi, la symphonie Pastorale de Beethoven, une symphonie d'Albinoni, et un morceau de musique d'un Italien inconnu du Moyen Âge, en hommage à la mémoire de Gabriele D'Annunzio qui l'avait découvert et l'aimait particulièrement.

Au nom d'Umberto Razzi, Georges n'avait pas bronché. Il buvait lentement son verre d'orvieto sans que sa main tremblât. Mais Stella savait que les deux hommes se connaissaient bien, qu'ils avaient eu les mêmes maîtres au Conservatoire de Paris et à Philadelphie. À trente ans, Umberto

Razzi était déjà l'un des chefs les plus écoutés de la Scala au moment même où Georges allait tenir le pupitre du grand orchestre de la Columbia.

— Demande-lui comment ils vont à Gardone.

Stella traduisit. Gino et Anna partiraient par l'autocar de huit heures et rentreraient en auto-stop.

— Alors dis-leur que nous irons tous les quatre.

Gino les remercia et leur apporta du café qu'ils burent sans se parler. Stella contenait sa joie. Déjà, le matin, elle s'était abstenue du plus petit commentaire sur les notes égrenées au piano par son mari. Ainsi, peu à peu, la vie reviendrait, et le goût de ce qu'il aimait. Malgré tout, il restait profondément malade et amer, et ce n'est pas en un an qu'il guérirait ses ambitions déçues, sa musique perdue. Mais une pierre blanche marquait ce jour : il avait effleuré des doigts les touches de son piano, il assisterait à un concert pour la première fois depuis un an.

En un geste familier, elle allongea le bras par-dessus la table et se saisit de la main de son mari. Entre eux, les mots étaient devenus des riens, à peine des commodités. Ils se prenaient la main, ils s'embrassaient et tout était dit. Ils n'acceptaient pas l'accident, ils ne l'accepteraient jamais.

Le concert se donnait en plein air dans les jardins du Vittoriale à Gardone. L'amphithéâtre inachevé où D'Annunzio avait pensé faire jouer ses drames domine le lac. Stella décrivit à Georges les marches où se pressait la foule bariolée, touristes et petites gens du pays assis côte à côte sur les gradins de marbre. Du lac on ne devinait, dans la nuit, que la rive opposée avec les lumières de San Vigilio, de Garda et de Sirmione, et la silhouette confuse de l'île Borghèse. Gino et Anna s'étaient assis à côté du couple, lui en costume clair, elle en belle robe à fleurs, les cheveux noirs et brillants ramenés en un lourd chignon sur la nuque. L'orchestre à cordes commençait à s'installer sur le plateau, le dos au lac, quand un murmure courut le long des travées. Stella aperçut sir Cornelius dans son fauteuil roulant. Anton et le Kalmouk l'installèrent au premier rang entre eux deux. Malgré la tiédeur du soir, une couverture écossaise rouge drapait le vieillard.

Des applaudissements discrets saluèrent l'entrée d'Umberto Razzi qui alluma la lampe de son pupitre, tapota le bois de sa baguette, puis lança ses violons à l'assaut du deuxième Concerto Grosso en *ré* mineur. Le cœur de Stella battait. Elle prit le bras d'un Georges impassible. Les lumières éteintes, on ne distinguait plus, au milieu de la nuit, que les pupitres éclairés, les plastrons blancs des musiciens. Georges passa une main sur son front. L'allégresse de Vivaldi montait en tumulte vers le ciel. À la dernière mesure, Georges posa ses mains à plat sur ses genoux.

— Ça sent le jasmin, dit-il.

Des bouffées de jasmin leur arrivaient, en effet,

par les jardins dont les lumières rallumées dessinaient les premiers massifs.

— Oui, dit-elle. C'est le jasmin. Il porte bonheur dans les maisons. Sir Cornelius est en bas, avec ses deux gardes du corps. Umberto a grossi et il est déjà un peu chauve.

— Que vont-ils jouer ensuite ?

— Albinoni.

— Oui, c'est son dada. À Philadelphie, il prétendait déjà avoir reconstitué en entier une symphonie dont on ne connaît, en réalité, que des passages. C'est un farceur.

À la fin du concert, ils suivirent la foule qui sortait du Vittoriale pour s'écouler dans les ruelles de Gardone-sopra. Gino et Anna les suivaient en se tenant par la main. Les femmes jetaient des châles sur leurs épaules. Un léger vent frais se levait, chassant dans le ciel noir et constellé des bribes de nuages gris. Ils montaient dans leur voiture quand Anton surgit de la cohue et les rattrapa.

— Sir Cornelius demande si vous voulez bien souper avec lui ce soir à La Grande Maloja.

— Je suis fatigué, répondit Georges.

— Sir Cornelius sera très déçu.

— Nous viendrons, se hâta d'ajouter Stella.

Un peu plus loin, en roulant doucement dans la foule qui s'écartait avec paresse, ils croisèrent la Rolls cannée du vieillard. Un chauffeur en veste blanche se tenait tout droit au volant. Gino lui adressa un signe de la main, mais l'homme resta de pierre.

— C'est un prétentieux, dit Anna. Il s'en croit parce que c'est le chauffeur de sir Cornelius, mais avant il gardait les chèvres dans la montagne et chez lui on ne mangeait de la viande qu'une fois par mois...

— Laisse, femme..., coupa Gino. Pas devant Monsieur et Madame.

Ils parcoururent lentement la route du lac, creusée dans le roc. Les voitures, de retour du concert, se suivaient à la queue leu leu. Stella espérait que Georges ne lui en voulait pas d'avoir répondu si vite à Anton. Deux ou trois fois, machinalement, il tourna le bouton de la radio qui, à cette heure du soir, ne débitait que des sérénades. Il les interrompit aussitôt, sans nervosité.

— Nous ne pouvions pas refuser, finit-elle par dire.

— Non, évidemment. Tu as raison.

— Ça me désole d'avoir raison quand tu ne le prends pas bien.

— Je t'assure que je le prends bien, très bien. Tu as vraiment raison.

— Sir Cornelius est incroyablement gentil pour nous. Je n'arrive d'ailleurs pas à comprendre pourquoi.

— Ce n'est pas après lui que j'en ai.

— Ah !

— Oui, tu le sais.

— Voyons, Georges, je te jure que non. Ce n'est tout de même pas son secrétaire qui t'ennuie.

— Si.

— C'est absurde.

— Je suis absurde. Pardonne-moi.

Le portail restait grand ouvert pour leur retour. La Rolls les suivait d'ailleurs de peu. Le Kalmouk sortit à bout de bras la chaise roulante du vieillard qui, en apercevant le couple, s'écria :

— Un massacre ! Un massacre ! Vivaldi, Beethoven joués comme des chansons napolitaines. Un massacre !

— Oh, dit Georges, je serai plus indulgent que vous.

— Vous avez tort.

Et d'un geste, sir Cornelius intima à son garde du corps de le pousser vers la villa.

Un buffet froid était dressé dans le salon. Sir Cornelius se saisit avidement d'une assiette de petits fours qu'il posa sur ses genoux. Il ne décolérait pas contre Umberto Razzi que Georges défendait mal.

— Vous ne croyez pas à ce que vous dites, assura le vieillard. Ce n'est pas possible ! Pas vous ! Je vous connais. J'ai vos enregistrements. Ce Razzi est un percheron à côté d'un pur-sang comme vous. Non, laissez-le à ses borborygmes. Il ferait mieux de vendre des oranges.

— Mais, dit Stella, Georges n'est pas si indulgent que cela ! Loin de là !

— Il ne devrait pas souffrir ce massacre ! Je vous dis que c'est un massacre. Et d'ailleurs pourquoi ne voulez-vous plus diriger ? Pourquoi abandonnez-vous la musique ?

Dans sa chaise roulante, avec son assiette sur les genoux, il avait l'air d'un atroce enfant gâté ! Stella le détesta parce que Georges ne savait pas répondre.

— Je vous ai entendu l'autre jour, poursuivit sir Cornelius. Vous tapotiez le piano de La Petite Maloja. C'est une casserole.

— Il y a de meilleurs pianos, dit Georges. Mais peu importe, je ne jouais pas. Je tapotais en effet... je cherchais une mélodie qui me fuit...

— J'ai un Steinway dans ma chambre.

— Joueriez-vous ? demanda Stella.

— Non, le piano est un souvenir. Je le fais accorder tous les mois, mais personne n'y touche. Venez le voir... enfin, le voir est une façon de parler. Avec vos doigts, vous le devinerez. Mon piano est une merveille.

— Je veux bien, dit Georges qui se leva.

Stella se leva également pour les suivre, mais sir Cornelius l'arrêta d'un geste.

— Non, pas vous ! Lui seulement !

Les yeux voilés de myopie la fixaient avec une intensité telle que la jeune femme sentit une boule d'angoisse lui serrer la gorge.

— Lui seulement ! répéta-t-il.

— Bien, je vous attends.

Le Kalmouk poussa la voiture hors du salon. Sir

Cornelius tenait Georges par la main. Anton n'avait pas dit un mot depuis le début de la scène. Quand Stella se tourna vers lui, il avançait, une bouteille de champagne à la main, pour remplir sa coupe vide.

— Non, merci, dit-elle.

— Tant pis, je boirai seul. Les joies se lisent-elles d'une façon aussi évidente sur votre visage que les contrariétés ?

— J'ai eu tort, n'est-ce pas ?

— Non.

— Pourquoi ne voulait-il pas que je les accompagne ?

— Il y a une raison.

— Laquelle ?

— Je ne puis la dire.

Anton se tenait près, trop près d'elle.

— Je suppose que vous êtes surtout payé pour vous taire.

— Oui.

— Dites-moi tout de même pourquoi sir Cornelius nous a si généreusement prêté La Petite Maloja.

— Vous le savez bien !

— Non.

— Parce que vous lui avez donné un citron de Limone. Personne ne donne jamais rien à cet homme. Il est trop riche.

— Ne me croyez pas si bête. Il y a une autre raison.

— C'est vrai : il y a aussi une autre raison. Mais je ne peux pas vous la dire.

— Donnez-moi à boire.

Anton reprit la bouteille et versa lentement le champagne dans la coupe tendue par Stella. Il l'irritait si profondément qu'elle ne parvenait pas à trouver le mot juste qui le blesserait et la vengerait. Un moment, ils restèrent silencieux, Stella assise dans un grand fauteuil de cuir face à la baie vitrée qui donnait sur le jardin envahi par la nuit. Ils écoutèrent une à une les notes de la gamme, puis un exercice de la main droite et un exercice de la main gauche. Malgré les cloisons, la sonorité du piano était très pure.

— Je ne pensais pas qu'il le laisserait y toucher, dit Anton.

— À son Steinway ? Pourquoi pas ? Parce que c'est un souvenir ?

— Oui, parce que c'est un souvenir.

Elle se leva pour poser sa coupe sur le buffet. Le front appuyé à la vitre, elle essaya de deviner le dessin du jardin exotique qui descendait jusqu'à La Petite Maloja. On n'en apercevait que les allées de gravier clair et quelques vasques à l'eau moirée. Le reste demeurait impénétrable comme le mystère des deux villas. Ce n'était pas qu'il lui importât tant de savoir, car sa curiosité restait faible, mais elle avait la charge de Georges et, en ses mains, il se remettait de tout comme un enfant. Au loin, le piano s'enhardissait. Stella reconnut Scarlatti.

— Il y a autre chose, dit-elle.

— Dites-le. Je suis là pour vous aider dans la mesure de mes moyens.

— Je voudrais savoir qui, du matin au soir, dès que je suis sur la terrasse de La Petite Maloja ou sur notre plage, qui m'observe et ne me lâche pas un instant du regard. Dans peu de jours, ça deviendra intolérable. Je ne sais pas ce que je vais faire. Peut-être prendre un revolver et tirer au hasard dans les charmilles, dans les fenêtres de cette maison.

— C'est moi.

— N'avez-vous rien d'autre à faire ?

Anton sortit une cigarette d'un étui en cuir, l'alluma posément, puis leva les yeux vers Stella et, si bas qu'elle ne fut pas certaine d'avoir bien entendu, il lâcha :

— Non.

— Bien, dit Stella. Je préfère cela. Je préfère les situations nettes.

— Vous êtes très belle.

— Je ne suis pas la seule.

La sonate de Scarlatti s'interrompit. Georges joua le début d'un concerto de Liszt que Stella savait par cœur.

— Pour moi, vous êtes la seule.

Elle ne répondit pas et resta le front appuyé contre la vitre. Si cet homme avait tenté un geste vers elle, elle aurait crié, cassé des verres pour appeler au secours, mais il s'obstinait à demeurer respectueusement loin. C'était pire que tout. Il la paralysait lentement, elle ne trouvait plus de mots à lui jeter au visage. Stella se souvint des intuitions de Georges, de sa mauvaise humeur dès que le nom d'Anton revenait dans leur conversation. Oui, il avait raison. Pourquoi essayait-il en ce moment de retrouver ce concerto de Liszt qu'ils aimaient tant ? De loin, il lui parlait encore. Il ne vivait que par elle. Stella opéra un brusque demi-tour. Anton assis sur un bras de fauteuil la contemplait.

— Je ne suis plus une enfant, dit-elle.

— Non, vous avez grandi. Quand vous étiez une enfant, un baiser de votre mère vous faisait pleurer d'émotion toute la journée.

— Comment savez-vous cela ?

— Je sais beaucoup de choses. Ici, on parle souvent de vous.

Le piano se tut. Stella posa son verre vide et se dirigea vers la porte où apparaissait déjà le fauteuil roulant de sir Cornelius qui tenait toujours Georges par la main.

— C'est le meilleur piano du monde, cria-t-il. Le meilleur.

— C'est un très bon piano, dit Georges en souriant. Stella ?

— Oui.

— Tu as entendu ?

— Oui, j'ai entendu.

— Il est tard, dit sir Cornelius. Je vous chasse. Georges viendra travailler sur mon piano. C'est promis, n'est-ce pas ?

— C'est promis.

— Bonsoir ! Anton, raccompagne-les.

Quand ils furent seuls dans leur chambre, Georges se laissa tomber tout habillé sur le lit.

— J'ai joué pour toi, dit-il. J'avais conscience que si tu m'entendais, il n'y aurait plus de danger.

— Il n'y avait pas de danger.

— Oh si !

— Non, je t'aime.

— Je ne suis plus un homme.

— Tais-toi. Tu m'appartiens.

— J'en ai assez !

— Oh non, non, Georges. Je t'en supplie.

— Je crois qu'il nous faudrait quitter cette maison. Il y avait quelque chose d'horrible dans la chambre de ce vieillard. D'horrible. Une odeur. Un parfum d'Orient.

— Comme dans la loge de ma mère avant qu'elle chante.

— Je suis certain que si j'avais pu voir, j'aurais compris tous les secrets de cette vieille guenille.

— Il y a sûrement un secret, dit Stella. Il n'est pas pour nous. Alors, qu'importe ?

— J'ai sommeil.

— Dormons.

Elle ne dormit pas. Chaque fois qu'elle se laissait aller, une peine aiguë se vrillait en elle, exactement comme à la plage quand Anton la surveillait avec une paire de jumelles. Stella trouva sous le drap la main de Georges et s'en saisit doucement sans éveiller son mari. Un peu de chaleur pénétra en elle. Qui avait le plus besoin de l'autre ? À voix basse dans la nuit, elle se répéta : « Je t'aime, je t'aime, Georges. » Par la fenêtre ouverte, montaient le cri régulier d'une chouette et le zézaiement des cigales. Elle percevait aussi, par bouffées, les parfums du jardin : l'odeur sucrée des tubéreuses, la senteur des eucalyptus. Dommage que le lac fût si fade. Son bleu turquoise faisait espérer des effluves marins, mais il ne laissait flotter qu'un vague arôme d'œillet fané. Stella tenta de se souvenir de sa mère, du parfum qui brûlait dans un vase de jade. Oui, c'est vrai, elle pleurait une journée entière après avoir été embrassée. Comment savait-il cela ? Anton ne devait pas avoir plus de trente-cinq ans. À la rigueur, il pouvait avoir connu la cantatrice à vingt ans, mais dans la mesure où Stella connaissait sa mère, elle pouvait affirmer qu'elle n'avait pas dû céder à ce bellâtre. Alors ? Le vieux ? Elle chassa cette idée qui lui répugnait... À l'aube, elle s'endormit, abandonnant la main de Georges qui ne bougeait pas de la nuit.

Tous les matins, Georges se rendait dans la chambre de sir Cornelius. Il jouait peu car, à Stella qui l'attendait sur la plage en se rôtissant au soleil, ne parvenaient que des bribes de mélodie comme si son mari cherchait des airs anciens. À peine les avait-il retrouvés qu'il s'arrêtait. Stella se jetait dans l'eau pour se rafraîchir et revenait pour guetter les notes d'un nouvel air que Georges jouait avec nonchalance. Il revenait pour le déjeuner et lui racontait que sir Cornelius, doué d'une étonnante mémoire musicale, restait dans sa chambre, et ne cessait de lui demander de retrouver d'anciennes mélodies, pour la plupart des airs d'opéra ou des lieder.

— Mais alors tu ne travailles pas ?

— Non. Je fais semblant. C'est déjà beaucoup.

— Le vieux fou te prend pour accompagnateur. Est-ce qu'il chantonne ?

— Oui, et très juste. Cet homme a dû être un passionné d'opéras.

De la plage, Stella écoutait le piano chaque matin. Il la tirait de son engourdissement et, pis encore, de l'anxiété qu'elle éprouvait à se sentir épiée elle savait maintenant par qui. Gino, occupé sur la terrasse à mettre le couvert, Anna, ouvrant les volets, apparaissant aux fenêtres, la protégeaient. Mais l'été lui pesait. Au petit jour, le lac s'enveloppait de brumes. L'après-midi, le ciel se couvrait de nuages. De brèves pluies torrentielles lavaient les jardins, avivaient les parfums des fleurs, des eucalyptus. Stella glissait dans l'eau et croyait y trouver une brève fraîcheur. Les orages d'août en crépitant sur le toit, sur la terrasse détendaient ses nerfs. Sans rien faire de la journée, elle atteignait le soir épuisée, irritée contre elle-même, obligée à des efforts surhumains pour supporter avec patience l'amertume de Georges. Avec soulagement elle le voyait partir pour La Grande Maloja pendant une heure ou deux. Étendue sur les galets, elle ne pensait plus qu'à elle-même. Pourquoi est-ce le jour où elle n'avait pas pu surmonter un léger agacement avec Georges qu'Anton se montra ? Elle ne se souvint pas de quel côté il avait pu venir. Gino venait de partir pour Riva en camionnette. Anna devait être à la cuisine. Stella prit le parti de n'être pas ridicule. Anton s'assit à côté d'elle.

— Je suis venu me baigner, dit-il.

— Je vois bien.

— Toujours braquée ?

— Toujours.

— Cet été n'aura jamais de fin.

— Oh si !

— Et comment ?

Il y avait de l'ironie dans la question d'Anton et Stella la perçut si vite qu'elle se repentit d'y avoir prêté le flanc.

— Georges et moi nous allons partir.

— Sir Cornelius sera désolé.

— Et vous ?

Il rit franchement et Stella éprouva une sorte de plaisir. Ces joutes à coups d'épingles lui faisaient plus de bien que de mal.

— Allons nous baigner, dit-il.

En trois bonds ils furent dans l'eau. Stella nageait mieux que lui. Elle le distança, puis revint à grandes brasses vers la plage où elle s'ébroua. Anton la regardait et cette fois elle n'eut plus peur.

— Vous voyez bien que vous ne m'attraperez pas. D'aucune manière, dit-elle.

— D'aucune manière est de trop.

Il revint le lendemain, puis les jours suivants, et

chaque fois Gino était au marché à Riva et Anna dans sa cuisine. Au loin, le piano jouait toujours. Comment Georges qui n'avait plus l'ombre de patience supportait-il les fantaisies du vieux ? Stella lui en voulait presque de cette gentillesse inlassable alors qu'il n'était qu'humeur avec elle. Anton s'allongeait sur les galets. Peu à peu il abandonnait l'ironie et parlait doucement sans la regarder. Elle comprit qu'il devait être serbe, qu'il avait quitté son pays à la fin de la guerre. Ses confidences s'arrêtaient là. Il était impossible de le faire parler en bien ou en mal de sir Cornelius. Stella restait, néanmoins, persuadée qu'il savait tout du vieillard, et beaucoup de choses sur elle. Lentement, l'idée cheminait. Un jour, elle s'en assurerait elle-même, l'heure venue. La seule étape franchie était une meilleure entente avec Anton. Une entente secrète. Stella n'avait pas soufflé un mot à Georges de ces visites matinales. Il aurait fallu les avouer le premier jour. Maintenant cela devenait impossible. Que faisait-elle avec Anton ? Rien, sinon parler, apprendre que cet homme retrouvait son orgueil, perdait de sa servilité dès qu'il s'éloignait de sir Cornelius. Elle n'en détestait que plus le vieillard. De Paris, des amis avaient écrit pour lui raconter l'incroyable carrière du petit Rappanyi arrivé en espadrilles à Londres pour ses quinze ans, et trente ans plus tard promu chevalier par le roi pour « services exceptionnels ». Les services exceptionnels étant, bien entendu, des fournitures d'armes. Une fortune gigantesque, répartie dans le monde entier, n'avait pas d'héritier. Sir Cornelius mourrait impotent sur une montagne d'or et déjà les généalogistes s'étaient mis en chasse pour lui trouver des petits cousins qui réclameraient leur part du gâteau le jour du dépeçage.

— Je meurs de chaleur, dit Anton.

— Moi aussi. Courons dans l'eau.

Ils nagèrent une centaine de mètres et un des bateaux à aubes passa entre eux et la rive. Un instant, ils furent à l'abri des deux Maloja. Une des vagues de la proue atteignit Stella comme une gifle. Surprise, elle avala de l'eau, toussa, suffoqua. Si bonne nageuse qu'elle fût, une brusque angoisse la saisit. Elle tendit le cou, ses yeux se voilèrent et elle fit un signe désespéré à son compagnon qui s'approcha d'elle à grandes brasses et la soutint par-derrière, un bras passé sous la taille. Il la maintint ainsi un moment, la bouche hors de l'eau jusqu'à ce qu'elle eût repris son souffle. Le bateau était déjà loin et ils étaient là, tête contre tête, attentifs à éviter les derniers remous des aubes.

— Merci, dit Stella en se libérant. Sans vous, je me noyais. De ma vie, je n'ai bu autant d'eau. J'ai cru que j'étouffais.

— Ce n'est rien. Mais rentrons vite.

Ils arrivaient sur les galets de la petite plage quand Stella aperçut le Kalmouk qui s'avançait, les bras ballants, ses larges mains ouvertes, ses yeux globuleux rivés sur Anton qui se redressait et passait la main dans ses cheveux. Elle eut le temps de dire : — Que veut l'idiot ? — avant que les deux hommes fussent aux prises. Stella crut d'abord à un jeu stupide, mais la pâleur d'Anton, ses poings fermés lui firent soudain une peur atroce. Elle poussa un cri quand le géant le renversa d'une clé à la jambe et se jeta brutalement à genoux sur le grand corps à demi nu qui roulait dans les galets. Anton luttait bien, mais quand une main le saisit à la gorge, il tenta en vain un sursaut, se raidit, puis râla. Quelques secondes interminables s'écoulèrent jusqu'à ce que Stella prît à deux mains un caillou et le jetât de toutes ses forces à la nuque du Kalmouk qui desserra son étreinte et, assommé, s'écroula comme une chiffe molle sur Anton haletant.

Déjà Stella courait vers La Grande Maloja, pieds nus sur le gravier qui la meurtrissait, le cœur battant à coups violents, la gorge aussi serrée que si l'idiot la lui avait étranglée. Elle courait, fuyant sa propre peur, incapable cependant d'appeler Georges dont le piano reprenait pour la troisième ou quatrième fois un motif de Schubert. Elle courait pour retrouver son mari, pour l'emmener. Dans le hall de la villa, elle ne trouva personne, mais repérant la musique, elle grimpa le plan incliné conduisant au premier étage, et ouvrit la première porte : ils étaient là. Georges derrière le piano ouvert, sir Cornelius dans sa chaise roulante sur le balcon d'où il contemplait La Petite Maloja et le lac à travers une paire de grosses jumelles.

En maillot de bain, encore ruisselante, Stella s'arrêta sur le seuil. Georges continuait de jouer la tête renversée en arrière, et sir Cornelius, posant les jumelles avec lesquelles il scrutait la plage, mit un doigt sur ses lèvres. Stella avança d'un pas et s'arrêta de nouveau. Sur le mur en face, dans un cadre de bois sculpté, il y avait le portrait de sa mère, le fameux portrait peint par Van Dongen, que l'on retrouvait dans tous les anciens programmes de la diva, le portrait que l'on avait cherché en vain dans l'appartement de Paris après sa mort. Et le piano, c'était le célèbre Steinway dont elle avait fait peindre le couvercle et les flancs par Matisse. Stella ferma les yeux. Elle n'avait pas besoin de regarder pour savoir que le vase de jade dans lequel brûlait le parfum d'Orient se trouvait aussi là. La chambre de sir Cornelius était le sanctuaire de la mère de Stella.

— Voilà une surprise, dit le vieillard.

Le piano s'interrompit net. Georges se leva.

— C'est Stella. Elle vient vous chercher.

— Que fais-tu là ?

Elle rouvrit les yeux. Quelques pas la séparaient de l'homme dont elle venait implorer le secours et elle n'osait plus avancer.

— Que fais-tu là ?

— Je... je te cherchais.

Sir Cornelius, activant les roues de sa chaise, s'avança jusqu'au milieu de la pièce et s'approcha de Georges.

— Elle dit qu'elle vous cherche. N'est-ce pas, Stella ?

— Oui, je viens te chercher. Tu m'as promis que nous déjeunerions à Gardone.

— Quand ?

— Hier.

— Ah, je ne me souvenais plus.

— Voilà, dit sir Cornelius. Un mari oublie tout ! Parlez-moi d'un amant... Un amant n'oublie rien. Rien. Surtout s'il n'est pas payé de retour, si le seul échec de sa vie est la femme qu'il aime.

— Oui, dit encore Stella.

— Il y a une femme que j'ai aimée comme cela. Son portrait est devant vous, Stella. Je l'ai aimée dix ans de ma vie et elle est la seule personne devant qui j'ai baissé la tête.

— Elle ne vous aimait pas ? demanda Georges.

— Probablement. À sa façon. Elle préférait les jeunes hommes, et la paralysie me guettait déjà. Personne n'était là pour l'empêcher de me faire souffrir, pour lui dire que c'est inhumain d'humilier ainsi un homme. Je souhaiterais à mon pire ennemi d'endurer ce que j'ai enduré.

— Vous avez un pire ennemi ? dit Georges.

Sir Cornelius étouffa un rire cassé.

— J'en ai beaucoup. Mais vous n'en êtes pas, Georges ! Il me semble que je vous aime un peu comme mon fils, et Stella comme ma fille.

— Nous allons vous quitter, dit-elle.

— C'est cela, mes enfants, partez. Je radote. À bientôt.

— À demain matin, dit Georges.

— Je ne sais pas. Je ne sais pas... Je crois que

demain je me reposerai. Allez un peu sur la plage avec Stella. Elle s'y ennuie. J'abuse de vous. Je suis un vieillard. Je vis très bien avec mes souvenirs...

Il prit un temps et ajouta de sa voix cassée :

— ... avec mon souvenir. Vous lui ressemblez, Stella. Beaucoup. Un peu trop. C'est dangereux.

Georges et Stella regagnèrent La Petite Maloja. En descendant l'allée, la jeune femme aperçut la plage déserte et poussa un soupir de soulagement. Clopin-clopant, les deux hommes avaient vidé les lieux. Anna se montra à une fenêtre du premier. Gino apportait le parasol sur la terrasse.

— Quel soupir ! dit Georges.

— Je n'aime pas ce vieux fou.

— Alors, partons.

— Oh oui, c'est cela, partons.

Et elle se jeta contre lui, passant ses bras autour de son cou.

— Mais, dit-il, tu es en maillot de bain. Et encore trempée ? Qu'est-ce qui te prend de venir me chercher dans cette tenue ?

— J'ai peur !

— Je m'en doute, mais...

— Oh, ne me demande rien. Je t'aime, Georges. Il faut partir. J'ai horreur de sir Cornelius, de ses histoires, de son argent, de ses souvenirs... de sa chambre ! C'est un monstre.

— Bon, bon, n'en parlons plus !

— Il est capable de tout.

— De tout ! concéda-t-il.

— Son Kalmouk tuerait n'importe qui sur un ordre de lui.

— N'importe qui.

— Oh, Georges, tu te moques ! Si tu savais...

Il lui prit la main et l'entraîna.

— Je sais, dit-il. Et puisque je sais, n'en parlons pas.

Dona Maria

On la rencontrait encore à la fin de l'été dernier. À l'automne, les journaux de Lisbonne et la gazette de Sintra annoncèrent sa mort par de grands placards bordés de noir, comme c'est l'usage au Portugal. Dieu avait rappelé à lui Dona Maria-Josefa-Conceição Caldas da Rainha e Obidos, âgée de quatre-ving-cinq ans. Priez pour elle. La grande *quinta* qu'elle habitait en bordure de la forêt ferma ses volets et plongea dans le silence. Par une fente du portail, on peut voir maintenant les allées couvertes de feuilles mortes, les pelouses redevenues sauvages, les rhododendrons, les rosiers et les camélias à l'abandon. Un écriteau en trois langues avertit les curieux : « On ne visite pas. Entrée absolument interdite. » Le plus beau domaine de Sintra retourne à la jungle. Telle est la volonté de la dernière des Caldas da Rainha e Obidos.

Cette histoire pourrait être banale — tant de familles meurent que le temps recouvre de poussière malgré la gloire du passé — si, de son vivant,

Dona Maria n'avait surpris nombre de promeneurs perdus dans les arcanes de la forêt de Sintra. Une ou deux fois par mois, sa Rolls antique, rideaux tirés, franchissait le portail envahi par le lierre, et grimpait silencieusement jusqu'au château de la Pena, cette ahurissante construction d'un prince consort hanté par le baroque et le gothique. De la terrasse du château, la vue découvre Lisbonne, l'océan immense et la plaine de l'Estremadura, hérissée de délicats moulins chaulés, et surtout l'admirable forêt, une des plus belles du monde par la variété de ses espèces, qui couvre la colline de Sintra. Parvenue au rond-point terminus, sa Rolls opérait un demi-tour. Le valet de pied descendait, de noir vêtu, sa casquette à la main, posait un escabeau de deux marches devant la portière et tendait le bras à une créature filiforme, coiffée d'un chapeau à larges bords maintenant autour du visage une épaisse voilette dont la teinte mauve s'harmonisait avec le violet sombre de la robe-fourreau serrée à la taille par une ceinture noire à boucle de diamant.

L'étrange apparition — à des yeux non prévenus il ne pouvait s'agir que d'une apparition — empruntait une des allées qui, à travers la végétation luxuriante, dans le désordre des lianes, des hêtres, des chênes, des pins et des cèdres descendent jusqu'à la ville. À trente pas, le valet de pied la suivait, prenant soin d'être aussi peu visible que possible grâce aux détours des chemins. La Rolls, elle, reprenait la route en lacet, s'arrêtant aux virages où les allées la coupent, discrète, effacée, pour donner à Dona Maria l'illusion qu'elle se promenait sans garde dans la forêt magique bruissante d'oiseaux. Tâtant le terrain avec une canne d'ébène à pommeau d'argent l'apparition violette marchait avec lenteur et s'arrêtait pour respirer des fleurs, caresser de sa main gantée un tronc lisse. Les promeneurs qu'elle croisait se rangeaient, stupéfaits, au bord du chemin et restaient bouche bée jusqu'à ce qu'elle eût disparu, incapables d'irrespect tant cette silhouette semblait émerger d'un autre monde.

Dona Maria ne prêtait aucune attention aux couples encombrés d'enfants ou de belles-mères, aux solitaires et aux gens sans âge. En revanche, la rencontre d'un couple jeune et enlacé provoquait chez elle une excitation inattendue pour sa dignité. Elle barrait l'allée de sa canne et l'interpellait en portugais, en français, en allemand ou en anglais. L'effet était saissant. De sous la voilette épaisse qui masquait les traits et ne laissait deviner que des yeux noirs et une bouche sombre, surgissait une voix forte et presque timbrée comme celle d'un homme. Le couple hésitait avant de comprendre et d'apercevoir, à vingt mètres derrière, le valet de pied dont le visage implorait l'indulgence, un doigt sur les lèvres.

— D'où êtes-vous ? demandait-elle.

La réponse venait, timide : de Lisbonne, de Paris, de Berlin, de Rome, de Londres. Dona Maria s'exprimait fort bien dans chacune des langues que lui proposaient les promeneurs. Selon le pays indiqué, elle évoquait brièvement un voyage ancien dont elle laissait la date dans le vague, mais que l'on pouvait situer grâce à un détail aux alentours de 1900. Le couple souriait, conquis tout de suite. Dona Maria abaissait sa canne, la fichait en terre et s'y appuyait de la hanche avec grâce. Sous la robe longue pointait une bottine noire et on devinait plus qu'on ne voyait l'amorce d'un bas finement brodé.

— Vous ne connaissez rien de Sintra, disait-elle, tant que vous n'avez pas visité ma *quinta.* Elle est dans ma famille depuis cinq cents ans. Camoens a chanté en vers sa beauté. Je vous invite, suivez-moi.

L'autorité de la voix forte, l'attitude ne laissaient pas le choix. Dona Maria descendait jusqu'au croisement de la route en lacet et des allées sous bois. La Rolls surgissait de l'ombre et déjà le valet de pied ouvrait la portière et préparait l'escabeau. Quelques minutes après, on franchissait le portail et le couple ébloui, gêné par sa tenue sportive, encombré d'appareils de photo, découvrait l'admirable maison aux murs décorés d'*azulejos* anciens racontant les hauts faits de la famille Caldas da Rainha e Obidos : Don Pedro, le compagnon préféré du roi Sébastian disparu à Alcacer-Kebir, Don José l'ami d'Henri le Navigateur, Don Antonio l'allié du terrible marquis de Pombal, tous héros qui avaient leur place dans l'histoire du Portugal et des Indes latines.

— Mon chef jardinier vous fera visiter le parc,

disait-elle. Quand vous aurez fini, vous prendrez le thé avec moi.

Un homme âgé, un grand chapeau de paille au ruban rouge à la main, sanglé dans un uniforme vert olive aux boutons dorés, s'avançait, s'inclinait et entraînait le couple. Le parcours était toujours le même, par des allées ombrées jusqu'à des vallons qui descendaient vers la plaine. Suivant la saison, c'était le triomphe des azalées, des hortensias, des rhododendrons, des camélias, des glycines ou des agapanthes. La richesse de la flore n'était pas moins grande que celle du parc voisin de Montsarrate. Le jardinier en chef expliquait et commentait : ce poirier du Japon avait été planté par l'arrière-grand-père de Dona Maria à son retour d'Extrême-Orient ; ce cèdre du Liban était un cadeau du général Don Luis à sa mère, ce robinier faux acacia datait de la découverte du Brésil. Après de savants détours, on revenait vers la maison. Sur le pas de la grande porte, Dona Maria attendait, vêtue de blanc cette fois dans un style exactement semblable et toujours voilée.

— Le thé vous attend, suivez-moi.

Elle ne s'appuyait plus sur une canne, mais sur une ombrelle blanche. Devant le service en argent anglais, Dona Maria renouait le fil d'une conversation qu'elle semblait tenir depuis des siècles. Les visiteurs dépouillés de leurs caméras, assis au bord des chaises gothiques recouvertes de velours, une tasse à la main, un petit four sur le bout de la langue, ne pouvaient répondre que par monosyllabes.

— Depuis combien de temps êtes-vous mariés ?... Ah ! oui seulement... C'est peu... l'expérience ne saurait être probante. J'ai des idées sur le mariage... C'est sans doute pour cela que je n'ai eu de goût pour personne... Attendez, qui disait cela ?... C'est Shakespeare, je crois... dans *La Tempête*... Vous avez vu jouer *La Tempête* ?... Non bien sûr, on ne voit plus rien aujourd'hui... Shakespeare disait : « Toujours quelque défaut m'a empêché d'aimer totalement... » C'est assez beau, n'est-ce pas ? Vous ne trouvez pas ?... Vous êtes trop jeunes... Laissez les toasts maintenant... Prenez ces gâteaux... Mon chef pâtissier est français... Oui, Shakespeare touchait là à quelque chose qui m'a toujours fait rêver : l'amour dans la perfection. Sans perfection, il n'y a pas d'amour. C'est la médiocrité... Vous êtes tous les deux agréables à regarder... Vous contenteriez-vous de la médiocrité ? Non, je ne crois pas. Personne ne peut s'en contenter. La médiocrité, c'est la mort. Autant se suicider sur-le-champ... Encore un peu de thé ? Oui, c'est du Chine... Ma réserve personnelle... La reine Amélie ne buvait que de ce thé-là... Avez-vous entendu parler d'elle ? Sublime personne ! Elle est morte, il y a peu d'années, après une vie de douleur : le roi, son mari, et son fils tués dans le même attentat. Elle était une personne parfaite : pas un mot d'amertume, pas une rancœur... Sans cet attentat, quelle vie aurait-elle eue ? Je me le demande. La vie banale d'une reine dans une monarchie agonisante... Maintenant, c'est presque une sainte... Vous pouvez boire son thé sans crainte... Il n'énerve pas... Mais revenons à nos moutons... Le mariage... Vous trouvez ça beau ? Moi pas... on se lasse, on se découvre mille petits défauts. L'amour n'y résiste pas. Il n'y a pas d'exemple de deux êtres qui s'aiment à la vie à la mort dans le mariage. Tristan et Yseult ? Oh, laissez-moi rire. Le roi Marc aurait divorcé, qu'ils se retrouvaient face à face dans un désert. Plus d'épée entre eux ! Qui sait si Tristan, en dehors de ses serments, avait de quoi satisfaire une Yseult dévorante ?...

Arrivée là, Dona Maria gloussait longuement et derrière le voile qu'elle avait à peine soulevé pour porter à ses lèvres une tasse de thé on apercevait un menton carré et olivâtre. De ses mains toujours gantées, elle versait de l'eau dans la théière, remplissait les tasses de ses invités, puis frappait dans ses mains pour qu'on apportât le gâteau du chef, une magnifique pièce montée entamée avec respect. Généralement, le jeune homme ou la jeune femme n'avait encore guère pu placer que des oui, des non, des ah, des oh, vite négligés par leur interlocutrice. La conversation appartenait à Dona Maria qui ne s'en dessaisissait pas.

— Ce n'est pas tout, ajoutait-elle pour ses invités à la bouche pleine, pensez au temps que l'on perd dans la vie pour un étranger auquel on ne peut faire que des concessions puisqu'il n'est ni de la même chair, ni du même sang. Vous cédez sur des détails au détriment des grandes choses. Pour les goûts mesquins de l'un, on sacrifie ses plus fortes aspirations. Le niveau d'un couple est toujours celui du plus bas des conjoints... Si, si, reprenez du gâteau... Vous n'en goûterez pas tous les jours un pareil... Mon chef pâtissier est français, je vous l'ai déjà dit... Mon maître d'hôtel est anglais, parce qu'il n'y a que les Anglais pour bien entretenir l'argenterie... Mon mécanicien est italien parce qu'il n'y a que les Italiens pour comprendre quelque chose à la conduite d'une voiture... Seul mon jardinier est portugais. Nous sommes un peuple qui aime les fleurs et que les fleurs aiment. La plus humble, la plus pauvre maison portugaise est couverte de fleurs. N'avez-vous pas remarqué ?

Oui, les étrangers avaient, en général, remarqué. Ranimés par le thé, réconfortés par les gâteaux, ils s'apprêtaient à répondre qu'ils étaient très heureux quoique mariés, quand Dona Maria se levait de son fauteuil. L'entretien était terminé.

— En partant, dans le vestibule, vous aurez l'amabilité d'inscrire sur le registre vos noms et adresse. J'aime savoir à qui j'ai parlé.

C'était sans réplique. Dona Maria se dirigeait vers la porte et disparaissait. Le maître d'hôtel conduisait les époux vers le registre, un immense cahier relié en maroquin, ouvrait une page blanche et tendait un stylo d'or.

— Vos noms et votre adresse seulement, disait-il au cas où les invités auraient eu le mauvais goût d'y ajouter une de ces pensées sirupeuses qui figurent dans les livres d'or.

Le couple se retrouvait sur la route de Sintra sans autre moyen que la marche pour gagner la ville. La plupart ne tentaient pas d'approfondir les motifs de cette invitation baroque. Quelques-uns seulement essayaient de percer le secret de Dona Maria en interrogeant leur hôtelier. Mais le Portugais est discret. Ou bien on ne savait pas. Ou bien c'était trop long à expliquer. Une aimable conspiration protégeait la folle des curiosités étrangères. Il aurait fallu beaucoup de temps et de patience pour apprendre quelque chose, quelques bribes d'un passé enfoui sous plus d'un demi-siècle. Dona Maria s'était mariée aux environs de 1900, avec le fils d'une riche famille voisine. Le mariage avait duré un après-midi et la moitié d'une soirée. Vers minuit, le mari s'était enfui en chemise sur la route. On l'avait recueilli, soigné dans une maison de santé. Guéri, rétabli, il avait demandé le divorce et l'annulation obtenus sans peine. Dona Maria avait repris son nom de jeune fille pour se cloîtrer dans sa propriété. De cette époque, elle tenait son style : les robes violettes pour les rares sorties dans la forêt de la Pena, les robes blanches pour recevoir chez elle des visiteurs qu'elle ne revoyait plus jamais après leur avoir tenu un étrange sermon sur le mariage. Deux ou trois fois, des couples avaient osé sonner au portail quelques jours après leur première réception. On les avait proprement éconduits, en n'ouvrant que l'huis.

Mais si Dona Maria ne revoyait plus ses invités, en revanche, elle leur écrivait au jour de l'an, sur un beau papier parfumé à l'en-tête de la *Quinta*, avec la couronne des Caldas da Rainha e Obidos. C'étaient des lettres très familières, comme si vingt-quatre heures à peine la séparaient de ses « chers amis ». Elle renouvelait son sermon et demandait des nouvelles du ménage : « Êtes-vous divorcés ? J'aurais plaisir à le savoir. » Suivaient de nouvelles considérations sur les horreurs du mariage et l'ennui de la vie conjugale. Dona Maria ne démordait pas. On ne s'épanouit que dans la solitude. Il faut y réfléchir vite sans quoi l'habitude vient, et l'homme et la femme sont des animaux d'habitude que rien, au bout d'un certain temps, ne peut plus sortir de leur routine. « Écrivez-moi, insistait-elle, c'est votre intérêt. J'en sauverai plus d'un de la médiocrité. »

Peu répondaient à ces extravagances. Quelques-uns pour affirmer qu'ils se sentaient assez médiocres pour être heureux en ménage. De très rares pour annoncer qu'en effet ils divorçaient, mais que c'était peut-être parce qu'elle leur avait jeté un sort et ils la traitaient de vieille sorcière toquée, la menaçaient même de vengeances absurdes. Il y en eut cependant une poignée pour la prendre au sérieux, raconter leur vie et leurs déceptions, reconnaître qu'elle avait eu raison. Avec ceux-là, hommes ou femmes, Dona Maria entretenait une correspondance suivie. La bonne humeur lui venait devant les échecs des autres. Elle envoyait par avion des fruits de la *quinta,* de menus souvenirs pour le nouvel an. Comme on s'en doute, certains ne comprirent pas et se lassèrent. Sur la fin de sa vie, Dona Maria, qui sortait rarement, ne correspondait plus qu'avec un Français doué d'assez d'humour pour s'être pris au jeu et une Américaine qui lui vouait une sorte de culte.

À la mort de la dernière des Caldas da Rainha e Obidos, ce Français que nous appellerons Jean et cette Américaine que nous appellerons Jane reçurent chacun à Paris (France) et à Cleveland (Ohio) une invitation d'un notaire. On les conviait, tous frais payés, à se rendre à Sintra pour l'ouverture du testament de Dona Maria. Ils se rencontrèrent là un matin du printemps dernier chez un homme en noir qui leur lut cent pages d'un document auquel ils ne comprirent rien. Derrière leurs deux chaises, se tenait debout toute la domesticité de la *quinta.* Dona Maria avait pensé à chacun de ses serviteurs et leur assurait une pension. La *quinta* ne devait plus être habitée. Volets fermés, elle serait vouée à la ruine et le notaire était chargé spécialement de veiller à ce que personne ne s'en occupât. Quant à Jean et Jane ils se partageaient le reste de la fortune de Dona Maria, des terres en Alentejo, des vignobles dans le Douro, une mine au Brésil, un casino à Macao, une chasse en Guinée, des actions à Berne.

Le notaire toussa légèrement. Non, il n'était pas enrhumé. D'un geste, il refusa les pastilles qu'offrait l'Américaine. Il expliqua avec des mots confus qu'il désirait rester seul avec les deux principaux légataires. Les domestiques sortirent. Jean et Jane se regardèrent avec un sourire. Ils avaient trente ans l'un et l'autre et déjà l'expérience d'un mauvais mariage. L'Américaine était un peu sotte, le Français un peu prétentieux. Ils semblaient faits pour s'entendre maintenant que leurs fortunes s'appareillaient. Ils en eurent l'un et l'autre le sentiment si soudain que le notaire dut tousser trois fois avant de capter à nouveau leur attention.

— J'ai une mission très difficile à accomplir, expliqua-t-il. Dona Maria a laissé un codicille au testament que je vous ai lu. Nous devons être les seuls à le connaître.

— Je parie que nous sommes déshérités si nous nous épousons, madame et moi, dit le Français trop prompt et déjà prêt à renoncer à une idée qui venait de lui traverser la tête.

Le notaire déchirait une enveloppe, dépliait une lettre manuscrite. Les deux légataires tendirent le cou. Malgré son teint olivâtre, le notaire rougit, replia la lettre, resta songeur, rouvrit le papier et s'assit lourdement sur le fauteuil. Un peu de sueur perlait sur son front. Sa main tremblait :

— Si nous ne sommes pas tous les trois des tombeaux, dit-il, le testament risque d'être annulé.

— Pourquoi ? demanda Jane.

— C'est le secret de Dona Maria que je tiens dans mes mains, un secret terrible, incroyable.

Le notaire épongea son front avec un mouchoir de batiste.

— Je ne sais si je dois... dit-il.

— Vous devez ! affirma Jean avec autorité. N'est-ce pas, madame ?

Jane se contenta de hocher la tête.

— Voilà... commença le notaire. C'est un grand secret...

— Oui, oui.

— Dona Maria... eh bien... ! Dona Maria nous aurions dû l'appeler Dom Mario.

— Comment ? dit Jane.

— C'est une chose incroyable, répéta le notaire. Dom Mario... elle... enfin « il » était né du sexe féminin. Dans sa lettre, elle, non, il explique que vers l'âge de seize ans lui poussèrent des attributs masculins. C'est une transformation que la science reconnaît maintenant de façon courante. Mais, en 1890, on était peu averti de ces métamorphoses. Dona Maria... enfin Dom Mario se présenta au mariage sans savoir ce qui l'attendait. Les familles de cette époque étaient très pudiques. Ses servantes ne le baignaient qu'en chemise et on attribuait à la pilosité des Caldas da Rainha e Obidos le duvet particulièrement fourni de sa lèvre et de son menton. Dom Mario s'est présenté le soir de ses noces avec la confuse humilité d'une vierge. Le mari a pris la fuite par la fenêtre. Un tribunal de prêtres a obtenu à Rome l'annulation, gardant le secret. Dom Mario a dès lors vécu seul, dans l'horreur du mariage.

— Ce n'est que cela ! dit Jane. Ce n'est pas grand-chose. Aux États-Unis nous avons de fréquents cas semblables.

— En France aussi, dit Jean pour surenchérir.

— Au Portugal, c'est tout à fait rare, assura le notaire d'un ton pincé. Il est cependant nécessaire que nous gardions le secret. L'État pourrait attaquer ce testament et s'emparer de la fortune de Dona Maria, pardon ! de Dom Mario...

— Nous le garderons, affirma le Français.

— Oh ! oui, soyez sans inquiétude. Nous le garderons. C'est une aventure si courante en Amérique que je ne vois pas qui je pourrais intéresser en la racontant.

Le notaire les regarda avec l'étonnement qui convenait, mais ne fit pas de commentaires. On prit les dispositions nécessaires à l'exécution du testament, puis Jane et Jean se retrouvèrent dehors. Sintra était une ville heureuse. Des fiacres promenaient de vieilles Américaines. Des couples s'apprêtaient pour l'ascension de la Pena par les belles allées de la forêt. Au coin des rues, on vendait des bouquets de camélias rouges et blancs. Jean offrit un des bouquets à Jane qui le respira.

— Ça ne sent rien, dit-elle déçue.

— C'est beau quand même.

— Oui, vous avez raison, c'est beau... Où allez-vous, maintenant ?

Il pensa qu'elle n'était pas désagréable à regarder, que cet air las et désabusé valait mieux que les enthousiasmes vite déçus de sa première épouse.

— Il nous arrive une aventure peu commune, fit-il remarquer.

— Vous croyez que c'est rare ? Je ne m'en doutais pas.

— Que voulez-vous faire maintenant ?

— Oh ! Je connais la Pena et la forêt. Je m'y suis promenée avec mon mari comme vous avec votre femme. Je préfère ne pas y retourner. Je crois que j'aimerais bien connaître de Paris autre chose que l'aéroport.

— C'est très facile.

— Est-ce que vous sauriez, par exemple, où on peut manger dans un petit bistrot des grenouilles et des escargots ?

— Ça aussi, c'est très facile. Suivez-moi.

— Je crois que c'est une bonne idée. J'espère que Dona Maria ne nous en voudra pas.

— Dom Mario, là où il est, n'en saura rien. Je vous le garantis.

— Oh j'adore les Français, dit Jane. Ils sont tellement cyniques.

— Dieux du ciel ! se dit-il. Elle est complètement idiote. Tant pis ! Ça durera ce que ça durera.

Bligh Manor

pour Julian Evans

Je venais à peine d'emménager à Feversham House, dans la seule partie habitable, la loge des gardiens à l'entrée de ce qui fut un parc et n'était plus qu'un grand jardin abandonné aux plantes folles et aux arbres échevelés. Une équipe de maçons, de charpentiers et de peintres venus des environs travaillait à restaurer la maison au toit en partie effondré et au rez-de-chaussée ravagé par un incendie. De la loge, je voyais, de jour en jour, revivre Feversham House qui, même à l'état de ruine, avait été un coup de cœur. Il me semblait avoir rêvé depuis mon enfance de ce qu'ailleurs on appellerait une gentilhommière pour ne pas dire château ou maison de campagne. À peine installé dans le provisoire, avec juste assez de place pour respirer, tant mes meubles s'entassaient dans les quatre pièces de l'ancien gardien, je trouvais que la situation se révélait déjà fort agréable. Deux fenêtres donnaient sur la route en contrebas et le vallon dans lequel se lovait le village de Rington où habitait Mrs. Austin, la gouvernante, qui acceptait de prendre en charge Feversham House et son nouveau propriétaire. Sans elle, j'en aurais encore été à essayer de trouver des ouvriers pour les travaux urgents et j'aurais probablement baissé les bras, très vite, résigné à vivre dans la loge en ouvrant des boîtes de conserve au coin d'un feu de bois.

Mrs. Austin, je m'empresse de le dire, n'est pas une reine de beauté, tant s'en faut, et comme ce n'est pas ce que je lui demandais, je peux me féliciter de ses autres qualités avec la seule crainte que cette matrone ne prenne trop d'autorité dans ma vie. J'ai déjà dû lui interdire de ranger ma table de travail — « interdire » n'est pas le vrai terme, en fait je l'ai prudemment priée de... Quand le cortège est passé sur la route, je surveillais du coin de l'œil son plumeau qui virevoltait au-dessus de mes papiers. Les plus légers, des pelures, frémissaient et menaçaient de s'envoler par la fenêtre grande ouverte. Le plumeau s'immobilisa et Mrs. Austin se pencha, appuyant sa forte poitrine sur le rebord et avançant la tête, sans craindre la chute brutale de la fenêtre à guillotine sur sa nuque frisée.

— Ils sont trois à l'accompagner, dit-elle. On ne lui savait pas tant d'amis.

— Qui ?

— Mrs. Champ.

Un corbillard automobile roulait lentement suivi,

en effet, de trois personnes, deux hommes et une femme qui n'affichaient aucun signe de deuil. Ils se dirigeaient vers le village.

— Le révérend Caltigan ne l'enverra pas au paradis dans son oraison.

— Pourquoi ?

— L'an dernier, la sachant malade, il a voulu lui rendre visite. D'un balcon, sans même descendre, elle l'a prié de déguerpir sinon elle lâcherait les chiens.

— Et qui était Mrs. Champ ?

Mrs. Austin ouvrit la malle qui me servait de placard provisoire et me désigna des chemises et des polos sur l'étiquette desquels on lisait « Champ », la marque la plus connue d'Europe.

— Il y a déjà vingt ans que la fabrique ne leur appartenait plus, mais le label n'a pas changé.

— Son mari est du cortège ?

— Il est mort il y a une quinzaine d'années. On l'aimait bien ici. Un passionné d'athlétisme. C'est lui qui a donné le terrain du stade et financé sa construction. Tant qu'il a été là, nos jeunes en ont bien profité. Nous avions une bonne équipe de football, et une autre, féminine, de hockey, qui a remporté trois fois le championnat du comté et même joué à l'étranger. Ma fille était capitaine. Maintenant, elle travaille en Australie.

— Et qui l'a remplacée ?

— Personne. C'est sûr que le major Champ a laissé de l'argent pour les sports, mais la vieille peau de vache a mis le testament dans sa poche et tout volé.

Je fis observer à Mrs. Austin que « la vieille peau de vache » reposait maintenant entre quatre planches et méritait un peu de respect. Le cortège disparaissait dans le virage. Mrs. Austin se retourna d'une pièce, brandissant son plumeau.

— Du respect ! Du respect ! Elle en a tant exigé de ses employés, qu'elle en a fait provision pour l'éternité.

Ce fut tout pour ce jour-là. En vérité, la passagère du corbillard ne présentait guère d'autre intérêt que d'être détestée par Mrs. Austin et de me révéler un peu du caractère de celle-ci dont je ne connaissais qu'un besoin frénétique d'ordre et de propreté, me méfiant cependant de l'autorité menaçante qu'elle briderait sans doute jusqu'au moment où je céderais sur une vétille sans importance réelle. Avouerai-je que, comme nombre d'hommes seuls, je ne déteste pas avoir à mon service une femme avec cette pointe de méchanceté qui la rend intéressante comme un animal d'une espèce exotique. Cela m'incite, par esprit de contradiction, à l'indulgence et peut me faire passer pour bon aux yeux de mon entourage.

Les travaux avançaient. Mrs. Austin amena un matin un plombier qu'elle qualifia de génial.

— Il sait tout faire, dit-elle.

Thomas Hickey accepta sans sourciller le compliment massue et se mit aussitôt au travail, à peine étonné par mon désir que chaque chambre possédât sinon sa salle de bains, du moins son cabinet de toilette.

— Monsieur recevra des amis, dit Mrs. Austin. Des amis du continent.

— Je comprends, dit Thomas. De toute façon, c'est votre affaire.

Il travaillait vite, parlait rarement aux autres ouvriers et ne les rejoignait même pas à la sacro-sainte pause-thé de onze heures. Assis par terre sur le carrelage, il ouvrait une boîte de biscuits qui contenait ses sandwichs et une thermos de thé au lait. Avec sa barbe rousse déjà grisonnante, il avait tout à fait la tête du mathurin des cigarettes Capstan. Je venais le voir pendant l'arrêt matinal de travail et nous parlions non de la pluie et du beau temps comme avec les autres, mais de baignoires, de lavabos, de robinets, de tuyauterie et même de son passé. Il répondait par de brèves phrases entrecoupées de bouchées de sandwich.

— Oui, j'ai été dans la marine, répondit-il.

— Longtemps ?

— Quinze ans.

— On permettait la barbe sur un bateau de Sa Majesté ?

— Au début, non. Puis nous sommes partis six mois dans l'Antarctique, et tout l'équipage, commandant compris, s'est laissé pousser la barbe.

— Au retour, il a bien fallu la raser.

— Le commandant a été solidaire. Nous avons gardé nos barbes. Je n'ai rasé la mienne qu'une fois.

— Vous vous êtes reconnu dans le miroir ?

— C'est toute la question.

Oui, j'imaginais bien cela, la rencontre brutale du visage d'un autre homme, la surprise, l'incrédulité, le sentiment d'être dépossédé de soi.

— Aussi, quelle idée !

— Elle n'était pas de moi. Je venais d'entrer comme chauffeur chez Mr. et Mrs. Champ.

Il fermait la thermos et la rangeait dans la boîte en fer avec les sandwichs restant. Le travail reprenait dans la maison qui retentissait de coups de marteau et du hennissement des ponceuses. Thomas s'emparait de son masque de soudeur et se penchait sur la tuyauterie. Je ne sais si sa plomberie l'absorbait à ce point ou s'il jouissait malignement de débiter ses histoires par bribes.

L'automne approchait et je décidai de secouer la fascination exercée par les travaux de réfection. Il fallait s'en détacher autrement qu'en allant au village acheter des timbres et du tabac.

— Puisque vous aimez marcher, dit Mrs. Austin, vous devriez aller à travers la forêt jusqu'à Bligh Manor où habitait Mrs. Champ dont vous avez vu passer l'enterrement. Il paraît qu'elle vous intéresse.

— Les héritiers sont déjà dans la place ?

— Il n'y a pas d'héritiers. Vous gardez ces bouts de papier déchirés ?

— Je garde tout, Mrs. Austin. Vous jetez seulement ce qui est déjà dans la corbeille.

En vérité, ces notes recueillies sur les pages

arrachées d'un carnet ne me servaient plus, mais il fallait affirmer que je restais le maître de mon désordre.

— Mrs. Champ ne m'intéresse pas autant que vous le prétendez.

— En tout cas, la postière ne vous renseignera pas. Elle ne les a pas connus. Elle n'est là que depuis deux ans.

— Mrs. Champ était encore en vie.

— Elle ne répondait pas au courrier accumulé dans sa boîte aux lettres. La boîte pleine, elle ordonnait à Mrs. Carring, sa dame de compagnie, de tout brûler.

— J'espère que Mrs. Carring a eu la bonne idée de regarder un peu de quoi il s'agissait.

— Allez savoir !

Ainsi ma discrète question à la postière était déjà connue. Si je m'intéressais encore à Mrs. Champ, le village serait vite au courant. En fait, quand j'y pense maintenant, la personnalité de cette originale avait peu de raisons de m'intriguer. Le plus clair de l'histoire était qu'on ne l'avait pas appréciée. Mais les distractions manquaient avant que je me misse réellement au travail quand les peintres auraient achevé mon futur bureau et les menuisiers posé les rayonnages de la bibliothèque. Je commençais de me promener à pied dans la campagne déjà parée de cuivre et d'or par la fin de l'été. Mrs. Austin, sans que je lui aie rien demandé, m'indiqua un but de promenade.

— Si vous allez par la route, c'est à deux miles,

et si vous coupez à travers bois et longez la crête, vous aurez une bien jolie vue pendant votre promenade. Bligh Manor est repérable de loin à cause d'une forêt de hêtres qui le cache en partie, mais en laissant à gauche la ferme de Tony Greg vous verrez une éclaircie et un chemin forestier qui s'engage entre les arbres. Je crois même qu'il y a encore un écriteau : « Bligh Manor », bien qu'elle ait ordonné à Martin, son homme de peine, de le brûler.

— J'aime la marche. J'ai ce qu'il me faut : brodequins ou bottes, ciré ou canadienne, plusieurs cannes. Il me manque un chien.

— J'y ai pensé. Vous emmènerez le mien. Il a besoin de courir, et ni Mr. Austin ni moi, nous n'avons le temps de le promener. À rester à la maison, il se fait du lard. Il vous obéira sans difficulté. Quand vous voudrez, je dirai à Mrs. Carring que vous aimeriez un de ses chiots. Elle a pris chez elle le couple de labradors de Mrs. Champ. C'est bien la seule chose qu'elle ait héritée de sa patronne après vingt ans d'esclavage... La chienne vient d'avoir une portée. Je lui ai dit que ça vous intéresserait sûrement.

— Je ne suis pas chasseur.

— Ce sont aussi d'excellents gardiens. On en a besoin de nos jours.

L'étau se resserrait. Devais-je prétendre ne pas aimer les labradors ? C'eût été faux et inutile. La commande était déjà passée. Mrs. Austin prenait en main ma vie et je voyais le jour où elle arriverait avec une veuve encore appétissante ou la fille desséchée d'un pasteur, et me la présenterait : « Voici votre fiancée. Le mariage est pour le premier samedi de février. J'ai commandé les dragées. Votre costume bleu est revenu du teinturier. »

Comment opérer une marche arrière sans être grossier ? Tout le long du chemin, je ressassai cette idée à la fois menaçante et risible. En suivant la crête, on domine la plus jolie et la plus paisible partie du comté. Le paysage est si peu traversé de routes et ces routes sont si désertes, qu'on croit se trouver au centre d'une vue panoramique où personnages, animaux, fumées des chaumières, chute d'une rivière, nuages et ciel pur semblent figés dans un carton-pâte colorié par un artiste de génie. On ne devrait jamais se promener dans une telle campagne sans un recueil de vers de Wordsworth ou de Browning. Ces deux recueils, je les possédais sûrement au fond d'une des caisses qui attendaient que les rayonnages de mon bureau fussent prêts. Il y avait des poèmes pour toutes les saisons, toutes les forêts, toutes les fleurs, tous les chiens comme Trilby, le cocker de Mrs. Austin, qui trottait devant moi et paraissait comprendre où je désirais me rendre. J'avais oublié les minuties de l'itinéraire conseillé, mais la forêt de hêtres s'annonça au détour de la route. L'écriteau portait une flèche et l'inscription « Bligh Manor » en gothique, indiquant l'éclaircie entre les arbres : un chemin encore goudronné, creusé de nids-de-poule, montait doucement vers un imposant portail en chêne monté sur des gonds de fer forgé. Un guichet découpé dans un des panneaux, mais fermé par un cadenas, permettait à une personne de passer sans ouvrir en grand. Une enceinte de deux mètres entourait la propriété. On n'apercevait que le faîte des arbres : un cèdre, des magnolias, quelques bouleaux, un saule pleureur dont les rameaux distingués passaient par-dessus le mur. J'allais trouver le silence angoissant quand une buse décrivit des cercles concentriques au-dessus de la maison, lâchant son aigre croassement à intervalles irréguliers. Terrifiés par sa présence, les autres oiseaux se taisaient.

À mon retour, Thomas Hickey travaillait dans la loge. La pompe à eau venait de s'arrêter et il tentait une réparation de fortune en attendant une pièce neuve. Mrs. Austin se préparait à regagner le village :

— Si Thomas n'arrive pas à remettre la pompe en marche, fermez bien la porte et venez au village. Vous coucherez dans la chambre de ma fille. Tout est en ordre. On ne vit pas sans eau.

Je la remerciai, peu décidé à profiter de son offre et me passant fort bien d'eau pendant une nuit.

— Alors, vous avez trouvé Bligh Manor ? dit-elle en coiffant son chapeau de paille noire.

— J'ai trouvé un portail fermé et n'ai rien vu. Peut-on visiter le parc ?

— Impossible. Les clés sont chez le notaire qui recherche les héritiers. Mrs. Champ n'a pas laissé de testament. J'ai mis la viande hachée et la salade dans le réfrigérateur. Il y a du fromage et des fruits dans le garde-manger.

Par la fenêtre, je la vis enfourcher sa lourde bicyclette noire aux freins anglais et s'engager sur la route en pente douce vers Rington précédée par les gambades de Trilby. Allongé sur le dos, Thomas dévissait le socle de la pompe et ouvrait la carcasse en fonte pour atteindre le rotor.

— Il est brûlant, dit-il. Ces petites pompes ne sont pas faites pour marcher si longtemps. Je téléphone. Nous aurons un rotor neuf demain.

Il se redressa, épousseta sa salopette, et remit son bonnet de laine bleue sur ses cheveux en brosse. Les autres ouvriers étaient partis. Je proposai une bière ou un whisky.

— Vous n'avez pas plutôt du rhum ?

— Oui, mais pas terrible : du rhum noir pour la cuisine.

— Il n'y en a pas de meilleur.

Je lui servis un grand verre et nous nous assîmes à la table de cuisine face à la fenêtre ouverte sur la campagne. Il alluma une cigarette, étendit ses longues jambes et se gratta la nuque, repoussant le bonnet sur son front.

— J'ai une clé, dit-il. Si ça vous amuse, je vous la prêterai demain.

— Vous ne l'aviez pas rendue en quittant Bligh Manor ?

— J'ai oublié. Mon départ a été assez brusque.

Des mois après, j'ai retrouvé la clé dans la poche d'une vieille veste.

— Ils vous ont renvoyé ?

— Non, j'ai claqué la porte. Un homme qui a besoin de travail accepte des affronts jusqu'à un certain point. La patronne voulait un chauffeur rasé de frais tous les matins... Bon, ça peut se comprendre, mais sortir à reculons de la pièce quand on est venu prendre les ordres, c'est impossible. Je lui ai tourné le dos pour toujours... Dommage, ça me plaisait de conduire la Rolls, un vrai chef-d'œuvre, mais pas au prix de mon honneur... Merci pour le coup de rhum... Je pense avoir le rotor demain vers les dix heures. La pompe tiendra encore quelques années.

Peu après, je l'entendis jurer contre sa moto qui toussait. Il dut la pousser vers la route en pente et démarrer en prise après le tournant. La nuit tombait et la chouette commençait à japper. Tous les soirs, à cette heure, elle lançait son appel jusqu'à minuit. Le jour, elle se cachait au creux d'un arbre ou sous une corniche, mais je ne désespérais pas, avec le temps, de finir par l'apercevoir et par l'apprivoiser comme j'y étais parvenu en Grèce. La solitude est une drogue dont on ne se lasse jamais, encore faut-il la défendre et ne pas laisser des bruits obsédants l'envahir. Et le jappement de la chouette est d'autant plus obsédant que, dans l'obscurité, sans même qu'on entende un battement d'aile, il vient chaque fois d'où on ne l'attend pas.

Bligh Manor frappait surtout par l'abandon de son jardin. Les mauvaises herbes envahissaient et, bientôt, recouvriraient les allées de brique lie-de-vin. Les murets qui cernaient les massifs s'effondraient, découvrant par des trous les racines des plantes vivaces redevenues sauvages. Des delphiniums isolés poussaient au milieu des plates-bandes, là où, autrefois, ils devaient composer de hauts et fiers bouquets bleus et mauves. Le long des murs d'enceinte, des nérines dégénérées commençaient de faner et mêlaient leur rouge bonbon au crépi ocre. Depuis des années, personne ne taillait les arbres : les feuilles du magnolia s'affadissaient et du lierre étouffait les épicéas, attaquait un hêtre superbe et les murs de la maison à un étage avec de nombreux bow-windows aux rideaux tirés. Mrs. Champ avait vécu là comme sur une épave qui s'enfonce lentement sous les eaux. Elle pouvait s'attendre un jour à ne plus rien voir de ses fenêtres que les branches des arbres attaquaient de toutes parts. La buse tournait au-dessus du manoir et son miaulement lugubre ajoutait à cette sensation de fin d'un monde.

Au retour, Mrs. Austin, debout sur un escabeau, nettoyant les vitres, me dit seulement :

— Vous devriez voir Mrs. Carring. Elle est d'accord pour vous vendre un ou deux chiots. À mon avis, deux vaudraient mieux. Un chien seul s'ennuie.

— Trilby est seul et il a l'air très gai.

— À la maison, il a une chatte pour amie.

— J'irai voir Mrs. Carring. Peut-être a-t-elle le moyen de me faire visiter Bligh Manor ?

— On ne sait jamais.

— Voulez-vous lui demander à quelle heure je peux passer la voir demain ?

— Parlez-en plutôt à Thomas.

— Il la connaît ?

— Elle est sa cousine. Il habite chez elle.

Thomas s'apprêtait à enfourcher sa moto quand je l'appelai :

— Que diriez-vous d'un verre de rhum ?

— Mrs. Carring n'aime pas trop que je prenne ces habitudes-là.

— Elle n'en saura rien.

— Vous ne la connaissez pas.

— Non. Et justement, j'aimerais la connaître. Il paraît qu'elle vend des chiots.

— C'est, en effet, un bon moyen de l'intéresser. J'espère qu'au moins vous savez parler chien ?

— Je possède un livre sur les labradors. Avant d'aller la voir, je repasserai ma leçon.

— Vous ferez bien.

Il but d'un trait son verre de rhum en empochant la clé que je lui rendis. Sur le seuil, je l'arrêtai :

— Comment était-elle, Mrs. Champ ? Physiquement, j'entends.

Thomas réfléchit quelques secondes, me regarda dans les yeux sans la moindre lueur qui eût fait croire à de l'humour.

— C'est une bonne question.

— Mais encore ?

— Comment les aimez-vous ? Blondes, brunes, noires, blanches, jaunes, grasses, maigres...

— Il y a de la beauté dans chacun de ces types.

— Alors, comme blonde, Mrs. Champ passait pour une belle femme. Jeune fille, elle a dû tourner la tête à plus d'un. Après la mort du mari, elle s'est laissée aller, d'après Mrs. Carring. Une ruine, il paraît... Moi, je n'aimais pas sa voix. Affectée et méchante avec le personnel, mielleuse avec son mari et dans les relations mondaines.

Mrs. Carring habitait une jolie maison à colombages et toit de chaume, bordée sur la rue d'une haie de lavande. Elle m'attendait, bien sûr, sachant déjà, avant que j'eusse parlé à quiconque, que je viendrais en cette fin d'après-midi. La table était prête, avec des scones, des biscuits, un pot de confiture et du miel. Elle brancha la bouilloire.

Cette mince personne approchait la soixantaine et gardait de ses longues années de femme de chambre et de son accession au titre de dame de compagnie une correction forcée, un excès de zèle dans la présentation du thé, des gestes raffinés plus empruntés qu'innés. Elle avait déjà dû se demander si elle prendrait une tasse avec moi ce qui pouvait être considéré comme familier, ou si elle reprendrait la distance longtemps imposée dans ses fonctions.

— Ne m'attendez pas, j'ai déjà pris mon thé.

Ainsi la question protocolaire était-elle résolue pour notre soulagement à l'un et à l'autre. Les scones fondaient dans la bouche, et le miel, me dit-elle, venait de chez un apiculteur dont le jardin, à la sortie de Rington, était un paradis floral. Les abeilles de Mr. Smith passaient pour les plus heureuses du monde. Il ne vendait son miel qu'à des amis, mais, si je le désirais, elle m'amènerait chez lui un après-midi. Elle ne doutait pas qu'il se laisserait fléchir.

— Vous savez sûrement pourquoi je vous rends visite, dis-je.

— Eh bien, je pense que si vous vous installez près de nous, il vous faut un chien, peut-être même deux. J'ai une portée de labradors avec des pedigrees de champions. Madame n'aimait que ces chiens-là.

Elle disait « Madame » comme dans les grandes maisons.

— Leur robe ?

— Couleur marron. La plus rare. Et aucune tache blanche. Vous chassez ?

— Non. J'ai envie de compagnons à qui parler.

— Avec un minimum de dressage, on en fait d'excellents gardiens.

Elle me les montra, derrière la maison, dans un élégant chenil construit par Thomas.

— Thomas a tous les talents.

— Sauf celui de se marier. La famille a essayé vingt fois. Il n'y a rien à faire. Ça ne l'empêche pas d'être heureux, et pour moi c'est parfait. Mon mari est mort à la guerre, et je n'ai pas le goût de recommencer avec un autre. Alors, Thomas est une présence idéale. S'il n'était pas aussi susceptible, il aurait eu une belle situation comme chauffeur de Madame.

— J'entends souvent parler de Mrs. Champ. Vous l'avez bien connue ?

— J'ai été sa dame de compagnie pendant quinze ans, à la mort de Mr. Champ.

Elle tenait deux chiots dans ses bras croisés. Devant cet âge-là, n'importe qui fond de tendresse. J'aurais voulu les emporter tout de suite, mais il fallait attendre encore une quinzaine qu'ils fussent sevrés.

— Ce sont deux mâles, dit-elle. Vous aurez moins d'ennuis qu'avec les chiennes qui courent la campagne au moment des chaleurs.

Mrs. Carring rendit les chiots à leur mère et nous regagnâmes la maison.

— Vous prendrez bien encore une tasse de thé.

— Non, merci. Je dois rentrer.

Sur le buffet, trônait dans un cadre argenté une photo de groupe manifestement prise dans la salle à manger d'un transatlantique. Au premier plan, une jeune femme riante tendait le bras comme pour se défendre d'un photographe. Le cliché sépia datait certainement d'avant-guerre. Depuis longtemps, on ne portait plus de robes longues en velours avec des cols de soie bouffante. La coiffure aussi datait.

— Elle détestait les photos. J'ai trouvé celle-là

par hasard, tombée derrière une commode, prise à bord du *Queen Mary* en 1937. Mr. Champ est le troisième à partir de la droite.

Il riait comme elle, esquissant un geste identique pour protester contre l'intrusion du photographe.

— C'est curieux : ils ont le même sourire, dis-je.

— N'est-ce pas ? Je suis contente que vous le remarquiez. J'ai toujours trouvé qu'ils se ressemblaient. Un soir, je l'ai dit à Madame. Elle prétendait que si deux êtres s'aiment absolument, ils finissent par se ressembler. Elle appelait cela... voyons comment... un mot compliqué...

— Du mimétisme.

— Oui, je crois : du mimétisme.

Elle resta sur le seuil, le temps pour moi de faire trois pas et de revenir vers elle qui s'y attendait peut-être.

— J'aurais une faveur à vous demander, Mrs. Carring, dis-je. Peut-on visiter Bligh Manor ?

— Pourquoi ?

— Il paraît que les Champ avaient très heureusement décoré leur maison et je me demande si je ne trouverai pas là quelques idées pour la mienne. Mrs. Champ avait sûrement beaucoup de goût.

— Elle en a eu. Le notaire m'a laissé une clé, mais il faut lui demander la permission jusqu'à ce qu'on ait trouvé des héritiers. Il a passé des annonces dans plusieurs journaux et une douzaine de Champ se sont déjà manifestés. Aucun n'est parent avec elle.

— Comment s'appelle le notaire ?

— James Burton.

— Ce sera d'autant plus facile que j'ai acheté ma maison par son intermédiaire.

— Alors téléphonez-lui.

Quand j'appelai Burton, il était déjà au courant et me demanda seulement de la discrétion. L'affaire se compliquait. Je ne devais parler à personne de ma visite à Bligh Manor. Consultée, Mrs. Carring fut du même avis. Nous nous rencontrerions devant la porte du manoir, en arrivant par des chemins différents comme des conspirateurs.

Le lendemain de ma visite à la dame de compagnie, Thomas me remercia de n'avoir pas mentionné la clé du jardin.

— Comment savez-vous que je n'en ai pas parlé ?

— Elle aurait fouillé mes tiroirs et mes costumes pour me la reprendre. Vous ne savez pas ce que c'est : elle considère que Bligh Manor est sa propriété. Non, merci, pas de rhum ce soir. Mrs. Carring a l'odorat très fin.

— Vous ne vivez quand même pas dans la terreur ?

— Monsieur, vous ne connaissez pas le pays. Ce sont les femmes qui le mènent. Tant qu'on n'attente pas à ma dignité, je n'y vois pas d'inconvénient.

— Vous êtes un sage.

Mrs. Carring fut légèrement en retard. Au moment de s'engager dans la hêtraie, dépassée par une voiture du village, elle avait dû prétendre continuer sur la route pour ne revenir qu'après un bon kilomètre.

— Les gens parlent trop à Rington, dit-elle.

Je m'en étais déjà aperçu. Nous entrâmes dans la maison par la porte de service. Rien ne semblait avoir bougé depuis le décès de Mrs. Champ : la cuisine et l'office en ordre avec les casseroles en cuivre comme si on venait de les astiquer ; sur une étagère, des boîtes de conserve, des épices, du thé, du café, un sucrier. Que la propriétaire ressuscitât ce soir, et elle trouverait tout à sa place. Mrs. Carring tira les rideaux du salon qui sentait le papier d'Arménie.

— Elle en brûlait dans toute la maison, dit-elle. Au début, je n'aimais pas. Je me suis habituée.

Trop de fauteuils, de petites tables, de lampes avec des abat-jour plissés, de monstrueuses potiches étouffaient la pièce ; des tableaux sans valeur, chromos ou scènes champêtres comme on en vend dans les grands magasins ; des bûches croisées, un paquet de ligots, du papier journal et un allume-feu attendaient une flamme dans la cheminée. Comme d'habitude, je cherchai des livres. Il n'y en avait qu'un : le *Who's Who.* Je le consultai : les Champ n'y figuraient pas. Et pas une photo dans un cadre, rien qui évoquât des jours heureux, des amis, des voyages.

— Ils recevaient beaucoup ?

— Pratiquement jamais. La campagne la reposait. En revanche, ils voyaient du monde aux États-Unis, à Paris, à Rome. De préférence, ils fréquentaient des étrangers plutôt que leurs compatriotes. Le notaire, Mr. Burton, prenait le thé quand il apportait de l'argent à Madame. On ne le retenait guère. Elle était très sauvage surtout après la mort du major.

— Il avait été militaire ?

— Dans un régiment de highlanders.

— Et vous n'avez pas de photos de lui en uniforme ?

— Non. Tous les deux détestaient les photos. Quand on a inauguré le stade, ils ont bien précisé qu'ils ne voulaient pas leur portrait dans le journal.

Nous montâmes au premier étage, toujours dans cette odeur sépulcrale de papier d'Arménie.

— Voulez-vous voir sa chambre ?

— Si ce n'est pas indiscret.

Alors Mrs. Carring eut une réaction incroyable : elle frappa du doigt, tendit l'oreille et se retourna confuse, les yeux brillants de larmes.

— Pardon ! On ne se débarrasse pas comme ça d'une habitude de quinze ans.

Si, dans son silence tombal, la maison attendait le retour d'une âme, en revanche la chambre restait comme Mrs. Champ l'avait quittée un instant auparavant. Tout indiquait un départ précipité : robes du soir étalées sur le lit à côté d'un manteau d'hermine, malle-cabine ouverte sur des tailleurs gris et rouges, chapeaux de paille fleuris dans un carton marqué Harrods, valise remplie d'escarpins émergeant de pochettes de satin prune, une douzaine de sacs Hermès négligemment jetés sur un tapis de haute laine, et, déroulé sur le tout, un boa de plumes mauves, signe d'une élégance perdue et dépassée. En désordre sur la coiffeuse, des brosses en vermeil, un peigne d'écaille, un miroir à manche d'ivoire voisinaient avec un cendrier dans lequel une cigarette éteinte, à demi consumée, avait laissé un rouleau de cendre. De ces signes, un Sherlock Holmes hâtif aurait déduit que la victime, enlevée de force par des inconnus, avait été obligée à un départ précipité, à moins que, ayant entendu nos pas, elle ne se fût cachée dans la salle de bains pour ôter ses bigoudis avant d'apparaître, mondaine, pour nous dire son heureuse surprise, ou, poissarde, nous agonir d'injures. Mais rien ne venait de la salle de bains dont la porte entrouverte laissait apparaître d'affreux carrelages bleu pastel piqués d'une marguerite et des robinets dorés. Nous violions... ou, plutôt, Mrs. Carring n'ayant plus rien à apprendre sur sa maîtresse, je violais l'intimité d'une femme qui avait, sa vie durant, farouchement défendu le secret de sa personne. L'abandon dans lequel elle avait laissé la coiffeuse, les valises et la malle-cabine ouvertes, le carton avec ses ridicules chapeaux de garden-party, le mégot dans le cendrier en faux cristal racontaient Mrs. Champ beaucoup mieux que n'auraient su le faire des amis de longue date :

présente et invisible, futile et impressionnante. Le lit, d'une largeur inhabituelle, occupait la moitié de la pièce, surmonté à sa tête d'une arche en bois sculpté peinte à la céruse et molletonnée de satin mauve comme l'édredon, évoquant irrésistiblement la somptueuse couche de Mae West dans *Lady Lou.* Mrs. Champ ne craignait pas le goût le plus commun : lampes aux abat-jour à glands, pendule de chevet en faux saxe, et, assise posément sur un fauteuil de reps orange, une poupée costumée en Tarentine.

Debout, au milieu de la chambre, Mrs. Carring, les mains croisées sur le ventre, m'observait avec un orgueil évident pendant que mon regard errait d'un objet à l'autre. Pour elle, cette chambre de cocotte représentait le summum du luxe et de la distinction. Elle ne m'aurait pas cru si je lui avais dit que son charmant cottage à toit de chaume, avec ses croisillons, ses fenêtres à petits carreaux et ses meubles rustiques, me paraissait infiniment plus élégant que cette débauche de roses et de mauves. Nous restions là, silencieux, elle attendant les mots qui diraient mon admiration, moi ne trouvant pas ces mots, quand le vent agita une branche de pin qui griffa les carreaux du bow-window.

— J'avais proposé à Madame qu'un forestier élague le pin, mais elle a refusé. Les nuits de vent, le bruit la réveillait et, de la chambre voisine, je l'entendais parler au Major : « Eh bien, entre... entre donc... je suis si seule, mon chéri. Ne reste pas dehors, tu attraperas froid. » Oui, la nuit elle délirait, elle croyait l'entendre monter l'escalier quand les marches craquaient, elle se plaignait qu'il n'eût pas éteint sa pipe en entrant dans la pièce. Je lui apportais un verre d'eau sucrée et elle se rendormait. Le jour, elle redevenait parfaitement lucide.

— Thomas la trouvait très belle femme, dis-je.

Mrs. Carring ouvrit le tiroir d'une commode et en sortit une feuille de papier-boucher sur laquelle on avait dessiné, au fusain, le visage d'une jolie blonde au large et beau sourire, coiffée d'un chapeau de postillon, le visage protégé par une légère voilette. C'était signé : « Montparnasse, 6 juin 1939. La Coupole, Léonard de Vinssou. » Au dos, d'une écriture très anglaise, on lisait : « Portrait à Paris de la femme qui a dansé avec Fred Astaire à bord du *Mauritania*, entre New York et Southampton. »

— Elle aimait bien ce souvenir et me l'a souvent montré. Elle admirait beaucoup Fred Astaire et le Major la taquinait à ce sujet.

Machinalement, j'étendis la main vers la coiffeuse pour redresser la brosse à cheveux, mais Mrs. Carring retint mon bras.

— Monsieur, s'il vous plaît, ne touchez à rien. Tout doit rester comme le jour où elle nous a quittés. Madame se tenait à sa coiffeuse quand le malaise l'a saisie. Elle est tombée, aussi raide qu'une planche à pain, sur les valises, dans ce désordre que vous voyez et qu'elle aimait tant. Ses journées se passaient à déballer ce qu'elle appelait ses « chiffons », et le soir je devais tout ranger dans les placards et les tiroirs, en préparant, dans les deux valises et le carton à chapeau que vous voyez, le nécessaire pour un voyage sur le continent.

— Elle croyait à ce voyage ?

— En se couchant, le soir, oui, mais au réveil elle me demandait de tout défaire, et l'après-midi il fallait recommencer à empaqueter le linge et les robes. Je vous laisse rentrer seul. Il vaut mieux qu'on ne nous voie pas ensemble. De toute façon, je reste toujours un moment dans cette chambre avec les objets qu'elle affectionnait. C'est ma façon de prier pour elle. Madame sait combien elle reste dans mon cœur.

L'odeur de papier d'Arménie me poursuivit encore sur la route jusqu'à Feversham House où les ouvriers s'apprêtaient à monter dans la camionnette du contremaître. Le menuisier était très satisfait du bois livré pour les étagères.

— Elles ne plieront pas d'un millimètre, je vous le garantis. C'est du pin d'Oregon qui a deux siècles. On en faisait des bancs d'église. Maintenant, pour être sûr que les gens viendront au service du dimanche, le pasteur les a remplacés par des chaises paillées.

— Vous auriez dû me consulter avant d'acheter ce bois.

— Je ne l'ai pas acheté. Le révérend Caltigan vous l'offre.

— J'irai le remercier.

— Je crois qu'il a plutôt l'intention de venir dîner le premier soir où vous serez dans la maison.

Thomas partit le dernier. Je le hélai quand il passa devant la loge.

— Même si vous n'aimez pas les habitudes, venez boire un rhum. Mrs. Carring est à Bligh Manor. Elle rentrera après vous et j'ai des clous de girofle qui vous purifieront l'haleine. Vous ne serez pas puni.

— J'ai bientôt fini, dit-il. Dans deux ou trois jours, la dernière salle de bains sera terminée. Vous pourrez vous installer.

Il posa sa moto sur béquille et entra de sa démarche chaloupée de vieux marin. La nuit tombait et Rington allumait ses premiers feux. Le temps était délicieusement doux pour la mi-automne, ou peut-être les deux verres de rhum chacun créèrent-ils cette rare sensation de bien-être entre deux hommes qui ont peu à se dire et laissent vaguer leurs pensées. Depuis quelques jours, la chouette se taisait à moins que, partie ailleurs, elle ne troublât d'autres rêveurs.

— Ellie vous a fait visiter Bligh Manor ? dit Thomas.

Une barrière tombait entre nous. Sa cousine et logeuse n'était plus Mrs. Carring, mais Ellie. Nous voguions vers une meilleure familiarité.

— Oui, et j'ai même été admis dans la chambre de Mrs. Champ.

— Je parie qu'elle vous a fait le coup de frapper à la porte avant d'y entrer.

— En effet.

Bon ! Me voilà renseigné sur une part de comédie chez l'honorable dame de compagnie.

— J'ai une photo qui vous intéressera.

De la poche de sa salopette, il tira un portefeuille fermé par un élastique, et en sortit une photo écornée. Un couple se tenait, étroitement uni : l'homme assis dans un fauteuil de jardin et la femme qu'il tenait par la taille, juchée sur le bras du fauteuil. La jupe courte dévoilait les jambes au-dessus du genou. Ils souriaient tous deux, lui le visage levé avec un air d'adoration vers elle qui regardait le photographe d'un air inquiet.

— Je croyais, dis-je, qu'ils détestaient être photographiés.

— En tout cas, jamais ensemble. C'est probablement une des seules fois, et le cliché a pu être pris par des amis auxquels ils ne savaient pas refuser.

— Et comment la possédez-vous ?

— Ils avaient confié la pellicule à Ellie avec mission d'en tirer un seul exemplaire avant de la détruire. Elle m'a chargé de faire exécuter le tirage en ville, et j'ai demandé deux copies. J'ai gardé celle-là pour moi. Ellie n'en sait rien.

— Intéressant, et beaucoup moins formel que sur la photo prise pendant la traversée du *Queen Mary*, n'est-ce pas ?

Il reprit son bien et le glissa dans le portefeuille. Nous partagions un secret, étape décisive dans une relation dont je pouvais espérer qu'elle tournerait à l'amitié si différents fussions-nous l'un de l'autre. Dans l'espèce de solitude que je me préparais à vivre sous le toit de Feversham House, il importait de jeter quelques passerelles vers le monde extérieur à condition d'être en mesure de les retirer les jours où je voudrais être seul.

En partant, Thomas resta un moment sur le seuil avec l'air concentré qu'il prenait avant toute décision, regardant ses pieds chaussés de souples brodequins de marin.

— À bord du *Royal Oak*, j'ai d'abord été canonnier, mais mon oreille gauche en a souffert et on m'a muté au service du mess des officiers supérieurs. Je vous dis ça parce que si vous avez des invités, je pourrais servir à table. Mrs. Austin n'aime pas du tout passer les plats, si, en revanche, elle est une excellente cuisinière.

— Voilà qui m'arrange bien. J'aurai sûrement recours à vous dès que je donnerai mon premier dîner.

Ainsi les travaux tiraient-ils à leur fin. J'allais bientôt me retrouver seul dans la grande maison anesthésiée pendant les trois mois où les ouvriers l'avaient charcutée, béquillée, recousue, ravalée, plâtrée, peinte et qui, maintenant, sortait de sa léthargie et s'étirait dans la lumière reconquise depuis qu'un élagueur avait étêté les arbres alentour. Une lente transfusion des meubles entassés dans la loge donnait vie au rez-de-chaussée et au premier étage. D'un coup de baguette magique, une pièce nue, désœuvrée, vulnérable, ceinturée d'alvéoles se remplissait de livres sortis amoureusement d'une caisse. Certains, parmi les plus rares, attendaient depuis des années de prendre place sur des rayonnages dignes d'eux. L'avenir était devant moi : j'allais enfin pouvoir me consacrer à ces livres collectionnés dans le monde entier. Pour eux bien plus que pour moi, j'avais acheté cette maison. Ils étaient ma danseuse, mon corps de ballet, mon Odette et j'avais à leur endroit les égards de Charles Swann pour sa maîtresse aux cattleyas. Du bureau aménagé dans la demi-rotonde, la vue plongeait vers l'allée jusqu'à la grille d'entrée, cinquante mètres plus bas, et j'y jouissais, comme de la loge, du même spectacle sur la vallée si poétiquement jardinée.

Pendant la semaine que durèrent l'emménagement et la répartition des meubles, j'oubliai le major et son impérieuse épouse, m'en faisant une idée simpliste. Qu'étaient-ils ? Des bourgeois enrichis dans la bonneterie, se pavanant dans une Rolls, avec des prétentions aristocratiques, et, sans doute, parce que tenus à distance par l'*establishment,* vivant la grande vie à l'étranger où l'on est moins curieux des origines d'une fortune et d'un accent. À Bligh Manor, claquemurés, ils ne sortaient que pour les fêtes sportives de Rington où les fastueuses donations du major leur assuraient l'admiration et le respect refusés par la bonne société du voisinage. En somme, rien n'intriguait vraiment, et le mauvais goût de la décoration intérieure à Bligh Manor n'était pas l'apanage de leur classe. Je cherchai le nom des Champ dans des *Who's Who* plus anciens et plus récents que celui feuilleté dans leur salon. Il n'y figurait pas.

Mrs. Austin s'empara de la cuisine après avoir imposé certaines modifications à sa convenance. Elle se montra aussi fort satisfaite à l'idée que Thomas servirait les jours de réception (là, elle s'illusionnait sur la fréquence de ces fêtes) et je la soupçonnai d'avoir suggéré la chose à mon marin-chauffeur-plombier-maître d'hôtel. J'espérais que les fonctions domestiques de celui-ci ne l'empêcheraient pas de venir m'apporter les rumeurs de village et que nous boirions encore de ce rude tafia qui lui rappelait la marine de Sa Majesté. Il eut aussi la bonté de s'occuper des chiens que Mrs. Carring apporta un matin dans un panier, et je ne connus des difficiles premiers mois de leur existence que la joie de les voir jouer furieusement devant le rituel feu de bois du soir.

Mes travaux personnels pouvaient commencer. La revue des bibliophiles internationaux attendait mon article sur les collections de la Reine Christine de Suède et de Gustave III. Je sais... cela peut paraître austère et n'a rien à voir avec la curieuse histoire du major et de Mrs. Champ, mais, pour cette passion, j'ai travaillé toute une vie avant le coup de foudre pour Feversham House et la retraite. On verra peut-être aussi une déformation très personnelle dans ma façon de rester songeur devant une maison qui, comme Bligh Manor, n'offre pour toute lecture que le *Who's Who*. Combien de soirées les Champ avaient-ils passées à discuter s'ils rempliraient ou non la fiche de renseignements envoyée par le répertoire des célébrités ?

L'impitoyable Mrs. Austin n'affirmait rien : — Je pose seulement la question — disait-elle hypocritement. Dans sa jeunesse, elle travaillait pour Champ and Co. Oh, pas longtemps... deux ans seulement. Elle portait la blouse grise à manches courtes, le bonnet blanc amidonné, les bas de coton gris de rigueur dans l'usine. Il fallait se présenter dix minutes avant l'heure, montrer ses mains à une contremaîtresse. L'atelier se mettait au travail dès le coup de sifflet de huit heures, et les bavardages restaient interdits jusqu'à midi. Mrs. Champ arrivait en Rolls accueillie par un valet de pied en queue-de-pie et bas blancs. Quand elle visitait un des ateliers, les ouvrières se levaient et se rasseyaient au sifflet.

— Il faut lui rendre cette justice, disait Mrs. Austin, qu'elle connaissait le métier. D'un mot, d'un geste elle rectifiait une erreur, une maladresse. M'est avis que dans sa jeune jeunesse, elle avait été de la même condition que nous, une ouvrière, une corsetière. Une dame de la société ne sait pas ces choses-là.

Si j'étais, un moment, tenté d'oublier les Champ au profit de l'historique de la remise à Gustave III, par le Pape, des *Rudimenta linguae coptae* (1784),

Mrs. Austin ne ratait pas une occasion de parler du couple et d'ajouter une touche au tableau. Un matin de pluie torrentielle où je la trouvais circulant dans sa cuisine en chaussettes sur le carrelage froid, elle rit de mon étonnement.

— Mes chaussures sèchent dans le four, mais que Monsieur se rassure, je ne les servirai pas à déjeuner. De marcher en chaussettes me rappelle Mrs. Champ. Quand l'une de nous était convoquée dans son bureau pour apprendre qu'on la renvoyait ou que, pour récompenser son zèle, on la gratifiait de cinquante pence, il fallait se déchausser à la porte avant de fouler la moquette. Mrs. Champ examinait nos pieds et ne se gênait pas pour faire une réflexion lorsqu'elle les trouvait mal tenus. De même si une ouvrière sentait parfois des aisselles, la patronne lui envoyait un bâton de déodorant dont, bien entendu, elle retenait le prix sur la paye du mois.

Je me sentais coupable d'écouter pareils ragots, mais il faut concéder que le portrait de Mrs. Champ se dessinait peu à peu, les touches claires étant posées par Mrs. Carring et les touches sombres par Mrs. Austin. Thomas arbitrait.

— Vous n'allez quand même pas vivre comme un sauvage, disait Mrs. Austin. Il y a tellement de gens dans les environs qui désirent vous connaître. Sans aller si loin, Monsieur doit un dîner au révérend Caltigan qui a donné le bois de ses bancs pour les étagères. Il sait des choses qui vous intéresseront, et si vous l'invitez avec Mr. Burton, le notaire, vous en apprendrez plus que par moi.

— Pour quand les avez-vous invités ?

— Monsieur, je ne me permettrais pas, mais l'un et l'autre m'ont dit qu'ils étaient libres après-demain et viendraient avec leurs dames si, toutefois, vous le souhaitez.

Ils vinrent donc, chacun accompagné de son épouse. Le révérend, au beau visage léonin, aux mains de pianiste et aux manières plutôt brusques, contrastait singulièrement avec le notaire, personnage trop effacé pour que cela fût sincère, rusé comme il se doit dans le métier, riant sous cape et capable, avec une innocence calculée, d'un mot féroce. De leurs épouses, je ne me suis vraiment souvenu qu'après la troisième ou quatrième rencontre. Elles vinrent, brûlant de papoter, intimidées jusqu'à l'asphyxie par la maigre attention que je leur accordais, déplorant visiblement qu'il n'y eût pas une femme pour échanger des platitudes et, en aparté, quelques informations sur moi, du genre : « Vous savez, le matin, il boit du thé de Chine, et aux repas de midi et du soir déteste les légumes verts. Le caviar lui donne la migraine... »

Mrs. Burton osa cependant une question. Son mari avait dû lui lâcher quelques détails sur mon identité telle qu'elle apparaissait dans le contrat de vente de Feversham House :

— N'aurons-nous pas bientôt le plaisir de connaître votre épouse ?

— Je ne crois pas. Elle est en voyage de noces.

— Et vous ne l'accompagnez pas ?

— Son second mari n'apprécierait guère.

Il y eut un silence et Mr. Burton, riant sous cape et baissant la tête, remarqua que les questions imprudentes attirent les réponses impudentes. Le révérend tenta de sauver la situation.

— Vous avez sûrement quelques bonnes raisons de vous installer dans notre coin perdu.

— C'est une région que j'ai bien connue dans ma jeunesse quand j'étudiais à Cambridge. Sac au dos, j'ai parcouru le comté. Avec l'âge, on gagne le droit de réaliser ses rêves. Le jour où ma femme a décidé de me quitter pour un autre, j'ai compris que j'étais libre de venir ici.

Thomas servait à la perfection. Sans que je lui eusse rien demandé — et même, il me semblait que c'était un peu trop — il s'était procuré une jaquette noire, un pantalon rayé, un col dur, des gants de fil blanc. Il me laissait tout de même le soin du whisky, du sherry pour le potage, des vins, du porto, et de l'armagnac.

— Votre bordeaux est admirable, dit le révérend Caltigan, levant son verre pour en apprécier la couleur et faire valser le vin dans le cristal. Je n'en ai bu d'aussi bon que chez le major Champ peu avant qu'il trépasse. Il prétendait avoir deux mille bouteilles dans sa cave.

— Deux mille bouteilles perdues, dit Mr. Burton. À moins que Mrs. Champ ne les ait bues en secret pendant son long veuvage, mais j'en doute.

Malgré mes recommandations formelles, Mrs. Austin cuisait trop les gigots. Je priai qu'on l'excusât. Ils se récrièrent. C'est ainsi qu'ils l'aimaient.

— Je crois que les Français ont des instincts cannibales, dit Mrs. Caltigan. Ils mangent la viande quasiment crue.

— Ma femme ne comprend rien à la cuisine.

— Vous ne dites pas toujours ça, mon ami.

— Je suis un puits d'indulgence.

— Mais parfois le puits déborde, dit le notaire en gloussant.

Le pasteur lui lança un regard amusé et me tendit un verre pour que je le remplisse. Ses joues rosissaient.

— Si les héritiers ne sont pas intéressés, j'achèterais bien la cave du major Champ, dis-je.

Il y eut un silence et les quatre piquèrent du nez dans leurs assiettes comme si je manquais aux règles de bienséance et proférais une incongruité monumentale.

— Il semble qu'il n'y ait pas d'héritiers, dit Mrs. Burton.

— Ma chère, dit son mari, vous dévoilez un des secrets qui ne doivent pas sortir de mon étude.

Je le tranquillisai. Tout le monde à Rington s'en doutait. Deux jours auparavant, les journaux avaient encore publié une annonce de recherche en succession. Les héritiers éventuels des Champ devaient se manifester dans le délai d'un an sinon Bligh Manor et la fortune du couple reviendraient à la Couronne. Une douzaine de Champ s'étaient déjà présentés. Aucun ne justifiait d'une parenté plausible avec le major, et encore moins avec Mrs. Champ puisque c'était son nom de femme mariée.

— Et quel était son nom de jeune fille ?

Mr. Burton s'assura que Thomas regagnait la cuisine.

— Nous n'avons retrouvé d'elle qu'un passeport périmé aux pages d'état civil arrachées. Mrs. Champ a cependant oublié de détruire aussi les visas, et l'un d'eux mentionne un nom étranger et une date de naissance : Farquham, 20 janvier 1905. Les recherches entreprises au fichier central permettent d'affirmer que ni dix ans avant ni dix ans après, aucune petite Emmy Farquham n'est née quelque part au Royaume-Uni. Mrs. Champ est une étrangère.

Le révérend Caltigan soupira, attirant l'attention.

— Je n'étais pas le seul à percevoir une pointe d'accent tudesque, et, en particulier, le jour où, de son balcon, elle m'a enjoint de déguerpir sans quoi elle lâchait les chiens. Je ne connais malheureusement pas l'allemand mais, parmi ses injures en anglais, je crois bien qu'il y avait un mot combiné avec schwein qui n'est pas fort aimable comme vous le savez. Mrs. Carring l'a entendue dire qu'elle avait passé ses années de collège en Belgique dans un couvent ultramontain.

— J'ai vérifié, dit le notaire. On n'a pas trace d'elle dans ce couvent.

— Mais c'est un jeu ! dit Mrs. Caltigan battant des mains avec une spontanéité si charmante que son visage ruiné recouvra un air de jeunesse presque émouvant.

— Permettez s'il vous plaît, dis-je, qu'avant d'aller plus loin et d'avancer des hypothèses, je pose une question capitale, la plus importante de ce dîner, le premier que je donne à Feversham House, en votre honneur. Désirez-vous le fromage avant le dessert, à la française, ou après le dessert, à l'anglaise ?

— Cela demande réflexion, dit le révérend qui enfouit son visage dans ses mains pendant quelques secondes et releva la tête, ajoutant :

— Nous sommes ici, à Feversham House, en terre française, et je vous propose de franciser le nom de ce domaine, de l'appeler désormais : Maison Fausse-fièvre.

Entre ses dents, le notaire murmura un « Ça y est, il est parti », que je fus peut-être le seul à entendre. Je priai le pasteur de poser son verre. Nous changions de vin. Un hospices-de-beaune accompagnerait le fromage qu'apporta Thomas. Pendant un moment la conversation roula sur les vertus comparées des fromages français et anglais, puis Mrs. Caltigan, très excitée, revint au sujet de nos préoccupations :

— Si Mrs. Champ n'existe pas pour l'état civil, le major a, lui, une parentèle : l'armée.

Mr. Burton but une gorgée de beaune :

— C'est la première fois que j'ai l'honneur de goûter à une merveille pareille.

Mrs. Caltigan, du plat de la main, tapa sur la table où les verres s'entrechoquèrent en un agréable tintement cristallin.

— Vous ne répondez pas à ma question !

Mr. Burton sourit :

— Je suis obligé à une certaine discrétion.

— Pas avec nous. Ah, je flaire un autre mystère.

— C'est *peut-être* une erreur. Nous avons *peut-être* tous mal entendu le numéro de son régiment, nous avons *peut-être* rêvé qu'il était décoré du D.S.O. Les recherches n'ont rien donné. Je lui ai parfois trouvé un rien d'accent faubourien qui est *peut-être* un restant d'accent américano-allemand, mais je ne le jurerais pas. Mrs. Champ a détruit les papiers qui permettraient, *peut-être*, de retrouver les origines de son mari. Leur fortune même est impossible à tracer, et ne date pas seulement de la bonneterie dans laquelle ils ont investi et qui a été un tel succès. Voilà beaucoup de *peut-être*, n'est-ce pas ?

— Si quelqu'un a la clé de l'énigme, ce doit être Mrs. Carring.

Thomas revenait de la cuisine. Je rencontrai son regard. Il plissa légèrement les yeux. Il avait entendu.

— Nous pourrions demander à Thomas si sa cousine lui a raconté quelque chose, dit le pasteur en reprenant son verre vide pour en boire la dernière goutte.

— Ellie n'aborde jamais ces questions-là en ma présence, dit Thomas.

— Et de quoi parlez-vous donc ?

— Nous nous parlons peu.

Il desservit, apporta les assiettes à dessert et ouvrit la porte de communication avec la cuisine : Mrs. Austin apparut poussant un chariot sur lequel flambaient des crêpes. Les invités battirent des mains.

— J'ai toujours pensé que seuls les Français savent vivre, dit le pasteur l'œil émerillonné.

Thomas et Mrs. Austin ayant regagné la cuisine, nous dégustâmes nos crêpes.

— Mrs. Austin est une perle, dit Mrs. Burton. Vous avez de la chance d'être tombé sur elle du premier coup. Voilà dix ans que j'en cherche une. Nous recevons beaucoup et je suis servie par un souillon.

— À une certaine époque, des écrivains comme Anatole France ou Faguet, des artistes comme Rodin ou Bonnard épousaient leurs bonnes sur le tard. Ils optaient pour le confort. C'était pure sagesse de signer la paix avec les petits ennuis de la vie. Croyez-vous que je devrais épouser Mrs. Austin ? À condition, bien entendu, qu'elle y consente.

— Vous plaisantez, monsieur !

— Oui, je plaisantais.

— Sans compter que Mrs. Austin est déjà mariée, dit le pasteur. Ou plus exactement, James Austin est marié à elle. Un homme sans grande personnalité, mais il a une belle voix. Si vous consentiez, tout papiste que vous êtes, à venir un dimanche à mon service, vous l'entendriez avec plaisir.

Depuis un moment, Mrs. Burton se frottait le menton en regardant son mari. À la fin, elle prit une serviette et fit mine de s'essuyer. Le notaire rougit et ôta le sirop qui brillait à la pointe de son menton.

— Merci, ma chère... Cela dit si notre hôte de ce soir contractait un mariage ancillaire pour assurer son confort, je lui conseillerais plutôt Mrs. Carring. Quinze ans de dévouement aveugle à Mrs. Champ plaident pour ses qualités. Elle ne parvient même pas à croire que sa patronne n'est plus de ce monde. Le mois dernier, pour l'inventaire, elle a conduit ma visite à Bligh Manor. Le croirez-vous, mais devant la porte de Mrs. Champ elle a frappé avant d'entrer. Touchant, n'est-ce pas ?

— Ou comédie ? demandai-je.

— Monsieur, dit le pasteur, votre vision de l'humanité est sombre. Mes goûts personnels m'inclinent à voir plutôt le bien et la fidélité que le mal et l'intérêt.

Ils partirent peu avant minuit, le pasteur et Mrs. Caltigan dans une vieille Morris avec Mrs. Austin, le notaire et Mrs. Burton dans une Jaguar. Seul restait Thomas qui s'occupait de vider les cendriers et de ranger le coffre à liqueurs.

— Dois-je ajouter une bûche ? demanda-t-il.

— Oui, si vous me tenez compagnie, Thomas, et si vous sortez notre tord-boyaux marin.

— Il est dans la cuisine, hors de la vue d'une assemblée de gentlemen.

Il mit du temps à revenir et apparut en jean et chandail, avec deux verres et la bouteille de rhum. J'appréciai son tact.

— Vous avez tout entendu, n'est-ce pas ?

— Presque tout, Monsieur.

— Et alors ?

— Ils ne sauront jamais la vérité...

— ... que vous connaissez.

— On ne peut jamais qu'approcher la vérité.

— C'est, en effet, une personne farouche. Asseyez-vous, Thomas.

Il parut gêné, tourna sur lui-même et trouva un pouf plus bas que le fauteuil dans lequel je m'affalai.

— Je parie, dis-je, que Mrs. Carring vous a parlé.

— On ne sait jamais si Ellie dit vrai ou si elle fantasme.

— Acceptons ses fantasmes comme une forme d'explication. La révélation d'un secret a toujours besoin de quelques dorures.

— Ces choses resteront entre nous ?

— Je vous le promets.

— Même dans les milliers de livres que vous avez ici, il n'y a pas une histoire pareille...

Non, en effet, cette histoire ne se trouve pas dans mes livres. Si je la résume ici, c'est parce que trop d'éléments me font défaut et qu'il aurait fallu connaître cet étrange couple pour pénétrer un peu de leurs deux caractères. Une telle aventure n'est possible que dans le désordre inhérent à une après-guerre, dans l'inévitable relâchement qui suit une période de tension. Force est donc de simplifier les événements et de ne pas répondre aux questions de logique pure qui se posent. Au début du XXe siècle, un jeune Allemand émigre au Canada. Appelons-le Helmut pour simplifier le récit. Helmut, donc, est un garçon averti, intelligent, peut-être ingénieur ou, en tout cas, contremaître, mais ses qualités mêmes sont un empêchement. On a besoin de troupes plus que de chefs. Helmut traîne la misère quand il rencontre une bande organisée dont l'industrie la plus rentable est la contrebande de l'alcool entre le Canada et les États-Unis. La prohibition est l'âge d'or des gangsters. Helmut se montre si capable qu'il prend du grade, passe lieutenant, puis capitaine, et l'inévitable se produit : il ne voit pas pourquoi il ne serait pas général. Ce genre d'autopromotion se règle à coups de revolver. En 1925, Helmut devient le patron après la mort « accidentelle » du chef de la « famille ». Un Allemand à la tête d'une bande de « mafiosi » !!! La situation est vite intenable. À New York, alors qu'il passe la soirée avec sa femme dans une boîte de Broadway, il est abattu avec une telle abondance de balles qu'on mettra quelque temps à l'identifier. Sa femme, elle, n'a reçu qu'une balle, mais en plein front. La « une » des journaux sort son histoire avec un impressionnant luxe de détails sur ses activités. Ce serait sans importance, si Helmut n'avait un fils à Harvard, brillant étudiant de la section économique. Appelons John ce fils qui ne met pas vingt-quatre heures à faire ses bagages, à retirer du compte familial un généreux magot, et qui, comme il n'a aucune envie de servir de cible aux tueurs de son père, se forge une nouvelle identité en béton et part pour l'Europe. En Angleterre, il achète une usine textile en faillite, l'équipe avec du matériel moderne, fait venir de France et d'Italie des dessinateurs, lance la marque Champ qui porte son nouveau nom. Bien sûr, tout cela s'accompagne d'un certain flou sur ses origines, d'une légende qu'il ne bâtit pas entièrement lui-même et qu'on lui prête parfois. Ainsi se retrouve-t-il promu major ce qui ne lui déplaît pas et que personne n'ira vérifier. Au demeurant — et tout le monde s'accorde là-dessus — c'est un homme agréable, généreux, très gai. Au bout de dix ans, les querelles intestines étant depuis longtemps dépassées dans l'ancienne bande de Helmut, John peut retourner aux États-Unis, étendre ses affaires et, finalement, vendre la marque Champ à une multinationale.

— Et elle ? Où l'a-t-il rencontrée ?

Thomas but son tafia d'un trait.

— Vous tenez vraiment à le savoir ?

— Peut-être est-ce ce qu'il y a de plus intéressant.

— C'est fort gênant à dire. Ellie m'en voudra

mortellement si elle apprend que je n'ai pas gardé pour moi ce qu'elle a fini par savoir.

— Aurais-je compris ?

— Oui, Monsieur, ils étaient frère et sœur, jumeaux. D'où cette ressemblance qui frappait à la première rencontre avec eux : quelque chose de vague qui venait plus d'une façon de se tenir, de sourire, d'intonations car, bien qu'anglophones, ils gardaient de leurs parents un léger accent qui, à la rigueur, pouvait passer pour de l'affectation.

— Et vous croyez que... ?

— Oui, Monsieur, je le crois. Ils ont vécu un grand amour, une immense passion, mais rien dans leur attitude en public ou dans l'intimité de Bligh Manor n'indiquait qu'ils se savaient damnés. Et d'ailleurs le sont-ils plus que d'autres qui ont commis des crimes bien pires ? J'espère que je ne vous ai pas ennuyé, Monsieur.

— Pas du tout, Thomas. À demain.

— À demain, Monsieur.

J'ai oublié de préciser que cette histoire se passe dans le Warwickshire que Valery Larbaud appelait le « cœur de l'Angleterre ».

Mademoiselle Hanna

Nous comprîmes seulement des années après qu'elle n'aurait eu qu'un mot à dire, mais, ce mot, elle ne l'avait pas dit et elle semble bien décidée à ne le prononcer jamais. Plus que de révéler la vérité, il importe à mademoiselle Hanna de conserver intact dans son souvenir et, sans doute dans sa chair aussi, un bonheur bref et fulgurant qu'elle défend contre tous — et en particulier contre l'inquisition insistante de Maître Laurent — avec un sens de l'idéal très particulier.

Et dire que cela commença comme une fête : une superbe voiture découverte, occupée par quatre jeunes gens, s'arrêta dans un crissement de freins en apercevant notre jolie place des Platanes et l'enseigne du Coq d'Argent. Le conducteur recula pour lire le menu sans descendre de son siège. Le Coq d'Argent est connu dans la région. D'un modeste bistrot, M. Bacas, ancien chef d'un restaurant à deux étoiles de Paris, a fait un relais gastronomique. M. Bacas est mort et son fils a su maintenir la tradition avec une carte qui n'a guère varié en vingt ans : Pintadeau à la Pompadour, Pâté des Délices, Tarte du Chef. Ces promesses décidèrent les jeunes gens qui, après avoir garé la voiture à l'ombre, s'installèrent à une table de la terrasse.

Bien sûr, plus tard, quand on nous interrogea, plusieurs personnes affirmèrent qu'elles leur avaient trouvé mauvais genre, mais le respect de la vérité oblige à dire que leurs costumes de sport en tweed, leur aisance, le coupé décapotable noir et rouge, et même le bruit qu'ils firent nous éblouirent plutôt. Ils commandèrent un fabuleux déjeuner au champagne et M. Bacas qui, d'ordinaire, sortait rarement de sa cuisine vint échanger quelques mots avec eux.

La place des Platanes est citée dans la plupart des guides. Elle ouvre, par un côté, sur la grand-rue beaucoup plus paisible depuis qu'on a établi une déviation qui épargne les encombrements des soirs de week-end et des veilles de grandes vacances. Nous savons que ceux qui s'arrêtent ici le font par goût et parce qu'ils appartiennent à une espèce humaine de plus en plus rare, celle qui a du temps. Au centre de la place se dresse une fontaine dont les nymphes passent pour être l'œuvre d'un élève du Bernin. Les maisons en bordure sont, pour la plupart, de petits hôtels particuliers du XVIIe siècle. La plus belle est probablement celle de mademoiselle Hanna, un pavillon à hautes fenêtres dont les balcons ont été reproduits dans l'ouvrage de Maurice Taillade : *La ferronnerie d'art française.* On y accède par un étroit jardin planté de deux tilleuls et d'une glycine qui s'enroule autour de la porte d'entrée.

Mais je m'aperçois que je n'ai encore rien dit de mademoiselle Hanna, et, peut-être à cause de ce « mademoiselle » légèrement pompeux et de ce prénom qui s'écrit avec un « H » — signe de recherche affectée —, peut-être s'imagine-t-on une personne âgée, d'aspect sévère et de physique rébarbatif. Mademoiselle Hanna ne porte pas ses quarante ans et quand cette histoire est arrivée, elle n'en avait pas vingt-cinq. Nous l'appelions Hanna simplement et, bien qu'elle appartînt de droit à la jeunesse dorée de notre petite ville, elle s'en différenciait par de subtiles nuances. Sa beauté mélancolique embarrassait ses amis et les maintenait à une distance qu'elle ne faisait pas un effort pour effacer. S'il n'y avait encore rien eu de tragique dans sa vie, sa famille, elle, s'auréolait d'un drame. À dix-huit ans, sa mère s'était éprise d'un bellâtre sans scrupules et l'avait épousé contre l'avis de ses parents. Vingt ans de souffrances et d'affronts publics avaient suivi. Le père d'Hanna était mort d'apoplexie dans une maison de jeu disent les bienveillants, dans un hôtel de passe avec une prostituée affirment ceux qui n'ont pas peur des mots. La mère d'Hanna l'avait suivi de peu dans la tombe, sans jouir d'un veuvage patiemment attendu. Le père n'avait pas pu tout dissiper. Restaient quelques rentes qui permettaient à Hanna de n'être pas un parti dérisoire en province où ces choses ont encore un sens. À sa mère, Hanna avait juré d'épouser quelqu'un de son « milieu », par exemple Pierre B. qui terminait ses études de droit dans la ville universitaire voisine. Elle s'en tenait là et nous étions persuadés, bien que Pierre fût ennuyeux à mourir, qu'elle ne se dédirait pas.

À la terrasse du Coq d'Argent, le déjeuner des quatre jeunes gens se poursuivit tard dans l'après-midi. Ils burent beaucoup : cognac après le champagne, whisky après le cognac, tantôt vautrés dans leurs fauteuils d'osier et tirant sur d'énormes cigares, tantôt penchés sur la table dans une conversation passionnée qui réunissait leurs quatre têtes. M. Bacas fut le premier à s'inquiéter de clients qui s'attardaient aussi longtemps, commandaient sans cesse à boire et, si jeunes qu'ils fussent, ne s'inquiétaient pas de l'addition. Il rôda autour d'eux dans l'espoir d'attirer leur attention et finit par envoyer la note pliée dans une soucoupe sans qu'ils parussent s'en préoccuper. Il était déjà cinq heures de l'après-midi et nous sortions à peine de la torpeur d'été qui succède au déjeuner. Des volets s'ouvraient, on entendait crier ou rire des enfants dans les jardins derrière les maisons. Le facteur commençait sa tournée du soir en délivrant des lettres à quelques habitués venus s'asseoir sur les bancs autour de la fontaine. M. Bacas envoya de nouveau le garçon qui fut repoussé d'un mot plus que sec. À travers la vitrine, M. Bacas aperçut un des jeunes gens — celui qui conduisait la voiture et parlait avec le plus d'autorité — qui prit la note et l'alluma à la flamme de son briquet. Alors le vieux chef n'hésita plus. Il téléphona aux gendarmes et les gendarmes arrivèrent dans leur voiture bleue. Les portières claquèrent et ils se dirigèrent sans hâte vers la terrasse du Coq d'Argent, saluant au passage M. de Graincourt qui se rendait, comme chaque après-midi à la même heure, chez sa maîtresse, Mlle Durand, l'ancienne couturière de sa femme. Il est à peu près certain que mademoiselle Hanna, de la maison où elle vivait seule avec une vieille bonne, suivit la scène. Nous la savions souvent là, derrière la porte-fenêtre du balcon, au premier étage, occupée de quelque ouvrage ou à lire, belle au bois dormant qui attendait que le prince charmant eût terminé sa thèse. J'ajoute que la vieille bonne n'était pas avec elle cet après-midi-là, qu'elle apparut plus tard, au retour d'une course en ville. Sa présence aurait peut-être tout changé, mais ne refaisons pas l'histoire avec des conditionnels : Hanna était seule et seule elle affronta le destin préparé pour elle en quelques minutes par une Érinye confuse.

Les jeunes gens aperçurent les gendarmes et affectèrent de ne leur prêter aucune attention, se renversant dans les fauteuils, béats, pour tirer sur leurs havanes.

Nos gendarmes sont, en général, débonnaires. En dehors des accidents de la route, ils n'ont affaire qu'à des délits mineurs. Ils se présentèrent avec correction, après avoir salué, et demandèrent pourquoi ces messieurs refusaient de payer l'addition. M. Bacas, à qui la présence des uniformes rendait courage, s'avança à son tour et nous entendîmes sa grosse voix irritée.

— Qui prétend que nous refusons de payer ? dit le jeune homme qui conduisait la voiture et que nous appellerons Jean pour le reste de l'histoire.

— Vous avez brûlé la note ! répondit M. Bacas suffoquant d'indignation devant tant d'audace.

— Je n'aime pas les notes ! C'est un principe... Tenez... Voilà... Payez-vous !

Et Jean sortit de sa poche une liasse de gros billets que, avec une insolence vulgaire et calculée, il jeta sur la nappe. C'était mal connaître l'orgueil du chef qui pria Jean et ses copains de déguerpir. Et au plus vite. Les gendarmes contemplaient la scène avec des yeux ronds. Tant de gros billets représentaient plusieurs mois de leur solde. Aussi, le premier étonnement passé, des soupçons les envahirent. Ils demandèrent à voir les papiers des jeunes gens.

— Nous n'en avons pas !

— Alors, suivez-nous à la gendarmerie...

— Volontiers !

Ce qui suit se déroula très vite et les déclarations contradictoires, plus ou moins imaginaires, des quelques témoins n'ont pas aidé à éclaircir par la suite une scène si rapide qu'elle se joua en quelques secondes. Apparemment soumis, les jeunes gens se levèrent et suivirent les gendarmes.

— Reprenez votre sale argent ! cria alors M. Bacas

agitant la liasse négligemment abandonnée sur la table.

Les gendarmes se retournèrent et Jean, suivi de ses complices, profitant de cette distraction, sauta dans la voiture découverte. Naturellement, ils auraient dû pouvoir fuir sans difficulté, mais le Destin était là. Pour eux, pour mademoiselle Hanna et pour un de nos gendarmes. La voiture hoqueta et ne démarra pas. Il ne leur restait plus que la fuite. Bien qu'alourdis par le champagne et l'alcool, ils bondirent de la voiture, bousculèrent le brigadier d'une violente bourrade et coururent devant eux. Devant eux, c'est-à-dire vers la maison au portail couronné de glycines. Auraient-ils connu les lieux que ce n'eût pas été un mauvais calcul. Ils pouvaient traverser la maison, sortir par la cuisine, enjamber un mur et se retrouver dans un lacis de ruelles où ils auraient égaré les recherches pendant un temps au moins. Après ? Oui, l'aventure était sans issue, mais ils pouvaient toujours compter sur la nuit et le faible nombre des gendarmes pour s'enfuir par la route, faire de l'auto-stop. On ne mobiliserait pas l'armée et les C.R.S. pour un délit de grivèlerie. L'ignorance de la situation, le manque d'imagination les paralysèrent. Ils se barricadèrent dans la maison tandis que les gendarmes secouaient la grille bloquée et les sommaient de se rendre. On aperçut mademoiselle Hanna à son balcon, puis une main la saisit par l'épaule et elle disparut. Il y eut un coup de feu et un gendarme tomba la face contre terre. Sur le point d'où le coup de feu avait été tiré, une journée entière aux assises n'éclaira pas la controverse, malgré l'habileté de Me Laurent. La seule certitude est que le gendarme mourut dans la nuit pendant que la maison cernée devenait le centre d'un véritable siège. Les renforts arrivèrent lentement alors que les bruits couraient à toute allure. Brandissant une croix rouge, le pharmacien, aidé de son potard, était venu enlever le corps du gendarme. Selon les uns, il s'agissait de dangereux anarchistes, selon les autres de gangsters célèbres, d'assassins recherchés dans plusieurs pays. À la vérité, comme nous le sûmes plus tard, pendant le procès, il ne s'agissait que de petits-bourgeois à la tête enflée par les films policiers, de délinquants victimes de la presse et du cinéma, pitoyables voyous qui déshonoraient et ruinaient leurs familles et venaient de se rendre coupables d'un meurtre autant par bêtise que par affolement.

À la tombée du jour, des voitures blindées stationnèrent sur la place. Il y eut des sommations auxquelles il fut répondu par des ricanements. Ces forces déployées pour cerner quatre affamés de publicité prenaient l'allure d'une farce absurde. Mais un gendarme était mort. On ne pouvait l'oublier. L'ordre se devait de triompher, et, si possible, de triompher en grande pompe. Pendant ce temps-là, il se passait des choses dans la maison de mademoiselle Hanna. Lesquelles ? On ne le sut jamais exactement. Les volets avaient été fermés et, à la tombée de la nuit, aucune lampe ne s'alluma.

Le lendemain matin, la situation restait la même, mais la presse, la radio, la télévision étaient là et l'affaire soudain prenait une dimension nationale. Les assiégés en eurent conscience en suivant sur l'écran de télévision le déroulement de l'opération qui les concernait, l'interview du préfet, du colonel de gendarmerie. On vit le curé de l'église Saint-Claude s'avancer seul, bras écartés, sur la place et interpeller les jeunes gens qui le laissèrent parler un moment avant de l'arrêter d'une bordée de lazzi obscènes. Des haut-parleurs furent installés aux quatre coins de la place et, toutes les demi-heures, répétèrent : « Rendez-vous. Il ne vous sera fait aucun mal. Vous n'avez aucune chance d'échapper. » Tant de célébrité pour si peu monta à la tête des assiégés. On parlementa en vain toute la journée, puis, après une nouvelle nuit d'attente, ce fut l'assaut dans l'aube discrète de l'été. La presse, la télévision ne supportaient plus d'attendre le dénouement et racontaient que mademoiselle Hanna serait torturée si les forces de l'ordre ne se retiraient pas. Il fallait des cadavres pour rassurer l'opinion publique qui prenait peur. Il n'y eut pas de cadavres. Les gendarmes casqués, protégés par des pare-balles, armés de mitraillettes et de grenades à gaz, pénétrèrent dans une maison endormie. Trois des voyous ronflaient sur des coussins devant les fenêtres du rez-de-chaussée, entourés de bouteilles vides et de verres cassés. Le quatrième fut surpris au premier étage, dans la chambre de mademoiselle Hanna. Elle était là, drapée dans une couverture, les épaules nues, ses admirables cheveux noirs dénoués, le visage en feu.

— Arrêtez-le ! dit-elle. C'est lui qui a tiré.

— Non, mais t'es folle ! cria Jean.

— C'est lui.

On l'emmena. Au procès, défendu par Me Laurent, un de nos compatriotes qui s'était passionné pour l'affaire, il sauva sa peau de justesse, sans doute parce que, avec une véhémence farouche, il s'obstina à nier être le meurtrier du gendarme. Mademoiselle Hanna témoigna et répéta son accusation, mot pour mot, froidement, image de la vengeance telle que la tolère la Justice. Me Laurent, bien qu'il la connût personnellement, s'acharna sur elle pour l'amener à se contredire et plusieurs fois le président menaça de faire évacuer les assises tant la foule prenait le parti de la jeune fille outragée. Mademoiselle Hanna maintint sa déposition. Les trois comparses se gardèrent d'ouvrir la bouche. Ils furent condamnés à des peines légères.

Le scandale était trop public pour rester sans conséquences. Pierre B., son fiancé, trouva le moyen de s'expatrier, et elle resta seule, terriblement seule. Depuis le procès, elle n'a reçu personne chez elle. L'hiver, elle s'offre un voyage vers un lointain pays chaud. Quand elle revient, c'est pour s'enfermer dans une vie paisible et apparemment sans problèmes. Elle ne va plus jamais à l'église. M. Bacas est mort et son fils Marcel, comme je l'ai dit, a pris sa succession avec bonheur. Me Laurent apparaît brièvement quand il quitte Paris pour sa maison de campagne dans le Nivernais. Il déjeune ou dîne au Coq d'Argent et ensuite se rend chez mademoiselle Hanna qui le reçoit quelques instants et le raccompagne jusqu'à la porte. Un soir, nous avons osé lui demander ce qu'ils se disaient.

— Oh ! des riens ! dit-il. Je lui donne des nouvelles de Jean, qu'elle ne me demande pas, mais qu'elle écoute avec intérêt.

— Elle doit le haïr.

— Ne le pensez pas. Je vous prie même de penser le contraire.

— Que voulez-vous dire ?

— Mademoiselle Hanna l'aime encore.

— Elle n'a pas pu aimer ce voyou, cet assassin qui l'a violée.

Me Laurent haussa les épaules.

— Sa mère n'avait pas été plus heureuse avec les hommes. Vingt ans de supplice pour un coup de folie. C'est cher payé. Mademoiselle Hanna a choisi de se couper la retraite.

— Comment ?

— En faisant enfermer à vie l'homme qu'elle a aimé pendant quelques heures. Jean n'a pas tiré. J'en ai la certitude. Et elle le sait bien elle aussi.

— Alors, qui a tiré ?

— Peu importe... un des trois autres. Nous ne le saurons jamais... Ce qui est certain, c'est que mademoiselle Hanna a sauvé de l'épreuve du temps un coup de foudre qui illumine encore sa vie. Une romantique du siècle dernier. Elle a sauvé son amour. Vous connaissez beaucoup de femmes qui ont sauvé leur amour ? Non. Moi non plus. Quand je la revois, j'essaie de la fléchir et elle me répond toujours avec la même douceur que c'est Jean qui a tiré. Mes visites ne sont plus que de routine. J'ai la conviction qu'elle ne se dédira jamais. Jamais ! Une très forte femme, comme vous le voyez. Quelle heure est-il ?

— Trois heures.

— Diable ! Si je veux être à Paris pour dîner, il faut que je fasse un saut en face et que je file. À bientôt.

Un homme de confiance

Je parle d'il y a quarante et quelques années. Saint-Germain-des-Prés était un village, pas encore un rassemblement de fripiers tapageurs. On n'y respirait pas à chaque coin de rue la puissante odeur de graillon et de friture qui baigne maintenant cette paroisse. Rue des Canettes, rue Mabillon, rue du Sabot ou rue du Dragon, des bougnats moustachus, aux manches de chemise retroussées sur des avant-bras poilus, cuisinaient pour une infime clientèle d'initiés du petit salé aux lentilles. Des bistrots provinciaux s'honoraient de fidèles soiffards. Je pense en particulier à ce débit au coin de la rue du Four et de la rue Bonaparte : Au Vin d'Anjou. Le patron, un vieillard têtu et grognon, ne levait le rideau de fer que pour les amateurs éclairés. Si l'on était plus de cinq ou six, il le baissait aussitôt, prétendant que le bon vin se boit en petite société. C'est là que j'aperçus pour la première fois un grand type maigre dont la casquette d'aplomb écartait les oreilles. Une moustache — copie exacte de celle d'Hitler — soulignait son long nez violacé. Je m'empresse de dire que cet homme semblait très soigné de sa personne. À la différence de la plupart des traîne-savates qui hantent ces endroits, dont les pantalons en tire-bouchon, les chemises élimées, les cravates en ficelle et les revers de veste saupoudrés de cendre de cigarette trahissent le désordre de la vie domestique qu'ils fuient au bistrot, notre homme se présentait chaque jour, à la même heure, dans un costume gris d'une coupe certes rigide, mais toujours fort bien repassé. Aux chevilles, cependant, des pinces serraient le pantalon, altérant le pli et découvrant des chaussettes fantaisie dont les dessins réapparaissaient à travers les lanières d'une paire de sandales assez gigantesques.

Notre homme arrivait en poussant une bicyclette noire, style hollandais, avec double cadre et guidon surélevé muni d'un énorme timbre aussi bruyant qu'un carillon Westminster. Tout le temps qu'il demeurait au bistrot, il gardait un œil sur son engin appuyé contre la vitre. Les seuls mots que nous lui entendîmes jamais dire, c'est : « Bonjour messieurs-dames » au moment où il entrait et bien qu'il n'y eût pas plus de dames autorisées au comptoir du Vin d'Anjou qu'au bar du Fouquet's. Puis il buvait cul sec son premier verre de vin blanc et parlait alors une langue inconnue de nous : un hoquet suivi d'un sifflement. Parfois, le sifflement était réussi. D'autres fois, pas du tout, et je pense que vous savez combien il est gênant de se trouver en face de quelqu'un qui veut siffler et n'y parvient pas. Apparemment, il aurait aimé communiquer avec ses semblables, mais ne trouvait pas les mots. Ne rions pas. C'est triste. Que n'aurions-nous pas donné pour comprendre ce langage, le seul dont il usait après le premier verre de vin blanc ! Un jour, quelqu'un imagina de lui répondre pareillement par un hoquet et un sifflement. Le cycliste lui tourna le dos avec mépris. D'évidence, il se réservait ce mode d'expression et ne tolérait pas qu'on l'imitât. B. prétendait que cet homme affable, parce qu'il avait un soir ajouté « Boum ! » à son onomatopée, racontait Verdun, la chute de Douaumont, les mutineries et la reprise en main des troupes par le général Pétain. Un autre assurait que notre siffleur avait été gardien d'un zoo, section des volières, et nous faisait part de sa longue expérience. Le patron du Vin d'Anjou ne l'aimait guère. Il le bousculait, lui enjoignait de se taire, de ne pas interrompre la conversation des clients, et s'irritait de ce que l'autre appuyât sa bicyclette contre la vitrine. Leur dispute vint de là un jour où le patron entendit baisser le rideau pour créer un rien d'intimité entre connaisseurs. Notre ami, ne souffrant pas de perdre de vue son vélo dont des gamins risquaient de taquiner le timbre en passant, voulut le garer à l'intérieur. Le patron refusa et le ton monta vite. Il y eut des mots d'un côté, des sifflements de l'autre. Force resta à la propriété, à l'ordre, à l'hygiène. L'homme partit en poussant son engin, avec la dignité qu'ont les pères de chiens quand un restaurant refuse l'entrée à leur progéniture. Nous ne le vîmes plus jamais au Vin d'Anjou qui, d'ailleurs, finit par fermer pour cause de décès, un vrai deuil dans le quartier. Longtemps le rideau resta baissé. On pouvait encore lire, en lettres jaunes que le temps et la pluie effaçaient lentement, l'enseigne discrète digne d'une bonne maison, puis, un jour, nous sûmes que le passé serait à jamais le passé, quand on démolit la façade et construisit à la place une boutique de chaussures capitonnée de velours violet.

Peu après sa brouille avec le patron du Vin d'Anjou, je rencontrai plusieurs fois dans le quartier le siffleur poussant sa bicyclette. Manifestement, il cherchait un nouveau point de chute avant l'heure du dîner. Comme il y en avait beaucoup, le choix s'avérait délicat. Je le rencontrai même un soir à La Reine Blanche qui fut un des plus fabuleux bistrots de Paris, ouvert jusqu'à l'aube, bourré à craquer d'une clientèle presque exclusivement masculine régentée, de derrière le comptoir, par une forte personne au chignon vaporeux, mafflue au point que ses seins reposaient sur le tiroir-caisse. On l'appelait, bien entendu, la Reine des Reines. Un fin sourire de compréhension et d'indulgence flottait sur les lèvres de cette dame de bien qui avait vu beaucoup de choses. Le siffleur était là, une main accrochée au comptoir pour atténuer les mouvements pendulaires qui le prenaient après quelques verres. Il dépassait d'une tête les minets décolorés, peints, les cils faits, la voix sucrée. On pensait à

Gédéon, le canard au cou trop long de Benjamin Rabier. Il planait, étranger à ce gazouillis parisiano-américain, et s'adressait tantôt à l'un, tantôt à l'autre, d'un hoquet suivi d'un sifflement, mais personne ne semblait lui prêter attention, pas même Truman Capote, parfumé comme une mousmé, un pékinois dans les bras, ni un autre personnage bien rempli qui tirait toujours deux caniches derrière lui et que, pour ses mœurs autant que pour son teint couperosé, Blondin surnommait « L'arène sanglante ». Je ne sais quelle lueur traversa enfin le cerveau de notre ami. Il y eut, tout d'un coup, sur son visage aussi flegmatique que celui de Buster Keaton, une crispation qui pouvait être l'expression d'un haut-le-cœur, comme s'il avait compris en quelle société il se trouvait. Il s'en alla dans la nuit noire, nuque basse, poussant sa machine.

Je le retrouvai quelques jours plus tard, carrefour de la Croix-Rouge, dans un bar qui existe toujours mais qui s'est bien transformé depuis avec le néon, des nickels, des machines à sous et un juke-box. À cette époque-là, c'était un endroit fort tranquille, surtout grâce à un garçon spécialiste du vidage des consommateurs aigris. Il n'y avait pas plus d'une ou deux bagarres par semaine, et on pouvait s'installer à un coin de table avec un demi et du papier blanc pour travailler. La patronne était une gentille femme, auvergnate comme il se doit, attentive à ses clients, les connaissant tous par leur prénom. J'ajoute pour mémoire que, une fois par semaine, elle recevait de sa ferme un jambon fumé admirable qu'elle découpait en fines tranches et servait entre deux morceaux d'un pain de campagne cuit spécialement pour elle par la boulangerie bretonne de la rue du Cherche-Midi.

Je vis qu'elle n'avait pas réussi, malgré sa curiosité habituelle, à situer le personnage. Il paraissait, en tout cas, parfaitement heureux dans sa nouvelle famille bien que ne goûtant guère les fantaisies d'un peintre en bâtiment qui lui tapait dans le dos et l'appelait « pépère ». Du zinc, notre ami pouvait surveiller son vélo, en pivotant sur un talon, le cou un peu raide, à moins qu'il ne craignît de perdre l'équilibre en se penchant. Il carburait toujours au vin blanc. Les verres défilaient et nous avions droit à des variétés de sifflements de plus en plus modulés à mesure que l'heure avançait. Je crois que c'était un homme sans imagination, mais de bonne volonté, en accord simple avec le monde pourvu qu'on ne le bousculât pas et qu'il eût, devant lui, des verres ballons qu'il saisissait élégamment en tendant l'auriculaire à l'ongle fort long comme aux petits marquis du XVIIe siècle à l'Hôtel de Rambouillet.

Bien entendu, nous avions essayé de le faire parler avant qu'il avalât sa lampée, mais c'était peine perdue. Il faisait signe qu'il mourait de soif, en suçant sa langue et tapotant le comptoir de l'index, pour qu'on lui apporte son muscadet. Dès qu'il avait trempé ses lèvres, il se raidissait et commençait à hoqueter et à siffler. Il était si imbibé qu'une gorgée — peut-être même simplement le parfum du vin, sa seule vue, les doigts enserrant le pied du verre ballon — suffisait à le mettre dans cet état second où il nous échappait. Nous commencions à parler de lui avec une richesse de détails qui suppléait à notre manque d'information. J'amenai plusieurs amis pour le voir. M., qui avait l'oreille musicale, prétendit que les sifflements rappelaient les premières notes de l'ouverture de *Tannhäuser* mais là-dessus, personne ne fut vraiment d'accord, G. ayant assuré qu'il s'agissait plutôt de musique concrète. Pour le reste, nous dûmes inventer un état civil, des occupations magiques (nul ne savait d'où il venait, où il allait et quelqu'un suggéra qu'il était sans doute l'ange Heurtebise promu assuré social), un passé héroïque, une épouse acariâtre maniaque de la propreté, des enfants ingrats parvenus aux plus hautes dignités et dédaignant l'auteur de leurs jours. Sur ce dernier chapitre, rien ne nous arrêtait : un fils était inspecteur des finances, une fille shampouineuse de vedettes chez un grand coiffeur, une autre clarisse dans un couvent de Meurthe-et-Moselle, tandis que le petit dernier révolutionnait les mathématiques depuis l'âge de douze ans. On envisagea enfin d'écrire réellement sa biographie, une biographie totale où tout serait dit de notre héros. Oui, on ne passerait pas sous silence ses légères défaillances (s'il en avait eu, rien de moins certain) et il sortirait grandi de cette épreuve, homme dans l'acception du terme avec ses défauts, ses misères, son courage, sa ténacité. L'ennui — pour les précisions d'identité, quelques dates — était qu'aucun de nous ne savait où le rencontrer le matin à jeun.

Ce fut l'Auvergnate qui réussit à percer un peu du mystère en annonçant triomphalement, un soir, qu'elle l'avait enfin situé dans le quartier :

— C'est l'homme de confiance des Ciseaux d'Argent.

J'ai du mal à dire le plaisir que nous fit cette révélation. Le mystère restait entier, mais il s'éclairait d'une phrase sibylline que nous ne cessions de répéter. Un « homme de confiance », voilà longtemps que nous n'en avions pas vu un. L'espèce s'était même, croyait-on, perdue depuis que Balzac avait dévoilé les trahisons et les coups fourrés des meilleurs d'entre eux. Le caractère exceptionnel de notre ami, la rigidité de son attitude, un je-ne-sais-quoi de fier et de méprisant quand le peintre en bâtiment le saluait d'un joyeux « pépère » nous interdisaient d'imaginer qu'il fût le fourbe héros d'une machination balzacienne. Quant aux Ciseaux d'Argent, quel beau symbole ! On pouvait tout imaginer à partir d'une telle enseigne. Notre ami fut, ce soir-là, largement fêté, sans bien comprendre ce qui se passait. À dire vrai, les communications humaines ne semblaient pas parvenir jusqu'à sa conscience, ou, si elles y parvenaient, c'était après un long détour qui les hydratait et les refroidissait. Il fut impossible d'en savoir plus, condition idéale pour laisser libre cours à l'imagination. Chacun se chargea d'un chapitre : naissance, premier hoquet, péché intime et communion (le même jour, bien sûr !), certificat d'études, apprentissage et rencontre avec une effrontée (elle s'appelait Lucienne), désillusions, service militaire, Verdun (B. y tenait à cette histoire de Verdun), armistice et, au retour de Rhénanie, l'amour avec une Bretonne rencontrée rue de Rennes, les enfants, la crise et le chômage, la reprise des affaires et le Front populaire (il était un ferme partisan du colonel de La Rocque) qui ruinait son petit commerce de pinces à épiler et de cartes postales. Nous versions des larmes. Il fallait prendre garde à ne pas écrire une nouvelle version de *La porteuse de pain*. Naturellement, la malchance voulait qu'il fût prisonnier en 40, sa deuxième guerre. Grâce à son courage, il s'évadait en 41 pour aussitôt entrer dans la Résistance dont il ne tirait aucun profit à la Libération. Une belle vie, et honnête dans son ensemble. Le livre prenait forme tandis que notre héros, fidèle au poste, sifflait quelques propos à son voisin de zinc. Jamais il ne nous parut aussi impénétrable que durant cette période, allant dans les moments de grande tension jusqu'à hausser un sourcil, une vraie tempête sous un crâne.

Il ne fallut pas plus d'un mois pour rédiger cette biographie. Un soir, elle fut là, sous une belle chemise rose, panachage d'écritures très diverses. Nous décidâmes de la lui montrer, ce qui était bien le moins. B. commença de lui lire la première page, debout au comptoir. L'Auvergnate, mise au courant, écoutait, le menton dans la main. Ce fut un moment assez pathétique. Nous entourions notre ami qui écoutait avec attention, gardant toujours un œil fixé sur le vélo de l'autre côté de la vitrine. Sans marquer d'impatience ou de curiosité, il commanda de son geste habituel plusieurs ballons de muscadet qu'il but en tétant le verre comme un enfant. B. s'arrêta, la gorge sèche après quelques pages. Notre émotion était grande. Nous guettions une réaction et nous désespérions d'en voir une. Enfin, le siffleur avança la main vers le manuscrit et, retournant les pages déjà lues, s'arrêta longuement sur celle du titre : *L'homme de confiance des Ciseaux d'Argent.* Quelque chose se passa certainement derrière son front plat barré d'un pli horizontal que l'ombre de la casquette cachait à demi, car il sortit de sa poche un bout de ficelle et fabriqua un paquet qu'il partit arrimer sur le porte-bagages de son vélo. Derrière la vitre, il nous regarda un instant, ses lèvres s'avancèrent pour moduler un pauvre coup de sifflet que nous interprétâmes au mieux : « Je vous le rendrai demain. »

Mais il n'y eut pas de lendemain. L'homme de confiance ne revint pas au bar du carrefour de la Croix-Rouge. Pourtant, deux fois dans le mois qui suivit, je le rencontrai dans la rue pédalant avec une grâce d'autruche. La première fois, j'étais dans un autobus qui le dépassa et j'eus beau descendre au prochain arrêt, je ne le retrouvai pas. La seconde fois, je crus bien le rattraper dans la rue Bonaparte, mais il se faufila entre une voiture et un camion, et disparut dans la rue Visconti. À l'arrière de sa bicyclette, bien ficelé et recouvert d'une enveloppe en plastique transparent, on apercevait le manuscrit que nous ne retrouvâmes jamais, à notre grand regret aujourd'hui, car il est signé de quelques noms devenus assez connus depuis. Nos recherches s'appliquèrent au magasin qui devait s'appeler les Ciseaux d'Argent. Nous finîmes par le trouver rue des Ciseaux. Il était fermé depuis dix ans pour cause de faillite.

Oublie…

Jusqu'à ce qu'un rayon de soleil perçant le feuillage encore jeune des marronniers l'eût frappée de profil, soulignant tout d'un coup la délicatesse des traits, le front très droit, le nez fin aux cartilages transparents, les lèvres pures, à peine rosées, Louis dut s'avouer que, malgré son attention parfois excessive pour les jeunes filles, il n'avait pas remarqué celle-là. Ou, du moins, s'il l'avait remarquée, ce n'était pas pour son profil, mais pour le curieux béret écossais multicolore et surmonté d'un pompon de laine dont elle se coiffait. Le rayon de soleil s'attardait avec la fin de l'après-midi et le jardin du Luxembourg, vidé des derniers enfants emmenés par les nurses et les mères épuisées, jouissait d'un quart d'heure de silence et de beauté avant les coups de sifflet impérieux des gardes fermant les grilles.

La jeune fille avait adopté la position favorite des étudiants qui viennent lire entre deux cours : en équilibre sur les deux pieds arrière d'un fauteuil de fer, les jambes appuyées aux colonnettes de la balustrade. Par terre, sur le gravier, un peu en retrait, elle avait posé un cahier et un fourre-tout en grosse toile. Elle ne bougeait pas, elle était merveilleusement immobile, comme insensible à ce rayon d'or qui la caressait et l'illuminait, insensible aussi à l'homme qui venait de passer deux ou trois fois derrière elle, silencieux, les mains plongées dans les poches d'un pardessus étriqué, autrefois bleu, maintenant lustré, au col relevé. Louis s'efforça de lire de nouveau, mais la phrase dansait devant ses yeux et quand il releva la tête, ce fut pour voir l'homme au pardessus qui s'emparait du sac et s'enfuyait. Louis se leva et courut. Il avait dix mètres de retard qu'il rattrapa en sautant la balustrade. Le voleur se retourna, tenta de tourner à gauche mais ne put éviter le placage. Saisi aux genoux, il s'étala face contre terre, lâchant le sac. Louis s'agrippa à la jambe et fit une clé telle que si l'homme bougeait, son genou éclatait.

La jeune fille approcha, mais sans se presser et, apparemment, sans émotion.

— Reprenez votre sac, dit Louis. Et appelez un gardien.

Elle ramassa le sac, l'épousseta d'un revers de main et dit :

— Ce n'est pas la peine, il n'y avait pas d'argent dedans. Il aurait été volé.

— L'important est qu'il ne recommence pas.

— S'il va en prison avec d'autres voleurs, il ne pensera qu'à recommencer. Laissez-le... Il a eu bien assez peur.

L'homme gémit, le visage gris de peur ou de haine.

— Vous voyez, dit-elle. Vous lui faites mal !

— Allez, tire-toi, dit Louis en le lâchant.

Des coups de sifflet retentirent dans le jardin. Les gardes fermaient. Personne n'avait vu la scène. Le voleur se redressa, couvert de poussière, les mains en sang. Il semblait hésiter.

— Partez, dit la jeune fille. Partez.

Sa voix un peu étudiée aurait pu être celle d'une étrangère, sans accent. L'homme fit un pas en grimaçant, puis, se retournant avec une rapidité foudroyante, flanqua son poing sur la bouche de Louis et s'enfuit en courant. Louis chancela. La jeune fille saisit son bras.

— Oh, il vous a fait mal... Vous voyez : ce n'est pas un voleur ordinaire. Un voleur ordinaire serait parti sans demander son reste.

— J'en suis tout à fait convaincu, dit Louis en portant la main à sa bouche qui saignait.

— Laissez-moi faire, dit-elle.

Avec un mouchoir, elle épongea le sang.

— Eh bien ? cria une voix derrière eux. Vous êtes sourds ?

Un aimable gardien manifestait son autorité en termes choisis. Ils gagnèrent la grille encore ouverte sur la place Edmond-Rostand et le boulevard Saint-Michel. Les cafés et les enseignes s'allumaient. La nuit tombait vite et tout semblait s'agiter d'une vie nouvelle.

— Au revoir et merci, dit-elle sur le trottoir. Il faut que je coure. Le feu est rouge.

Elle traversa rapidement et se mêla à la foule qui s'engouffrait dans la gare du Luxembourg. Un instant encore, il aperçut son curieux béret écossais, puis plus rien. Les voitures déferlèrent. Louis descendit le boulevard Saint-Michel. Sa lèvre inférieure enflait, mais ne saignait plus. Comme tous les étudiants, il habitait une chambre de bonne, glaciale en hiver, intenable dès le début de l'été. Au moins y était-il seul. En montant sur un tabouret, il voyait un peu du quai Saint-Michel, Notre-Dame et un morceau de la Seine. Le miroir lui renvoya l'image de sa bouche tuméfiée.

La jeune fille ne vint pas au Luxembourg le lendemain, ni les jours suivants. Louis rêva. Il aurait aimé entendre ce qui n'était pas un accent mais plutôt un son de voix indéfinissable, revoir le visage clair et les cheveux blonds dans un rayon de soleil. Telle quelle, cette aventure laissait un curieux goût, une sorte de tristesse anxieuse après laquelle on n'était plus le même. Quand revint le jeudi, Louis sut qu'il avait une chance de la rencontrer et il la chercha dans le jardin pour la retrouver de l'autre côté du bassin, toujours coiffée de son béret écossais, un livre sur ses genoux, mais distraite et contemplant les enfants jouant avec leurs canots et leurs voiliers sur l'eau de la grande vasque.

— Vous aviez disparu ! dit-il en se plantant devant elle.

— Pas du tout. Que croyez-vous ? Je me suis vue tous les jours. Le matin, le soir. Il n'y a que la nuit que je disparais un peu, mais ça... personne ne le sait. Je dors dans une pièce fermée.

— Et où allez-vous la nuit ?

— Ça change beaucoup. Je vais dans mon pays, dans des endroits que je ne connais pas. Je retrouve des morts, des vivants. D'ailleurs, vous devriez le savoir.

— Pourquoi ?

— Parce qu'une nuit, je vous ai rencontré. Vous me faisiez d'amers reproches... Ce coup de poing que vous avez reçu pour moi, il faut le pardonner au voleur. C'est sûrement un malheureux. Nous aurions dû lui offrir un sandwich, quelque chose pour dîner.

— Je n'y avais pas pensé !

— Pensez-vous à tout ?

— Non, dit Louis vaincu d'avance. Vous ne voudriez pas marcher un peu ?

— Prenez un fauteuil et asseyez-vous près de moi. L'heure est délicieuse. Tous ces enfants qui font marcher leurs bateaux sur le bassin... Vous aimez les enfants ?

— Pas encore !

Il s'assit à côté d'elle. La tristesse anxieuse qui ne le quittait pas depuis huit jours s'envolait miraculeusement, mais il fallait qu'elle parlât, qu'elle dît n'importe quoi, sans cela il tomberait dans le vide, la solitude, le désespoir.

— Je voudrais vous demander quelque chose, dit-il.

— Pas une chose ennuyeuse ?

— Non. Simplement ceci : quand l'homme vous a volé votre sac, étiez-vous assise là depuis longtemps ? Je vous pose cette question parce que moi j'étais là une heure avant et je ne vous ai pas vue.

— Oh j'y étais bien depuis un long moment. Mon cours finit à cinq heures. Pourquoi ?

— Rien. Pour savoir combien de temps je peux rester aveugle. Je ne vous ai vraiment vue qu'à cause d'un rayon de soleil.

— Les choses devraient toujours se passer ainsi, dit-elle. On ne doit se voir, se parler qu'au moment précis où un événement inattendu vient casser notre rêve.

— Vous ne parlez pas comme les jeunes filles que je connais.

— J'en suis bien triste.

— Ne vous moquez pas de moi.

Sur le trottoir de la place Edmond-Rostand, pendant que le feu était vert, elle lui dit encore :

— Vous savez que je trouve très agréable d'être avec vous... N'importe quel autre homme m'aurait demandé mon nom, si j'habite chez mes parents ou seule. Vous... rien. Et je ne sais pas non plus comment vous vous appelez. Que le hasard nous aide souvent à nous retrouver et cela voudra vraiment dire quelque chose. Au revoir...

Comme la fois précédente, il la vit disparaître parmi les piétons qui pénétraient dans la gare du Luxembourg. Louis eut le cœur serré. À la seconde où il avait été sur le point de lui demander son nom et un rendez-vous, elle l'avait arrêté au bord d'une situation banale et d'une façon si délicate qu'il fallait s'incliner... Louis regagna sa chambre qui ne lui parut plus triste ou incorfortable, mais soudain mélancolique, comme privée d'un être cher. Les examens de fin d'année approchaient. Il ne put pas se rendre tous les après-midi au Luxembourg.

Un matin, il ressentit un choc épouvantable. D'une plate-forme d'autobus, il aperçut sur le trottoir de la rue Soufflot le béret écossais qui avançait dans la foule. L'autobus roulait vite. Il aurait fallu bousculer deux ou trois personnes, sauter en marche parmi les voitures, courir, mais Louis resta paralysé. À côté du béret écossais, marchait un homme jeune très reconnaissable à son pardessus lustré, presque violet, au col relevé. Il eut à peine le temps de l'apercevoir, mais il fut certain que c'était lui, le voleur de l'autre après-midi, qui marchait maintenant à côté de la jeune fille. Il décida de ne plus la revoir.

Le lendemain elle était au Luxembourg et Louis passa plusieurs fois derrière elle avant de prendre un fauteuil et de le traîner à côté d'elle. Il s'assit lourdement sans dire un mot, l'air le plus bougon qu'il put.

— J'ai cru que vous ne viendriez pas, dit-elle. J'aurais été bien triste... C'est un si bel après-midi... N'est-ce pas ?... Vous avez l'air fâché ?

— Pas du tout !

— Ah tant mieux ! C'est seulement un air. Il n'y a pas une chose au monde qui vaille d'être fâché. Les gens fâchés perdent leur temps. Ils feraient mieux de s'expliquer.

— Vous croyez ?

— J'en suis certaine.

Mais ça ne passait pas la gorge de Louis. Devant tant de transparence, il se sentait presque coupable. Pourtant le hasard seul lui avait fait apercevoir la jeune fille sur le trottoir de la rue Soufflot en compagnie du voleur. Il ne l'espionnait pas, il ne l'avait même pas suivie dans la gare pour savoir quel train elle prenait. Elle ne trouverait pas souvent d'homme de son âge acceptant ce petit jeu. Il se trouvait d'une patience admirable, digne de plus de franchise.

— Que vous racontez-vous dans la tête ? demanda-t-elle.

— Je me raconte que j'ai toutes les qualités, toutes... Pas une jeune fille ne devrait me résister... Sauf une... Une qui a découvert juste une petite faille chez moi...

— Laquelle ?

— Je ne vole pas de sacs dans les jardins publics.

— Ah c'est ça ! dit-elle l'air soudain songeur.

Oui, en effet, c'est peut-être quelque chose qui vous manque... Dites-moi... euh...

— Louis !

— Merci. Dites-moi, Louis : n'étiez-vous pas sur une plate-forme d'autobus, rue Soufflot hier matin ?

— Vous m'avez vu ?

— J'ai cru vous voir. Rien... Une impression très fugitive. Peut-être même ne vous ai-je pas vu, mais j'ai senti un regard sur moi et j'ai pensé que c'était le vôtre.

— Que faisait ce type avec vous ?

— Il me racontait sa vie. J'en sais plus sur lui que sur vous.

— Vous ne m'avez guère encouragé à me confier.

— Votre vie n'est pas passionnante, cher Louis. Vous avez passé des examens, embrassé des jeunes filles dans des surprises-parties, et maintenant vous préparez comme tout le monde une licence ou quelque chose avant de commencer à vivre.

— Croyez-vous que je devrais voler des sacs à main ?

— Peut-être, dit-elle.

Louis détourna enfin la tête pour la regarder. L'ironie douce qui donnait tant de charme au joli visage de la jeune fille avait disparu. Un profond sérieux s'emparait d'elle.

— Je dois vous paraître très bête, dit-il.

Elle ne répondit pas, rangea ses livres dans le sac fourre-tout et se leva.

— Il faut que je rentre, raccompagnez-moi à la gare.

Ils marchèrent en silence jusqu'à la place Edmond-Rostand. Louis se dit qu'il ne la reverrait plus. Le feu était vert, pour quelques secondes. La jeune fille s'arrêta, poussa un soupir profond et se rapprocha de Louis. Dressée sur la pointe des pieds, elle lui posa un rapide baiser sur les lèvres et traversa le boulevard sans se retourner.

Peu après, la pluie se mit à tomber. Les gens coururent ou se réfugièrent sous les porches, sous les stores des cafés. Louis se dit qu'il n'avait jamais rencontré la jeune fille que dans le soleil. Elle apparaissait avec un rayon, disparaissait aux approches de la nuit. Sa présence était liée à une certaine lumière de l'après-midi qui aurait pu être la lumière d'un tableau de Turner. Le baiser si rapide, si inattendu laissait cependant le dérisoire souvenir d'un instant de pitié. Elle l'avait vu triste, désemparé, elle lui avait fait ce cadeau qui, dans le langage des jeunes filles d'aujourd'hui, signifie infiniment moins qu'au XIXe siècle la main de Julien Sorel sur celle de Mme de Rénal. Des cataractes tombaient, ralentissant la circulation. Sous un porche, mêlé à un groupe d'étudiants qui sentaient le chien mouillé, Louis contemplait le boulevard Saint-Michel noir et gris, soudain dépeuplé, lorsque sur le trottoir d'en face, il aperçut l'homme au pardessus élimé, qui remontait indifférent à la pluie. Il s'élança, dut laisser passer un autobus, se faufila entre deux taxis dont les chauffeurs l'injurièrent, se retrouva enfin sur l'autre rive où il n'y avait plus trace du voleur, évanoui, volatilisé soudain tandis que l'orage redoublait. Louis regagna sa chambre, trempé jusqu'aux os, affreusement seul. L'instinct de conservation assurait qu'il fallait travailler, ouvrir ces cours polycopiés, ces cahiers, ces livres qui chassaient les rêves. Il importait désormais de ne vraiment plus retourner au Luxembourg.

Il n'y retourna pas en effet, mais la jeune fille vint à lui, quelques jours plus tard, ou plutôt elle se trouva devant lui quand il l'attendait le moins, à un moment où il n'avait préparé ni la tête qu'il ferait en la voyant, ni la tête qu'il ne ferait pas. Elle buvait un café crème à la terrasse d'une brasserie où il n'entrait jamais. Elle leva le bras, ôta son sac qui embarrassait la chaise voisine. Louis s'assit.

— Vous ne venez plus au Luxembourg ? dit-elle. Vous avez tort : c'est la campagne. Les jardiniers ont replanté des fleurs. Il n'y a jamais eu autant d'enfants...

— Dites-moi votre nom.

— C'est un nom qui vous paraîtra ridicule en français. Dans mon pays il signifie beaucoup de choses, notamment une petite fée que l'on voit surgir à l'aube du printemps, et une fleur...

— Une rose ?

— Une rose, si vous voulez.

— Je pourrai vous appeler Rose quand je penserai à vous ?

— Et surtout quand vous me verrez.

Louis dit qu'il ne la reverrait plus. Les examens approchaient, il n'avait que vingt et un ans et toute une vie encore à se préparer. Et puis les mystères le paralysaient.

— Je ne suis pas certain que vous existiez. Je ne vous rencontre jamais quand il fait gris ou quand il pleut. Où êtes-vous à ces moments-là ? Quand je vous vois, vous dites des choses sibyllines ou trop vraies pour que je ne me sente pas perdu. Il faut retourner dans vos forêts. Ici il y a longtemps que nous n'avons pas eu de petites fées, nous ne savons plus nous en servir...

— Oh Louis comment pouvez-vous dire ça ? Quand il pleut, je m'abrite comme tout le monde et personne ne me voit évidemment plus... Ensuite, je vous assure que je ne suis pas une fée. La preuve : je viens de manger un croissant !

— Rien n'est impossible aux fées : même de manger un croissant.

Louis se leva et dit adieu à Rose. Elle tendit une main exquise encore tachée d'encre.

— Vous êtes quelque chose que je ne rencontrerai plus jamais, dit-il.

Il vit qu'elle avait les yeux humides et ça lui donnait du courage pour la quitter. L'important était de ne pas se retourner. Il passa l'après-midi enfermé dans sa chambre, fier de lui-même. Il était un homme. La nuit vint et il la traversa tout entière sans se coucher, heureux de travailler. Vers dix heures du matin, il éprouva l'envie de se mêler au monde des vivants. Un radieux soleil inondait la place Saint-Michel et les îles. Louis fit un pas dehors quand il se sentit happé par le bras.

— Je voudrais vous parler.

Le voleur ne portait plus son triste manteau. En veston de sport et pantalon gris, il semblait sorti de la misère mais son regard gardait encore ce quelque chose de fiévreux et d'inquiet qui avait surpris Louis quand l'homme s'était redressé après la prise le clouant au sol.

— Je voudrais vous parler d'elle, répéta-t-il avec un fort accent.

Ils marchèrent le long des quais. Louis, qui n'avait rien avalé depuis vingt-quatre heures, ressentit un certain vertige.

— Comment m'avez-vous trouvé ? demanda-t-il.

— Je vous ai suivi l'autre jour quand il pleuvait. Je suis étudiant comme vous. Ne me regardez pas ainsi. J'ai votre âge mais j'ai eu faim et froid et j'ai mauvaise mine. Ça passera.

— Pourquoi volez-vous ?

— J'avais faim.

— Et maintenant ?

— Je viens d'un petit pays où les révolutions ruinent ou enrichissent ma famille tous les six mois. Voilà mon père sorti de prison et chef du gouvernement. Je rentre chez moi où je serai ministre...

— De la police ?

— Ne vous moquez pas ! Ministre de l'Éducation nationale.

— Pourquoi voulez-vous que tout ça m'intéresse ?

— À cause d'elle, dit l'homme avec difficulté. Je l'aime.

— Et si je vous jetais dans la Seine ?

— Elle n'aurait plus à choisir.

Louis s'arrêta. Deux clochards se disputaient sur la rive d'en face. On entendait leurs jurons avinés. Ils déparaient étrangement les rives si calmes où de petits arbres commençaient à bourgeonner. Louis pensa au béret écossais, au rayon de soleil qui était venu caresser le visage pâle et délicat.

— Elle vous aime ? demanda-t-il.

— Non. Elle est amoureuse, mais elle ne sait pas de qui.

— Je ne suis pas concurrent.

— Elle ne demande son avis à personne.

— Et que voulez-vous faire ?

— Que l'un de nous deux ne la voie plus.

— Eh bien, dit Louis, voilà qui est facile. Je renonce.

— Non ? C'est vrai ? Vous êtes un type formidable...

— Pas si formidable que ça... j'avais renoncé à la voir bien avant que vous me le demandiez.

— Comment pouvez-vous ? Elle est merveilleuse... Il n'y a qu'une fille comme elle au monde...

— Ne me faites pas l'article, sinon je reviendrai sur ma décision.

— Je suis stupide, n'est-ce pas ?

— Nous sommes stupides tous les deux.

Un sourire éclaira le dur visage tanné. Louis comprit qu'ils avaient peut-être le même âge. Une bouffée d'amitié lui vint pour l'inconnu. Ils se serrèrent la main. Le futur ministre traversa la chaussée d'un pas allègre et disparut dans une ruelle. Deux ou trois fois il s'était retourné comme pour vérifier non la présence mais la réalité de Louis resté immobile au bord du quai. De l'autre côté de la Seine, les clochards réconciliés buvaient à la même bouteille. Des bouquinistes ouvraient leurs boîtes, déployant des estampes, de vieilles cartes, époussetant les livres moisis. C'était la première journée d'été. Quelque chose de neuf souriait dans Paris. Louis ne fut pas heureux. Le béret écossais s'éloignait comme s'il l'avait jeté dans la Seine pour que le courant l'emportât. Le fil de l'eau est d'une mélancolie sournoise.

Quelques jours passèrent avec les examens. En attendant les oraux, Louis se promena, évitant de son mieux le Luxembourg. Place Auguste-Comte, il se heurta à l'étranger. Bien sanglé dans un costume neuf, chaussé de daim, la cravate voyante, il aurait été méconnaissable sans son regard à la fois violent et traqué. L'air traqué d'un homme cossu est comme une coquetterie dans l'œil.

— Bonjour ! dit Louis. Je vois que les affaires vont bien. Je croyais que vous rentriez chez vous.

— Mon père me nomme ambassadeur à Paris. Je reste.

— Et comment va la future ambassadrice ?

Le teint du jeune homme se grisa. Ses lèvres tremblèrent. Il enfonça les mains dans ses poches.

— Elle va bien. Je vous remercie. Voulez-vous déjeuner avec moi ?

— Pourquoi pas ? Je me rendais justement au restaurant universitaire.

— Venez ailleurs.

Il héla un taxi et emmena Louis dans un grand restaurant de la rive droite. Des serveurs se penchèrent sur leur cas avec une obséquiosité pleine de mépris. Les deux jeunes gens burent. Ils en avaient besoin. Aucun son n'aurait passé la gorge de Louis sans ce petit coup de fouet.

— C'est terrible, dit l'étranger, je crois que je n'arriverai jamais à vous parler !

— Eh bien pour vous rassurer, moi je ne trouve rien à vous dire.

Ils déjeunèrent en parlant de leurs études, puis à la première gorgée de cognac, l'ambassadeur prit son élan.

— Je vous détestais et je vous aurais volontiers assassiné. Vous m'avez humilié et vous m'avez pris la femme que j'aime.

— Allons, dit Louis. Je ne vous ai pas humilié en vous plaquant au sol quand vous emportiez le sac de Rose... D'abord, on ne vole pas... ensuite si on vole, on a le courage d'en avoir la fierté. Ne vole pas n'importe qui. Je ne le pourrai pas. Je suis peut-être un lâche.

— Vous m'avez humilié devant une jeune fille.

— Il fallait voler un fort des Halles. Et puis, je ne vous ai pas pris la jeune fille de votre cœur. Ce serait plutôt le contraire.

— Comment le contraire ?

— Je lui ai parlé avant que vous l'abordiez pour un motif autre que de voler son sac, dit Louis en mentant.

— Oui, mais vous vous l'êtes attaché... Vous avez...

— Qu'est-ce que j'ai ?

— Oh, comme c'est difficile à dire.

L'étranger renversa sa chaise en arrière, se bascula un instant puis revint à la table. Le cognac tremblait dans son verre. Il le but d'un trait.

— Voilà, je pourrais le dire très grossièrement, car elle est au-dessus de ça. Pourtant, elle ne peut pas vous oublier. Vous comprenez...

— Non, pas du tout, avoua Louis.

— Oh, vous m'embarrassez... Enfin, elle ne peut pas faire quelque chose avec moi, parce qu'elle dit qu'elle ne le fera jamais aussi bien qu'avec vous.

Louis se sentit perdu dans un rêve. Il pensa au baiser chaste et inattendu donné place Edmond-Rostand.

— Ça, c'est déloyal, dit l'étranger. Très déloyal.

— Très déloyal, en effet. Et qui vous l'a dit ?

— Elle bien sûr ! Qui voulez-vous que ce soit d'autre ? Elle ne parle qu'à nous deux.

— Je ne vois pas ce que je peux faire.

— Vous en aller. Disparaître. À tout moment, elle risque de vous rencontrer. Elle n'ose plus entrer dans le Luxembourg.

— Je n'y vais plus jamais. Quant à partir, il en est question : après mes oraux. Dans huit jours.

— Je peux vous offrir de l'argent pour que vous partiez tout de suite. Vous passerez vos oraux en octobre.

— Non, dit Louis.

Il fut, cette fois, sur le point de se fâcher. Ce fou l'ennuyait, mais à travers lui il retrouverait Rose et maintenant, il fallait, plus que tout au monde, retrouver Rose.

— Je pourrai vous tuer, dit le jeune homme.

— Avec quoi ? Votre cuiller à café ?

— Non, je vous étranglerai.

— Je sais me défendre. Vous vous en êtes aperçu.

— Vous m'avez surpris.

— Bon, tout ça est ridicule. Merci de cet excellent déjeuner. Je souhaite que nous ne nous revoyions plus jamais.

Il était déjà dehors, traversant le jardin du Palais-Royal quand l'autre le rattrapa.

— Je ne vous connais pas, dit Louis. Foutez-moi la paix.

— Vous vous en repentirez.

— Sûrement.

— Vous ne voulez pas m'écouter ?

— Non. Je vous ai dit adieu.

— Bien, nous nous reverrons.

Il lâcha le bras de Louis et marcha derrière lui, à quelques pas. Louis feignit de l'ignorer pendant la traversée du jardin, mais sur la place du Palais-Royal, dans la foule, il se sentit mal à l'aise. Un regard noir était vrillé dans son dos. Un regard brûlant, désespéré, cruel peut-être. Allait-il se laisser abattre comme un chien ? En un éclair, il imagina la fuite de l'autre, les gens apeurés et son propre visage déjà cireux aplati contre le pavé. Il marcha plus vite et dans une vitrine aperçut l'autre qui pressait le pas. Louis ralentit. L'étranger arriva à sa hauteur.

— Vous n'avez rien à faire, monsieur l'Ambassadeur ?

— Rien qu'à vous surveiller.

— Je ne sais même pas où elle peut se trouver.

— Elle connaît votre chambre sur les quais.

— En somme, elle est prête à me poursuivre.

Louis repartit en haussant les épaules. Il s'élança sur la chaussée juste au moment où un feu passait au vert. Courant devant les radiateurs des voitures, il se faufila jusqu'à une station de taxis et monta dans le premier de la file.

— Au Luxembourg ! Je suis pressé. Vous me rendrez service.

Sur le trottoir d'en face, l'étranger leva le poing. Louis sourit. Le taxi passa sous les portiques du Louvre. Il avait pris de l'avance. On ne le rattraperait pas.

Elle était là, en robe d'été. Il ne l'avait jamais vue sans son béret écossais. Ses cheveux blonds étaient l'or de l'après-midi. Louis s'approcha.

Elle le vit arriver, referma son livre et sourit.

— Vous êtes angélique, dit-il. Qui croirait...

— Vous savez que je vous attends depuis dix jours ?

— Je n'en ai pas douté un instant. Je voulais me faire désirer.

— Seules les femmes se font désirer.

— En France nous avons changé tout cela depuis longtemps.

— Il faudra le changer de nouveau.

— Peut-être.

— Avez-vous réussi vos examens ?

— À moitié. Il me reste des oraux dans une semaine.

— Eh bien, dit-elle, nous pourrions nous promener en attendant. Ce sont mes derniers jours de quartier Latin.

Ils marchèrent vers le boulevard Saint-Germain, la rue de Seine et la rue Jacob. Rose s'arrêtait devant les antiquaires, pointait le doigt vers un objet. Elle meublait sa maison, la maison qu'elle aurait un jour. Mais Louis ne pouvait pas s'attendrir à ces jeux d'enfant. Il pensait aux paroles de l'étranger et à ce qu'elles révélaient de curieuse duplicité chez un être en apparence aussi détaché, aussi dépourvu de grossière épaisseur. Comme elle lui demandait où il habitait en province, il décrivit la maison de ses parents, dans le Bordelais, au milieu des vignes et près d'un bois de pins dont le vent lui apportait l'odeur de résine. Oui, c'était très simple, avec les meubles des arrière-grands-parents, des armoires géantes, des planchers qui craquent la nuit.

— Qui craquent la nuit ?

— Oui.

— J'aurais peur.

— Tout le monde a peur. Et puis un jour ça passe.

Un peu plus loin, comme ils s'arrêtaient devant la vitrine d'un marchand de tableaux, elle soupira.

— Je voudrais vivre dans un monde plein de couleurs, dit-elle.

— Partez pour l'Orient.

— Ce serait une idée.

— Je n'ai rien de tel à vous offrir.

— Si ! Vous êtes gentil.

— La gentillesse n'a pas de couleurs.

Elle rit, puis frissonna comme si elle avait soudain froid dans un monde aussi terne. Louis prit sa main et ils marchèrent sans se regarder.

— Vous devriez venir chez moi, dit-il.

— Vous croyez ?

— Je le crois.

Elle le suivit le long des quais, jusqu'au boulevard Saint-Michel.

— C'est là ! dit-il.

— Comment existe-t-il des maisons aussi sales et grises ?

— La France est comme ça.
— Je ne pourrais pas y vivre.
— Il faut bien.
— Il y a au moins cinq étages ?
— Six !
— Dieux du ciel !
— Nous en avons déjà monté deux.
— Aidez-moi.
— Je vous aide.

Il avait un peu honte. Il ne savait pas ce que ce serait. Son cœur battait.

— Voilà ma porte.
— Vous avez la clé ?
— Bien sûr.
— Oui, quelle question !

Devenue extrêmement pâle elle dut s'asseoir sur le bord du lit, les mains pressant sa poitrine. Elle regarda autour d'elle et Louis regretta d'avoir été un passant dans cette chambre, d'y avoir accroché seulement un calendrier et une photo de ses parents. Le reste n'était que livres d'occasions, cahiers de cours en pile. Bien pauvre ! Ça se voyait. Pour la première fois, il en souffrait bêtement. Un peu de couleurs revint aux joues de la jeune fille.

— Qui êtes-vous ? demanda-t-il.
— Moi ?

Louis monta sur son tabouret et, par la fenêtre haute, contempla Notre-Dame et la Seine. Oui, décidément c'était un beau jour.

— Que regardez-vous ? dit-elle.

— Paris, pour ne pas trop penser à vous.

— Vous êtes amoureux de moi ?

— Je ne sais pas encore.

— Ça m'aurait fait tant plaisir !

— Pour que vous vous moquiez de moi comme vous vous moquez du voleur ?

— Je ne me moque pas de lui !

Louis descendit du tabouret. Il était furieux, soudain. Elle le vit tout de suite et avança la main comme pour l'empêcher de s'approcher d'elle.

— C'est de ma faute, dit-elle. Je n'aurais jamais dû...

— Dû quoi ?

— Lui céder... Ces hommes ont des pouvoirs magiques. Ils enchaînent une femme, même si son cœur est ailleurs.

— Je m'y attendais, dit Louis.

— Ah, vous vous en doutiez ! Comment ?

— Un secret.

Elle joignit les mains sur ses genoux et eut tout d'un coup l'air infiniment misérable.

— Nous sommes si seules, dit-elle.

— Qui ?

— Les femmes comme moi.

— Vous partez. Je ne vous verrai plus.

— Je ne vais pas loin. Je reviendrai.

— Non.

— Si. Je reviendrai. Embrassez-moi.

Il la souleva et la serra contre lui.

— Voilà ! dit-elle quand il la lâcha. Voilà, je n'oublierai pas.

— Moi non plus !

— En octobre, vous me retrouverez au Luxembourg.

— Oui.

— Vous aurez encore cette chambre ?

— Peut-être.

— Je viendrai y dormir pendant que vous travaillerez.

— Si vous voulez.

— Vous êtes le premier homme et peut-être le seul qui sache ne pas poser de questions.

— Je suis timide.

— Non, vous êtes tendre et orgueilleux.

— Bien, dit Louis.

— Au revoir.

— Au revoir.

Il grimpa sur le tabouret et se pencha pour voir le quai. Rose apparut sur le trottoir. Elle marchait très vite et prit la direction du boulevard Saint-Michel. Elle n'avait pas fait cent mètres que l'étranger l'accostait, la retenait par le bras. Louis se sentit trembler. Tout fut très rapide : elle se dégagea avec brusquerie et commença de courir. À cinq pas d'elle, le jeune homme tira. Rose buta et roula sur le côté. Il y eut tout de suite des gens autour d'elle et d'autres qui maîtrisèrent l'assassin. Louis descendit les escaliers en courant.

Le train de banlieue courait entre des murs jaunes et noirs, s'arrêtant à des stations aux noms composés qui mélangeaient à des personnages illustres et des saints des étangs et des bois également disparus. La banlieue s'étirait interminablement. De temps à autre, le train émergeait de son couloir et longeait des immeubles neufs aux fenêtres polychromes, dominant de modestes pavillons en pierre meulière, derniers survivants d'une civilisation de l'individualisme médiocre. Louis regardait par la vitre défiler ce triste monde en surimpression sur un monde encore plus triste que l'on devinait en filigrane derrière les murs de brique. L'automne commençait mal. Il faisait frais et gris. Combien de fois avait-elle parcouru ce trajet, contemplé cette affreuse maison à la marquise coiffée d'animaux en porcelaine, combien de fois avait-elle lu : « Prenez une assurance, c'est moins cher » ou « Cité jardin de Sainte-Camille-de-Bucq-Chalo, parking et self service ». Mais, peut-être, au contraire, n'avait-elle rien vu de tout cela, plongée dans son rêve puéril et ensorcelant. À Saint-Morand-les-Hélènes, Louis sursauta et descendit. Les portes claquèrent derrière lui. Il était sur le quai d'une gare de banlieue, qui enjambait une rue déserte. L'employé le renseigna et il prit l'avenue qui s'offrait, bordée de magasins jaunes, de bistrots aux enseignes décrépites. La petite église avait encore du charme. Après c'était le cimetière, puis la rue du Dr-Delarue-Mardrus au bout de laquelle se dressait une haute maison de province entourée d'un jardin à l'abandon. Comme il s'approchait de la grille pour tirer la cloche, il aperçut la silhouette de la jeune fille, le front appuyé contre la vitre. Malgré lui, il voulut faire un signe, mais baissa aussitôt le bras et d'un coup sec agita la cloche. La jeune fille tambourina des doigts contre le verre. Il crut qu'elle souriait. Un homme mince et long, vêtu d'un tablier blanc, chaussé de bottes descendit le perron et vint lui ouvrir la grille.

— Je viens voir Mademoiselle, dit Louis.

L'homme hocha la tête et le précéda. Le jardin n'était pas vraiment à l'abandon, mais c'était un jardin triste comme la maison, avec une tonnelle décrépite et des bancs rongés par la pluie, une allée de graviers et quelques massifs de roses maigrichonnes. La porte ouvrait sur un vestibule chocolat qui sentait la cire et le vêtement mouillé. Plusieurs cannes à pommeau d'ivoire ou d'argent brillaient contre un portemanteau chargé de chapeaux et de capes. L'homme monta pesamment l'escalier devant lui et s'arrêta en faisant un nouveau signe de tête qui désignait une porte fermée. Louis entra. Rose l'attendait debout au milieu de la pièce sombre. À contre-jour, il ne pouvait attraper son regard, puis ses yeux s'habituèrent et, d'un coup, il retrouva le bleu pâle de l'iris pailleté d'or mais la pupille ne brillait plus et dans le visage calme qui esquissait à peine un sourire, c'était comme un point mort, sans vie, une absence terrible qui créait un vertige d'angoisse. Près de la tempe droite, une cicatrice allait se perdre dans les cheveux.

— Vous trouvez que j'ai beaucoup changé ?

Louis ne pouvait pas parler. Il s'approcha et la prit dans ses bras sans qu'elle résistât, fleur très fragile dont la tige pliait. Elle posa ses mains sur le visage du jeune homme :

— Il ne faut pas pleurer. Je suis très bien ainsi.

Louis posa ses lèvres sur la cicatrice. Elle était froide.

— Vous avez passé de bonnes vacances ? dit-elle.

— Exécrables.

— Mon Dieu, comme c'est malheureux. Les parquets craquent-ils toujours ?

— Oui.

— Je le supporterai mieux maintenant. J'aime les bruits. Sans bruits, la vie est une tombe. Asseyez-vous.

Elle le dirigea vers un fauteuil et s'assit au bord du lit. Ses gestes restaient doux et précis.

— On m'a lu vos lettres. Je ne vous ai pas toujours répondu ce que je voulais, parce que je leur dictais les miennes.

— Et moi je ne disais pas non plus tout ce que je voulais à cause d'eux qui vous les lisaient.

— Oui, c'étaient des lettres pour rire.

— Vous m'avez compris quand même ?

— Peut-être pas, mais cela va mieux, je vais pouvoir penser aux autres.

Louis prit la main de la jeune fille.

— Vous n'êtes pas trop déçu par moi ? demanda-t-elle.

— Que voulez-vous dire ?

— J'aurais voulu rester pour vous celle qui disparaît au coin du boulevard Saint-Michel. J'avais un monde, le mien. L'autre, le vrai, est irréel. Maintenant je suis prisonnière de l'irréel. Pour me voir, il faut que vous veniez dans cette maison. Tout à l'heure, vous les recontrerez. Ils sont là, en bas dans le salon. Je voudrais que ne soit pas effacé ce que je vous ai raconté quand je vous connaissais à peine.

— Puis-je quand même effacer une chose ?

Elle rit.

— Oh oui, je sais... Ces histoires avec l'autre et avec vous. Je vous ai menti à tous les deux. J'avais lu ça dans un vague roman et je trouvais l'idée ingénieuse pour vous tenir l'un et l'autre à distance. Je n'imaginais pas qu'il irait vous le raconter. Naturellement, je n'ai jamais fait l'amour avec qui que ce soit, et le seul garçon que j'aie embrassé de ma vie c'est vous.

— Je vous crois.

— Et vous êtes le seul homme à m'avoir prise dans ses bras.

— Je l'espère.

Elle croisa ses mains sur ses genoux et rejeta la tête en arrière. La cicatrice apparut sous les cheveux, encore fraîche, comme palpitante. Louis aurait voulu être aveugle à son tour.

— On croirait, dit-elle, que Dieu a voulu me

punir de m'inventer une autre vie. Qu'est-ce que je faisais de mal ? Je ne blessais personne. Ici, aucun de nous ne vit sur terre. Pourquoi aurais-je dû ? Ils sont bons et absurdes, tantôt tyranniques, tantôt respectueux. Je suis, pour eux, un animal étrange dont ils craignent les réactions. Que je sois aveugle les a plutôt rassurés. Maintenant, je dépends d'eux. Tous les faibles ont besoin d'un plus faible qui les rassure. Je m'efforce de les rassurer.

— Ce n'étaient pas vos inventions qui me plaisaient le plus, mais vous.

Elle parut très déçue. Son visage exprima de la tristesse et de l'amertume. Louis prit sa main et la serra.

— Vous ne devriez pas le regretter.

— Sans doute.

— Oh, ce que j'aime la vie des autres ! dit-elle avec un soupir. Il est vrai que désormais, je pourrai la vivre plus que jamais. Je vais l'imaginer, non plus d'après des visages qui trahissent, mais d'après des voix. Les voix ne mentent jamais. Ainsi avant de perdre la vue, je ne vous connaissais pas très bien, cher Louis, et depuis quelques minutes, depuis que vous êtes entré dans cette pièce, votre voix m'a frappée comme si je ne l'avais jamais entendue. Elle me paraît si étrange, si différente que j'ai peine à vous reconnaître. C'est l'âme qui est dans la voix. Comme la voix l'âme mue, monte, descend, s'envole ou rase la terre tandis que les visages sont de bois en comparaison. Un froncement de sourcil, une moue de la bouche, qu'est-ce que c'est ? Rien. On pense à changer l'expression de son visage, mais pas à changer sa voix. Et si on la change — car il y en a qui la changent à force de travail et d'affectation — cela se sent tout de suite, on sait qu'on est en face d'un pauvre être qui a perdu son âme et s'en est acheté une toute faite...

Elle parla longtemps des voix. Louis se taisait et à un moment même, se demandant si elle se rappelait sa présence, il lui toucha la main. Elle frémit et s'arrêta pour reprendre quelques secondes après.

— Oui, c'est vrai, Louis. Il y a les mains, les mains pour l'autre monde, celui qui ne bouge pas quand on le regarde. Quand on le regarde seulement... car quand on cesse de le voir et qu'on va ensuite à sa rencontre, ce n'est plus le même. Vous n'avez pas idée de la mobilité des objets, des trajets qu'ils accomplissent invisiblement. On ne s'en rend compte qu'en les touchant. Non seulement ils ont changé de place, mais ils se sont déformés, usés, polis. Surtout polis. Il est impossible de s'habituer. C'est passionnant... Vous reviendrez me voir ?

— Tous les jours.

Elle rit.

— Non, tous les jours, ce n'est pas possible. Vous avez vos études. Je suis loin et vous vous ennuieriez dans le train.

— Je viendrai souvent.

— En bas, ils vous poseront des questions, chercheront à savoir comment vous m'avez connue. Ne répondez rien.

— Je le promets.

Il l'embrassa mais elle ne sut pas lui rendre son baiser. Sur le palier, l'homme attendait, les mains dans son tablier blanc, mâchonnant une petite pipe. D'un signe de tête, il convia Louis à descendre dans l'affreux vestibule chocolat et ouvrit la porte d'un salon. Quatre hommes s'y tenaient. Ils avaient tous dépassé la soixantaine. Deux d'entre eux jouaient aux échecs, un autre, sur un tabouret près de la fenêtre, commençait une tapisserie, et le quatrième nettement plus âgé avec une barbe blanche en pointe, un visage pâle et des cheveux en brosse, lisait dans un fauteuil Louis XIII au dossier défoncé. Ce fut ce dernier qui parla :

— Entrez, monsieur, je vous en prie. Et asseyez-vous.

Les autres levèrent la tête, se tournant vers le vieillard qui parlait avec un fort accent russe. Dans l'homme qui lâcha sa tapisserie, Louis reconnut le visiteur croisé, en juin, à l'hôpital, le seul jour où il avait été admis à voir la jeune fille.

— Je ne suis venu qu'un instant, dit Louis. Je vois qu'elle va tout à fait bien maintenant.

Les têtes se tournèrent de nouveau, mais vers lui. C'étaient de beaux hommes, droits, avec des visages fins couronnés de cheveux blancs. Ils avaient un étrange air de parenté bien qu'en réalité aucun ne ressemblât à l'autre. Un des joueurs d'échecs se leva, servit le thé d'un samovar fumant, puis chacun mit un sucre dans sa bouche et but sans dire un mot. Louis but à son tour.

— Il faudra revenir, dit le vieillard.

— Je reviendrai.

— Elle est très seule.

— Je m'en doute.

— Comment avez-vous rencontré Houchy ?

Louis se dit que ce devait être le surnom intime de Rose (« Une petite fée que l'on voit surgir à l'aube du printemps », avait-elle dit), que par ailleurs, à l'hôpital, on avait enregistrée sous le nom d'Olga Tatianovska. Très vite il lui fallut choisir entre la vérité ou un biais. Malgré sa promesse, il préféra dire la vérité, n'omettant que le baiser au coin des lèvres et les fausses confidences de la jeune fille. Les quatre hommes hochaient la tête, mais, visiblement, un des joueurs d'échecs ne comprenait pas bien le français. Il fallut traduire en russe. Son visage marqua un intérêt extrême. Il hocha la tête plus fort que les autres. Le vieillard sembla se perdre dans un rêve. Louis se sentit affreusement seul. Il ne venait pas voir ces quatre sphinx, il venait pour elle, là-haut, seule dans sa nuit, avec sa cicatrice à la tempe et des lèvres tièdes comme une pêche cueillie sur l'arbre un après-midi de soleil. Quand la traduction fut terminée, le vieillard tourna son visage las vers Louis :

— Voilà comment arrivent les drames. Vous n'êtes pas responsable...

— Je n'ai jamais pensé l'être.

— Vous n'êtes pas responsable, mais vous êtes un des éléments de la fatalité. Il aurait mieux valu que le voleur emportât le sac et disparût à jamais. Aujourd'hui il est en prison, ce qui ne nous console pas. Mais qui peut dire la portée du plus petit de nos actes ? Je pourrais aussi maudire les Allemands qui, en pleine guerre, ont laissé traverser leur pays par un wagon plombé dans lequel se cachait Lénine. Ou pleurer le désastre de l'armée Wrangel. Ou m'accuser d'avoir laissé Houchy quitter notre maison pour suivre des cours à la Sorbonne. L'enchaînement de toute tragédie plonge, parfois, si loin dans nos vies, que nous nous disons qu'il aurait simplement mieux valu ne pas naître. Si c'est un malheur qu'Houchy soit devenue aveugle — et cela encore nous ne le savons pas — je crois que nous sommes tous responsables de ce malheur, et qu'il faut d'abord accuser ceux qui ont vendu et torturé le Christ...

Il se signa rapidement à la manière orthodoxe et les autres l'imitèrent.

— Personne ne peut se consoler, dit Louis. Sauf elle, mais même ceux qui l'aiment ne sauront jamais à quel point elle accepte.

— Accepter, accepter ! dit le vieillard avec irritation. Que faisons-nous d'autre depuis quarante ans ! Dimitri Ivanovitch est chauffeur de taxi depuis son arrivée en France, Basile Fiodorovitch vit de sa tapisserie, Alexis Vladimirovitch est mercier dans la rue Haute. Notre cosaque n'a pas reçu un sou de gages en quarante ans de dévouement absolu.

Je ne parle pas de moi qui n'ai jamais rien su faire que jouer aux cartes et gagner par-ci par-là un peu d'argent au bridge. Comment pouvez-vous parler d'accepter ? Nous ne faisons que ça. Nous sommes saturés d'accepter. Il y a un point au-delà duquel on ne peut plus, on étouffe, on voudrait mourir, débarrasser cette terre de nos carcasses inutiles. Houchy...

Sa voix se brisa. Il cacha son visage dans ses mains. Les trois hommes se levèrent et, dans un claquement de talons, s'inclinèrent avant de sortir. Louis ne demandait qu'à partir, mais le vieillard laissa glisser ses mains. Ses yeux pâles, à la sclérotique jaunie comme par un excès de tabac, ne pleuraient pas. On l'aurait cru aveugle aussi, le regard perdu vers un horizon brouillé où se dessinaient les ombres du passé. Louis finit par suivre le regard qui s'adressait à un pastel suspendu au mur, un mauvais portrait, banal et sans art, mais sans doute très ressemblant et nul ne pouvait ignorer que la femme vêtue de velours, assise les mains croisées sur ses genoux, coiffée d'un diadème, avait quelque chose d'Houchy, une sorte de grâce dans le cou, l'esquisse d'un sourire au bord des lèvres. L'artiste avait su rendre l'éclat de la peau, la roseur à peine marquée des pommettes.

— Si vous le permettez, dit Louis, je reviendrai.

— Je ne sais plus ce qu'il faut.

— Alors moi je sais : je reviendrai. Au revoir, monsieur.

L'homme se leva. Il mesurait bien un mètre quatre-vingt-dix, écrasant Louis de sa taille.

— Les temps ont changé, dit-il. Revenez !

Louis se sentit blessé, mais incapable de répondre comme il aurait fallu. Le vieillard lui tendit la main. Louis confia la sienne qui manqua d'être broyée. Le vieillard fit quelques pas en boitant et s'arrêta au milieu du salon.

— Quand je reste trop longtemps assis, mon genou s'ankylose. Ne vieillissez pas...

— Pas tout de suite, je vous le promets.

— C'est bien mon garçon. Revenez...

Le cosaque attendait dans le vestibule. Il reconduisit Louis jusqu'à la grille du jardin. Les trois autres hommes avaient disparu. Louis se retourna. À la fenêtre, Houchy tambourinait. Il siffla vivement comme un merle et elle répondit de la main puis disparut. Dans la rue toujours déserte, il se dépêcha de gagner le centre du bourg pour retrouver le chemin de la gare. Comme il passait dans la rue Haute, la porte d'une mercerie s'ouvrit brusquement et un des joueurs d'échecs apparut.

— Un moment, dit ce dernier d'un ton sec.

Si sec que Louis s'arrêta sans faire un mouvement vers lui.

— Vous reviendrez ? demanda l'homme.

— Je me suis expliqué avec le père d'Houchy.

— Le prince n'est pas le père d'Houchy. Son père c'est moi. J'ai le droit de vous poser des questions. Entrez.

Louis entra. C'était une toute petite mercerie qui, à quelques lieues de Paris, sentait terriblement sa province.

— Écoutez-moi ! dit l'homme.

Sa lèvre inférieure tremblait et Louis en prit de l'assurance.

— Vous ne vous ennuyez pas dans cette boutique ?

— M'ennuyer ? Moins que quand j'étais balayeur, joueur de balalaïka ou marchand de cartes postales obscènes à Pigalle. Un officier s'ennuie partout hors de l'armée. L'ennui c'est pour les riches et les veinards. Moi, je suis pauvre et malchanceux.

— Vous avez Houchy.

— Vous ne pourrez jamais comprendre, dit-il avec mépris.

La sonnette tinta. Une petite fille entra. Elle voulait du fil. Le mercier la servit, encaissa l'argent dans un tiroir qu'il referma à clé. La sonnette tinta de nouveau.

— Il est possible que je ne puisse jamais comprendre mais que voulez-vous que ça me fasse ? dit Louis. Vos histoires ne sont pas les miennes. Vous étiez colonel ?

— Non, je suis un des rares Russes blancs de Paris qui n'ait pas été colonel. J'étais lieutenant. Lieutenant dans l'état-major du Prince.

— Quel Prince ?

— Comment ? Vous ne savez pas ?

— Non.

— D'ailleurs, ça importe peu. Allez-vous revoir Houchy ?

— Oui.

— Elle croira que vous l'aimez, que vous allez l'épouser, elle bâtira un roman et un jour elle sera terriblement malheureuse. Réfléchissez si vous êtes un homme.

— Je suis un homme.

L'ancien officier sourit, lui donna une grande tape sur l'épaule et le reconduisit vers la porte.

— Si vous revenez à Saint-Morand-les-Hélènes, passez me voir. Mais ici. Pas dans notre maison. Là-bas, on ne peut pas parler.

Louis courut jusqu'au train qu'il attrapa de justesse. Le même défilé recommença : les murs gris, les H.L.M., les cités-jardins. Il collait son front à la vitre, triste, anxieux, le cœur à la fois serré et plein d'exaltation. Une main tapa sur son épaule. Assis sur la même banquette, le second joueur d'échecs le regardait en souriant.

— Pas beau ! dit-il.

— Non, ce n'est pas beau. On peut même difficilement imaginer autant de laideur dans un pays qui a su aimer la beauté.

— Moi taxi.

— Je sais.

— Moi, papa d'Houchy.

— Comment ?

— Houchy, fille à moi !

L'homme souriait toujours, très content de soi.

— Vous aimez ?

— Peut-être, dit Louis avec un air réticent qu'il regretta aussitôt.

— Il faut, il faut. Très bonne fille. Moi, colonel.

— Bien sûr.

— Basile Fiodorovitch, colonel, Alexis Vladimirovitch lieutenant, Prince général, moi colonel.

Dimitri Ivanovitch n'avait jamais pu apprendre le français, seulement le nom des rues. Comme les deux autres, c'était un colosse maigre, sans un atome de graisse, aux rudes mains crevassées posées sur les genoux d'un pantalon luisant.

— Houchy très bonne. Malheur ! Malheur !

Ses yeux s'embuèrent. Il prit la main de Louis et la serra avec force. Puis le sourire revint vite.

— Mais Houchy grande chance. Houchy avec vous. Revenez !

— Je reviendrai.

Le colonel soupira et sortit un fume-cigarette en ivoire.

— Je fume, dit-il.

— Je le vois.

Ils n'avaient plus rien à se dire, seulement des sourires à échanger. À la gare du Luxembourg, ils se quittèrent après une autre terrible poignée de main. Louis regretta le temps où ces hommes saluaient sans broyer les doigts qu'on leur tendait. Il passa chez le concierge de la faculté, prit note des nouvelles heures de cours qu'on venait d'afficher et regagna le quai Saint-Michel et la petite chambre sous les toits. Au dernier étage, alors qu'il était encore dans l'escalier, il aperçut deux pieds immenses et un pantalon trop court dévoilant des chaussettes claires. Il n'eut pas besoin de lever la tête pour savoir que c'était le troisième, l'homme à la tapisserie, Basile Fiodorovitch.

— Je vous attendais, dit l'homme.

— Et moi je me demandais où j'allais vous revoir. Vous pardonnerez ma chambre. C'est celle d'un étudiant dont les parents ne sont pas riches.

— Peu m'importe.

Basile Fiodorovitch jeta un regard circulaire sur les livres, les photos, le lit.

— Pour voir le quai, il faut monter sur un tabouret et regarder par la lucarne, dit Louis.

— C'est de là que vous l'avez vue tomber ?

— Oui.

L'homme se hissa sur le tabouret et contempla longuement le quai. Quand il redescendit, deux larmes roulaient sur ses joues. D'un revers de doigt, il les essuya.

— Il faut me pardonner cette faiblesse, dit-il. Je l'aime infiniment. Pour vous dire un secret : je suis son vrai père. Puis-je m'asseoir ?

— Je vous en prie. Je n'ai qu'un fauteuil et une chaise. Choisissez.

— Je prendrai la chaise. Tant et tant d'humiliations font que je ne me sens plus le droit aux fauteuils. J'étais colonel...

— Je le sais déjà.

— Ah ? Houchy vous l'a dit ?

— Elle ne m'a jamais parlé d'aucun de vous en particulier. Elle disait : mes parents. C'est tout. En entrant cet après-midi dans le salon, j'ai vu que ses parents étaient quatre hommes.

— C'est une longue histoire...

Louis écouta la longue histoire jusqu'à la tombée de la nuit. Basile Fiodorovitch racontait sans art mais avec émotion leur vie à tous les quatre autour de la femme au portrait : la mère d'Houchy, jeune danseuse des ballets Diaghilev, échappée de Russie quelques années après la Révolution, restée en France et devenue la maîtresse du Prince. Comment se faisait-il que cette histoire, déroulée dans un autre milieu, eût paru sordide, et que la confession de Basile la rendait soudain acceptable, plus triste d'ailleurs que romanesque ? Et comment chacun des anciens amants gardait-il le secret ?

— Voilà, dit l'homme, voilà la vérité...

« Ma vérité », rectifia mentalement Louis. Le secret les étouffait et chacun avait dû le confier à Houchy.

— Nous ne sommes plus rien, dit encore Basile. À peine des fossiles. Nous mourons les uns après les autres, emportant des souvenirs que nous n'avons pas su transmettre. Nos enfants vivent déjà dans un autre monde. La cassure est terrible, et les derniers survivants, sur leur radeau, se laissent dériver. Nous travaillons pour ne pas mourir de faim, pour qu'Houchy fasse des études, échappe au samovar, aux balalaïkas et à toute notre pacotille. Jamais nous n'aurions dû quitter la Russie. C'était une folie... Me comprenez-vous ?

— Oui, je vous comprends.

— Houchy est un ange...

— Je le crois.

— Il faut l'aimer.

— Oui.

— J'aurais rêvé d'un autre homme que vous qui êtes encore un enfant.

— Je ne suis plus un enfant.

— Vous la protégerez.

— Je vous le promets.

— Ce qui est arrivé est terrible. Pourquoi fait-on payer à elle, la seule faute de sa mère ?

— Je ne suis pas pratiquant et je ne peux pas vous donner d'explication consolante. Où est sa mère ?

— Elle est morte voici dix ans.

— Et a-t-elle dit à Houchy le secret de sa naissance ?

— Oui, car elle me parle toujours comme à son père quand nous sommes seuls.

Louis pensa qu'elle agissait de même avec les trois autres et qu'un jeu pareil, pour un être aussi jeune, devait être presque insoutenable. Quelle force trouvait-elle en elle pour le mener sans jamais trahir la vérité ?

— Je vous remercie de m'avoir écouté, dit Basile Fiodorovitch. Ça m'a fait du bien.

— C'est vous qui avez été bon de me parler.

Elle fit sa première sortie avec Louis, un mois après. Ils gagnèrent Paris pour se rendre à un concert. Elle savait déjà deviner son chemin sur une simple pression de la main contre son poignet, mais Louis saignait chaque fois qu'elle butait contre un caillou, une chaise ou frôlait un mur de trop près. Il ne l'aimait jamais autant qu'à ces moments-là. La dimension qui manquait maintenant à Houchy aggravait en elle son besoin de fuir la réalité. Le monde visible lui manquait comme pour solliciter encore plus loin son imagination et Louis n'était pas toujours certain de suivre les étranges détours que prenait sa pensée :

— C'est curieux, disait-elle, je n'ai jamais cru beaucoup à ce que je voyais, et maintenant je crois surtout à ce que je ne vois pas. La musique existait peu pour moi, sinon comme un bruit qui me dérangeait parfois, me laissait rêver d'autres fois, maintenant il me semble que je ne l'entends pas seulement, mais que je la respire, la touche. Son relief est aussi présent à mes sens que s'il s'agissait d'une vue stéréoscopique. Pourquoi n'ai-je pas su tout cela avant ? Vous ne me disiez rien, Louis. Au lieu de me parler du monde invisible, vous boudiez, vous montriez de l'humeur, vous juriez vingt fois de ne plus me revoir...

— Pauvres serments !

— Il fallait vous accrocher à moi. Vous auriez été mon lest et mon ballon ne serait pas parti dans le vent, au-dessus des montagnes où il a fini par se déchirer à un pic. Voilà pourquoi je suis tombée.

— Je suis responsable de tout.

— Je le crois.

Louis revenait accablé, désespéré. Il évitait autant que possible les pères putatifs, mais ceux-ci s'arrangeaient pour se trouver sur son chemin. Le jeune homme pensait avec amertume que si Houchy n'avait pas perdu la vue, ils ne l'auraient même pas considéré mais que, dans leurs esprits, il était maintenant un pis-aller dont il fallait bien se contenter. Seul le général prince lui montrait quelque bonté, la bonté que peut offrir un homme accablé dont la ruine n'abat pas l'orgueil, mais ouvre le cœur. Orgueil n'était pas d'ailleurs le mot qui seyait à ces hommes. Ils avaient trop souffert avec dignité pour se sentir jamais humiliés. Leurs pauvres métiers ne les rabaissaient pas. Fermée la porte de la mercerie, garé le taxi, livrée la tapisserie, ils se retrouvaient comme quarante ans auparavant, sans que rien ait pu attaquer leur âme ou leur sensibilité. Louis commençait de les admirer comme des objets de musée, les vivantes statues de cire d'un passé mort.

Houchy ne parlant pas d'eux, il se taisait.

— Ne les écoutez pas, disait-elle seulement. Ne leur racontez rien. Ils sont bons, mais ils radotent un peu.

Elle craignait sans doute des explications trop

précises et devait cependant se douter qu'un jour il lui faudrait s'expliquer, elle qui connaissait peut-être le secret. Le dimanche, Louis allait la chercher ou la retrouvait à la gare du Luxembourg, amenée par un des pères. Quand ils n'allaient pas au concert, ils se promenaient sans but dans Paris et finissaient par échouer dans un petit salon de thé près de Saint-Séverin où l'on pouvait parler à voix basse dans l'odeur des brioches chaudes et des tartes aux myrtilles. C'est là qu'elle lui dit un jour :

— Nous avons besoin de beaucoup de courage, Louis. Vous êtes si bon de ne pas me le proposer, mais je voudrais aller chez vous. Je sais que ce sera très angoissant de retrouver physiquement cette pièce d'où je suis partie pour une autre vie.

— Quand vous croirez que vous pouvez venir, vous me le direz. Je ne veux pas vous forcer, mais c'est mon vœu le plus cher.

Ils n'en parlèrent plus pendant des semaines. En février, la neige se mit à tomber et un froid très vif gela les campagnes. Risquer un pas dans une rue de Saint-Morand-les-Hélènes, c'était risquer sa vie. Louis revint passer des après-midi avec Houchy. Ils ne restaient pas dans la chambre mal chauffée et descendaient au salon où le général, assis près de la fenêtre, de plus en plus impotent, affectait de ne pas les écouter. Affectait seulement, car de temps à autre, sa voix caverneuse éclatait :

— Un peu de thé, mon enfant, s'il te plaît ! Un peu de thé...

Ils venaient de se chuchoter des mots plus tendres que d'autres, et Louis savait qu'Houchy aimait ce jeu quand un tiers pouvait les entendre. Seule à seul, elle n'aurait pas avoué le centième de ce qu'une présence étrangère lui suggérait et il en venait à souhaiter d'être avec elle dans la foule ou au moins écouté d'une table voisine, d'un des pères.

Un après-midi où les trois autres s'absentèrent, le général s'endormit. Houchy prit la main du jeune homme et ce fut elle qui le guida, comme s'il était aveugle, vers la chambre du premier dont elle referma la porte à clé.

— Je crois, dit-elle, qu'il ne faut plus attendre sinon je serai trop vieille...

Après, ils restèrent un long moment allongés, la main dans la main, écoutant les bruits de la vieille maison vermoulue qui geignait dans le vent et la neige.

— Ils t'ont parlé, dit-elle. Sont-ils bêtes ! Ce besoin de parler, de s'expliquer, d'explorer son âme, son cœur, de pleurer et de faire le fier, c'est la folie des Russes. J'aime tant le silence que je me demande si je suis vraiment leur enfant...

— Tu es au moins l'enfant de l'un d'eux !

— Maman ne m'a pas dit lequel. Peut-être ne le savait-elle même pas. Tu as vu son portrait, tu as vu comme elle était belle, mais c'était un oiseau, une fleur qui va bientôt mourir. On écrirait un honnête roman moyen français avec ce chassé-croisé. Elle n'écrivait pas de roman, elle vivait dans cette maison, régnant sur tous les quatre. Je ne lui aurais pas ressemblé à ce point physiquement que j'aurais peut-être eu un trait de mon père, l'œil bleu de Basile, le nez camus de Dimitri, le menton en galoche d'Alexis ou les longues mains du général. Mais rien. Dieu est bon qui ne l'a pas voulu, qui a voulu que ces quatre malheureux vivent dans une bienfaisante illusion. Une femme ne les aura même pas séparés. C'est assez beau, n'est-ce pas ?

— Sans doute. Aurais-tu été comme elle ?

Houchy parut réfléchir. Elle serra plus fort la main de Louis.

— Eh bien oui, dit-elle enfin. Oui, c'est possible. Je n'avais envie d'être à personne, je voulais être à tous. Je refusais la prison que sont les bras d'un seul homme. Quand on a quatre pères, pourquoi n'aurait-on pas quatre amants ?

— Et quatre chiens, quatre domestiques, quatre maisons, quatre voitures, quatre yachts...

— Oui, et pour une seule vie ce n'est sans doute pas assez !

Louis avait mal sans pouvoir l'avouer. S'il gardait jamais Houchy, ce serait à cause de son infirmité. Maigre et triste victoire qu'il savourait avec amertume même après avoir tenu contre lui ce corps fragile, même après avoir été le premier.

— Tu n'es pas heureux ? dit-elle.

— Comment le serais-je tout à fait ?

— Entre ce que je dis et ce qui est, il y a un monde !

— Je peux m'y habituer, mais ce n'est pas certain.

Bien que la neige eût disparu et que le printemps se montrât, Houchy ne voulut plus venir à Paris. Louis se rendait à Saint-Morand-les-Hélènes aussi souvent que le lui permettaient ses cours. Ils ne pouvaient pas toujours monter dans la chambre du premier, mais chaque fois que le général s'endormait dans son fauteuil et que les autres sortaient, trompant la surveillance du cosaque, ils s'échappaient et goûtaient là-haut des plaisirs qui, de jour en jour, s'aggravaient et les attachaient plus fortement l'un à l'autre. Houchy semblait indifférente au danger qui les menaçait, mais Louis ne pouvait s'empêcher de rester aux aguets et de craindre le moindre bruit dans la maison assoupie.

— Je voudrais tant, lui dit-il, que tu viennes à Paris. La porte fermée, je suis chez moi. Personne ne peut nous surprendre.

— Tu as peur ?

— Non.

— Alors ?

Il se tut un instant, essayant d'être sincère. Il n'avait pas vraiment peur et quoi qu'il pût lui arriver, les heures déjà passées ainsi auprès d'elle valaient le risque encouru, risque qu'il ne pouvait mesurer et dont il n'imaginait même pas la forme.

— J'ai peut-être peur, dit-il. Peur du scandale, du mauvais rôle que je jouerai, de l'incapacité dans laquelle je serai de m'expliquer. J'ai peut-être peur de trahir la confiance que ces hommes me montrent.

— Et moi je me demande si je ne voudrais pas que quelque chose arrive qui casse ma vie, la tienne. Oui, il se pourrait que cela soit mieux et nous obligerait à un acte décisif. Je cesserais d'être une enfant et tu serais un homme à leurs yeux.

— N'en suis-je pas un ?

— Non, tu es un étudiant, un ami, un copain, une chose dont ils ont vaguement entendu parler, qui fait partie des mœurs nouvelles et qu'ils acceptent avec courage parce qu'ils en ont assez d'être toujours en retard d'une révolution ou d'une mode.

— Nous pourrions nous marier.

— Non !

— Comment non ?

— Tu ne sais pas ce que tu me proposes.

— Crois-tu que je n'y ai pas pensé avant de te le dire ?

— Je ne veux pas que tu parles de ça.

Il la sentit à côté de lui se raidir et il en fut profondément blessé, mais les blessures avec elle se cicatrisaient vite. Un mot, une tendresse inattendue les effaçaient et Louis oubliait son désarroi. Pourquoi refusait-elle cette idée d'un mariage à l'instant même où il était persuadé de ne plus pouvoir être heureux qu'en l'aimant ? Il rentrait inquiet et comblé, mettait de longues heures à retrouver la paix dans ses livres et la préparation du concours qui l'attendait à la fin de l'année universitaire. Le résultat importait trop pour qu'il pût l'oublier et, avec son sérieux de jeune homme, il ne cessait d'y penser.

Houchy jouait avec le danger. Ils commirent des imprudences pour se retrouver seuls dans la chambre du haut. À un regard du cosaque, Louis comprit qu'il savait. Se tairait-il ? Comme il fallait s'y attendre, un après-midi de printemps où ils reposaient côte à côte, fumant la même cigarette, on frappa contre la porte et on tenta de l'ouvrir. En russe, une voix interpella la jeune fille.

— Habille-toi, dit-elle à Louis.

Il dut l'aider aussi car elle ne se souvenait plus où elle avait jeté son linge, sa jupe et sa blouse, tandis qu'au-dehors, la voix, bientôt suivie d'une autre, se fâchait. Une main impatiente tournait le bouton de la porte. Houchy ne montrait aucune hâte. Il semblait qu'elle n'avait jamais été aussi calme et qu'elle attendait depuis des mois cet instant critique. Elle prit même le temps de brosser ses beaux cheveux blonds qu'un an auparavant, un rayon de soleil avait illuminés au jardin du Luxembourg. Plus tard, Louis essaya de se rappeler quels avaient pu être ses propres sentiments pendant ces longues minutes angoissantes. Oui, son cœur battait, et il s'efforçait, à l'exemple de la jeune fille, d'être calme, de lacer avec soin ses souliers, de ne pas manquer son nœud de cravate. Ils étaient quatre ou cinq derrière la porte, tapant avec une insistance dérisoire, exhortant Houchy à leur ouvrir. Quand elle fut enfin prête, la jeune fille se tourna vers lui.

— Embrasse-moi, dit-elle.

Ils s'embrassèrent longuement, avec une tendresse désespérée. Elle lui caressa le front, pendant que, de rage, les autres commençaient à enfoncer la porte.

— Ne bouge pas avant que je t'écrive, dit-elle encore. Tu me le promets ?

— Oui.

Puis elle se dirigea vers la porte et l'ouvrit. Louis avait déjà les poings serrés mais il n'eut pas à s'en servir. Quelques instant après, le portail se refermait violemment derrière lui. Il se souciait peu d'être traité ainsi. L'image que les pères putatifs se faisaient de lui était impropre. Il le savait et cela le protégeait de tous les qualificatifs dont on venait de l'affubler. Cependant, tandis que le train roulait vers Paris, il eut un moment de désespoir. On avait sali et injurié ce qu'il considérait comme le plus noble moment de sa vie. Seule Houchy pouvait le lui faire oublier.

Mais Houchy n'écrivit pas et au bout d'un mois, Louis envoya un de ses amis rôder à Saint-Morand-les-Hélènes. Cet ami revint en disant qu'il avait bien vu une maison qui aurait pu être celle d'Houchy, mais que des ouvriers commençaient à la démolir. Louis, persuadé que son envoyé s'était trompé, emprunta des lunettes noires et une casquette, attendit huit jours qu'une moustache lui poussât et partit pour Saint-Morand. Passant sur le trottoir opposé de la rue Haute, il aperçut la mercerie dont des volets de fer cachaient la vitrine. En s'approchant il vit un écriteau : « Changement de propriétaire ». De la rue Dr-Delarue-Mardrus débouchèrent deux camions chargés de plâtras. Un grand panonceau annonçait la création d'un ensemble immobilier. La grille avait été défoncée et il ne restait plus de la maison d'Houchy que le rez-de-chaussée éventré. Dans le jardin gisaient des cuvettes, des pots ébréchés, des cadres démantelés et les restes du portemanteau de l'entrée. Louis essaya de parler à un chef de chantier qui ne savait rien. Errant dans la rue, il interrogea une vieille femme qui lui dit qu'elle était sourde. Enfin au bar-tabac du coin, il apprit la mort du général il y avait déjà plus d'un mois, la vente de la maison et le départ des Russes. Mais on était incapable de lui dire pour où.

— Peut-être bien pour leur pays, dit le cafetier. Z'auraient jamais dû le quitter. On n'est bien que chez soi. Tous les hommes sont pareils. Des blancs, des rouges, qui est-ce qui s'y reconnaît maintenant ?

Louis refit en sens inverse le trajet du matin, le corps présent, douloureux, l'esprit léger, vide, enregistrant les noms des stations, les publicités : « Prenez une assurance, c'est moins cher » ou

« Cité jardin Sainte-Camille-de-Bucq-Chalo, parking et self service ». À la gare du Luxembourg, il descendit comme un automate, las et incapable de lutter dans la foule. Tout lui parut horriblement sombre et il s'aperçut qu'il avait gardé les lunettes noires qui protégeaient son visage. Quand il les enleva, le monde lui sembla moins gris et il sut que toute peine pouvait par instants sinon disparaître, du moins se déchirer. Chez lui il trouva une lettre timbrée de Russie avec un seul mot à l'intérieur : « Oublie. » Il posa la lettre sur la table et grimpa sur le tabouret qui permettait par la lucarne d'apercevoir le coin du quai Saint-Michel où elle était tombée. Tout le temps qu'il habita cette chambre, il sentit ce besoin irrésistible de revoir le trottoir qui semblait encore teinté du sang d'Houchy.

DU MÊME AUTEUR

Aux Éditions Gallimard

LE BALCON DE SPETSAI, *roman* (« Folio » n° 1524).

UN PARFUM DE JASMIN, *nouvelles* (repris dans « Folio » n° 5219).

LES PONEYS SAUVAGES, *roman.* Prix Interallié (« Folio » n° 71).

UN TAXI MAUVE, *roman.* Grand Prix du roman de l'Académie française (« Folio » n° 999).

LE JEUNE HOMME VERT, *roman* (« Folio » n° 2858. Nouvelle édition augmentée d'une préface de l'auteur).

LE JEUNE HOMME VERT — LES VINGT ANS DU JEUNE HOMME VERT. Édition en deux volumes.

THOMAS ET L'INFINI. *Illustré par Étienne Delesser* (« Folio cadet » n° 202).

THOMAS ET L'INFINI (« La Bibliothèque Gallimard » n° 103). Accompagnement pédagogique par Isabelle Genier et Cécile Templier.

LES VINGT ANS DU JEUNE HOMME VERT, *roman* (« Folio » n° 1301).

DISCOURS DE RÉCEPTION DE MICHEL DÉON À L'ACADÉMIE FRANÇAISE ET RÉPONSE DE FÉLICIEN MARCEAU.

UN DÉJEUNER DE SOLEIL, *roman* (« L'Imaginaire » n° 145 ; « Folio » n° 2857).

« JE VOUS ÉCRIS D'ITALIE... », *roman* (« Folio » n° 1720).

MA VIE N'EST PLUS UN ROMAN, *théâtre* (« Le Manteau d'Arlequin », nouvelle série).

LA MONTÉE DU SOIR, *roman* (« Folio » n° 2038).

JE NE VEUX JAMAIS L'OUBLIER. Édition revue et corrigée avec une préface de l'auteur (« Folio » n° 2157).

DISCOURS DE RÉCEPTION DE JACQUES LAURENT À L'ACADÉMIE FRANÇAISE ET RÉPONSE DE MICHEL DÉON.

UN SOUVENIR, *roman* («Folio» n° 2373).

LES TROMPEUSES ESPÉRANCES, *roman.* Nouvelle édition avec une postface de l'auteur («Folio» n° 2489).

LOUIS XIV, PAR LUI-MÊME. Morceaux choisis du Roi avec introduction et commentaire de l'auteur («Folio» n° 2305). Première édition.

LE PRIX DE L'AMOUR, *nouvelles* (repris dans «Folio» n° 5219).

ARIANE OU L'OUBLI, *théâtre* («Le Manteau d'Arlequin», nouvelle série).

PARLONS-EN..., avec Alice Déon, *conversation.*

PAGES GRECQUES, *récits* («Folio» n° 3080).

LA COUR DES GRANDS, *roman* («Folio» n° 3106).

PAGES FRANÇAISES : MES ARCHES DE NOÉ – BAGAGES POUR VANCOUVER – POST-SCRIPTUM, *récits.*

L'ENFANT ET LA SORCIÈRE. *Illustré par des photographies de Nutan* («Folio Junior» n° 841).

TAISEZ-VOUS... J'ENTENDS VENIR UN ANGE, *sotie* («Folio» n° 3916).

UNE AFFICHE BLEUE ET BLANCHE ET AUTRES NOUVELLES, *nouvelles* («Folio 2 €» n° 3574).

LA CHAMBRE DE TON PÈRE, *nouvelles* («Folio» n° 4247).

CAVALIER, PASSE TON CHEMIN!, *mémoires* («Folio» n° 4493).

LETTRES DE CHÂTEAU («Folio» n° 5218).

NOUVELLES COMPLÈTES, *nouvelles issues de* LE PRIX DE L'AMOUR *et* UN PARFUM DE JASMIN («Folio» n° 5219).

Aux Éditions de la Table Ronde

LA CORRIDA, *roman* (repris dans « Folio » n° 1350).

LES GENS DE LA NUIT, *roman* (« Petite Vermillon » ; repris dans « Folio » n° 557).

LE RENDEZ-VOUS DE PATMOS, *nouvelles* (repris dans « Folio » n° 969).

MÉGALONOSE, *pamphlet* (« Petite Vermillon »).

TOUT L'AMOUR DU MONDE, *récits* (« Vermillon » ; repris dans « Folio » n° 1016).

MES ARCHES DE NOÉ, *récits* (repris dans « Folio » n° 1211).

LA CAROTTE ET LE BÂTON, *roman* (« Vermillon » ; repris dans « Folio » n° 1471).

BAGAGES POUR VANCOUVER, *récits* (repris dans « Folio » n° 1886).

JE ME SUIS BEAUCOUP PROMENÉ..., *miscellanées* (« Vermillon »).

UNE LONGUE AMITIÉ, *lettres.*

Aux Éditions Robert Laffont

LE FLÂNEUR DE LONDRES.

Aux Éditions Albin Michel

MADAME ROSE, *roman* (repris dans « Folio » n° 3323).

Aux Éditions Presses Pocket

LE DIEU PÂLE, *roman.*

Aux Éditions Fata Morgana

LE JEU DES MIROIRS, *illustrations de Jean Cortot.*

Aux Éditions Fasquelle

LETTRE À UN JEUNE RASTIGNAC, *libelle.*

FLEUR DE COLCHIQUE, *avec des eaux-fortes de Jean-Paul Vroom.*

À la librairie Nicaise

HISTOIRE DE MINNIE, *eaux-fortes de Baltazar.*

BALINBADOUR, *eaux-fortes de Baltazar.*

LE BARBARE AU PARADIS, *eaux-fortes de Baltazar.*

Aux Éditions Cristiani

OUEST-EST, *illustré par Jean Cortot.*

Aux Éditions Matarasso

TURBULENCES, *eaux-fortes de Baltazar.*

UNIVERS LABYRINTHIQUE, *illustré par B. Dorny.*

HU-TU-FU, *eaux-fortes de Baltazar.*

Aux Éditions La Palatine

UNE JEUNE PARQUE, *eaux-fortes de Mathieux-Marie.*

Chez Alain Piroir

SONGES, *eaux-fortes de Baltazar.*

Chez André Biren

LETTRE OUVERTE À ZEUS, *gravures de Fassianos.*

LES CHOSES, *gravures de Maud Gruder.*

G., *gravures de George Ball.*

AVANT-JOUR, *gravures d'Olivier Debré.*

À l'Imprimerie nationale

DERNIÈRES NOUVELLES DE SOCRATE, *gravures de Jean Cortot.*

Aux Presses Typographiques

DE NAZARE..., *bois gravés de George Ball.*

Aux Éditions Fayard

DISCOURS DE RÉCEPTION D'HÉLÈNE CARRÈRE D'ENCAUSSE ET RÉPONSE DE MICHEL DÉON.